U0755147

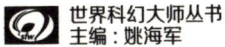世界科幻大师丛书
主编：姚海军

# DRAGON'S EGG

# 龙　蛋

[美] 罗伯特·福沃德 著

宽　缘译

四川科学技术出版社

DRAGON'S EGG by ROBERT L. FORWARD
Copyright: © This edition arranged with Del Rey, an imprint of Random House,
a division of Penguin Random House LLC
through Big Apple Agency, Inc., Labuan, Malaysia.
Simplified Chinese edition copyright：2019
SCIENCE FICTION WORLD

**图书在版编目(CIP)数据**

　　龙蛋 /〔美〕罗伯特·福沃德　著；宽　缘　译.
-- 成都：四川科学技术出版社, 2019.4
　　（世界科幻大师丛书 / 姚海军主编）
　　ISBN 978-7-5364-9422-0

　　Ⅰ.①龙… Ⅱ.①罗… ②宽… Ⅲ.①科学幻想小说－美国－现代
Ⅳ.①I712.45

　　中国版本图书馆CIP数据核字(2019)第060133号
　　图进字21-2018-235号

世界科幻大师丛书

# 龙　蛋

| | |
|---|---|
| 出 品 人 | 钱丹凝 |
| 丛书主编 | 姚海军 |
| 著 者 | 〔美〕罗伯特·福沃德 |
| 译 者 | 宽　缘 |
| 责任编辑 | 宋　齐　姚海军 |
| 特邀编辑 | 李克勤　邹景岚 |
| 封面绘画 | 赵恩哲 |
| 封面设计 | 李　鑫 |
| 版面设计 | 李　鑫 |
| 责任出版 | 欧晓春 |
| 出 版 | 四川科学技术出版社 |
| | 四川省成都市槐树街2号出版大厦　邮政编码：610031 |
| 开 本 | 140mm×203mm |
| 印 张 | 8.875 |
| 字 数 | 190千 |
| 插 页 | 2 |
| 印 刷 | 成都市金雅迪彩色印刷有限公司 |
| 版 次 | 2019年5月成都第一版 |
| 印 次 | 2019年5月成都第一次印刷 |
| 定 价 | 38.00元 |

ISBN 978-7-5364-9422-0

# 目 录
CONTENTS

# 楔　子

时间:公元前500 000年

　　布乌躺在树上铺满树叶的巢里,仰望漆黑夜空中的星星。这个毛茸茸的年轻类人本来早该进入梦乡,然而好奇心却让他睡不着。再过五十万年,这一点好奇的微光会将他的大脑引向宇宙,去探索相对论的数学奥秘,不过现在嘛……

　　布乌继续盯着头顶明亮的星星,只见其中一个光点突然爆发出更亮的光芒。布乌既觉得害怕,又深受吸引,他的目光追随着那灿烂的光点,直到它消失在一根粗壮的树枝背后。布乌知道只要去旁边的空地就能再看见它,于是他从巢里爬下来——随即落入了浑身布满条纹、盘成一团的卡阿口中。

　　卡阿虽说抓获了猎物,却没能享用太久,因为他无法适应有了两个太阳的世界。旧太阳又大又黄,新太阳则又小又白。新太阳总在空中绕圈子,从不知日落为何物,害得卡阿不能再在夜里捕食。卡阿饿死了——还有其他一些不能尽快改变习性的猎食者也饿死了。

　　之后的一年里,新太阳炙烤着天空,强光从头顶倾泻而下。再后来,它的光芒渐渐变暗。又过了一些年,夜晚重新回到了地球的北半球。

在距离太阳系五十光年的地方曾经存在一个双星系统。其中一颗星处在正常的黄/白阶段[①];另一颗星却膨胀起来、变成红巨星,并吞没了它周围的行星。就在布乌的好奇心让他丧失警觉之前五十年,这颗红巨星的核燃料消耗殆尽。随着核聚变中心的关闭,这颗恒星失去了对抗自身重力所需的能量。它坍塌了。在中心部分,向内坍落的物质由于受到巨大的重力压迫而变得更加致密,最后几乎完全变成了一个个中子。中子被逐渐挤压,直到紧紧地挨在一起。

在这样紧密挤压的状态下,强大的核斥力终于能抗衡重力了。物质向内挤压的动作很快反转,向外的动作化作白热的冲击波,向上通过红巨星的外壳。冲击波形成超新星爆炸,炸掉了这颗恒星的外层,一个钟头里释放的能量比它过去一百万年释放的能量还多。

炙热的等离子云在空中扩散,在它下面,红巨星的内核变了。它曾经是一个缓慢旋转的红色气球,比太阳还大二百倍,如今却变成直径仅20公里的白热小球,由超级致密的中子构成,每秒自转超过一千转。

这之前,这颗恒星的磁场被困在恒星物质构成的高导坍缩云里,如今的磁场也跟恒星曾经的黑子分布模式一样,并不与中子星的自转轴重合,而是与自转轴形成一定角度,支棱出中子星表面。其中一个磁极位于赤道上方一点点,而且非常集中。另一个磁极(其实是一组磁极)则在恒星的另一侧,其形态非常复杂,一部分位于赤道之下,不过大部分都在北半球。

---

[①] 原文为yellow-white phase,恒星发出的光介于黄色和白色之间,说明这颗星星依然年轻。

这万亿高斯的磁场几乎可算是固体。磁场从飞速旋转的恒星的两个磁极伸出,撕开超新星爆炸留下的闪亮碎片;接着又被超致密球体的飞速旋转驱动,将大片大片闪烁的离子云从恒星抛出。中子星仿佛疯转的纸风车,往南朝着邻居太阳加速前进,起推进作用的磁场在身后拖出一道明亮的尾迹。没过多久,等离子密度降低,火箭式推进终止。不过此时恒星的固有运动速度已经相当可观:每秒三十公里,或者说每一万年一光年。这个小小的流浪者开始横穿银河系的恒星大道。

**时间:公元前 495 000 年**

这颗直径二十公里的中子星打着转穿越太空,而它吸引来的碎片也在它的重力场作用下向内坠落。每当星际间物质来到中子星附近几千公里之内,它们就会被加热、被强大的重力和旋转的磁场剥去电子。接着电离的等离子会形成拖长的水滴状朝恒星坠落,等撞上东边和西边的磁极地区时,其速度已经达到光速的百分之三十九。遭到轰炸的地壳又将带电粒子射入太空,旋转的磁场线把粒子向外抽打,令其加速并放射出辐射能量脉冲。

由于有脉冲辐射和恒星旋转产生的等离子热流,最初超新星爆炸产生的气云继续以百分之一的光速扩展。五千年过后,冲击波的锋面穿过太阳系。之后的一千年里,太阳和地球的屏蔽磁场被不可见的强大星际风推搡。扭动的磁场无法再为脆弱的地球挡开高能宇宙射线,高层大气的臭氧层坍塌,地球上的生命形态遭到变异辐射的猛烈扫射。

等到持续千年的风暴终于减弱,地球上出现了一个新物种,一种几乎无毛的类人。最初他们形成的团体规模很小,但其个体十分聪明。他们不再任由大自然和肌肉强健的生物为所欲为,而是运用自己的智力控制身边的东西。没过多久,他们的后代就成了整个星球唯一的类人。

### 时间:公元前3 000年

中子星以每一万年一光年的速度漫步,悠然接近太阳系。五十万年前中子星诞生时那场无形之火催生了地球上的智慧生命,这些智慧生命逐渐成长,如今已经开始认真研究天穹。中子星闪出白热的光,但它太小了,人类裸眼是看不见的。

中子星的温度比太阳还高许多倍,但它并非一团热气。正相反,这颗恒星的重力场有六百七十亿个g,于是滚烫的物质就被压缩成固态球体,致密的核心部分是液态中子,厚实的地壳则是由富含中子的原子核紧密排列形成的晶格。随着时间推移,恒星温度下降、体积收缩,致密的地壳破裂,山和断层被推起。这些地表形态大多只有几毫米高,不过较大的山脉高度将近十厘米,峰顶戳穿了铁蒸汽形成的大气层。最高的山都在东边和西边的磁极附近,因为落到恒星上的流星物质大多都被磁场引向那里。

自这颗星诞生起,它的温度就逐渐下降。在炙热的结晶地壳表面,富含中子的原子核现在可以形成越来越复杂的含环化合物了。地球上的化合物利用的是微弱的电分子作用力,这颗星上的化合物却是利用强大的核相互作用力,所以其速度是核水平而非分子水平。在地球上,每微秒会出现数种不同的核化学组合,在这颗中子星上却是每微秒数百万种。终于,在一万亿分之一秒的时间里,命运被写就:一种核化合物形成了,它有两个重要特质:一是稳定,一是能够自我复制。

中子星的地壳上出现了生命。

**时间：公元前 1 000 年**

白热的中子星继续接近太阳系，不过依然不为人眼所见。有一个小小的温度区间最利于核生命传导，现在恒星的表面温度降到了这个区间，最初那种自我复制的核分子变得越来越多样、越来越复杂。它们以较简单的无生命分子为食，对食物的竞争现在越发激烈起来。覆盖在地壳表面的大量原始食物很快就被一扫而光，取而代之的是一团团饥饿的细胞。有些细胞团发现了一件事：它们的顶面朝向寒冷、漆黑的天空，底部则与炙热的地壳相接触，顶面的温度总是比底部要低很多。于是，它们用细胞支起顶盖，使其脱离地壳。这么一来，它们就等于在深深扎进滚烫地壳的僵硬主根与上方凉爽的顶盖之间制造出热引擎，借此获得了有效的食物合成循环。

顶盖真可谓工程奇迹。它利用内含超强度纤维的硬晶体形成一个十二点的悬臂梁结构，对抗恒星六百七十亿个 g 的重力，举起了上层那薄薄的皮肤。当然了，植物的梁结构不可能把顶盖举得太高。哪怕植物宽度达到五毫米，它也只能把顶盖举到一毫米的高度。

植物也为顶盖和支架付出了代价。它们无法移动，只能留在自己扎根的地方。在恒星的许许多多个自转周期内，恒星表面都毫无活动迹象，只偶尔有某株植物从悬臂梁尖端喷出花粉，接着就是附近一株植物尖端的膜片收缩。再过许多转之后，会有成熟的种子荚落下，并在持续的风中翻滚到远方。

一次转动中，一个翻滚的种子荚撞上一块地壳。种荚破了，种子散落，其中几粒开始生长。有一粒种子长出的植物最是强壮，很快它的顶盖就升到高处，遮蔽了动作比较缓慢的兄弟姐妹。下方是恒星释放的热量,上方是那株植物的底面,较小的幼苗夹在中间,很多都被闷死了。

然而其中有一株幼苗,当身体机能开始失灵时,它却另有一番际遇。植物体内有种突变酶,通常的作用是制造并修复支撑顶盖的晶体结构。可是当有机体濒临死亡时,发生变异的核化学作用却令这种酶发了狂,反而溶解了本应保护的晶体结构。这株植物变成了一大袋汁液和纤维,顺着自己扎根的缓坡滑到了一个新的休憩地。那十二个花粉喷嘴,原本因为负责为顶盖寻找最佳方向而稍微具有感光性能,现在它们转到了最上方。有机体脱离了大植物顶盖的遮挡,误入歧途的酶也重新控制住自己。植物扎下根去、重建顶盖,接着又释放和接收了许许多多花粉。这株可移动的植物有许多后代,全都能溶解自身僵硬的结构。假如周围环境不能最大限度地利于生长,它们就会离开。

很快,最早的动物开始在中子星表面游荡。它们从不会动的表亲身上窃取种子荚,同时还发现恒星上有许多好吃的东西——最好吃的莫过于彼此。

中子星的动物是从这里的植物发展来的,它们也只有五毫米宽,不过缺乏植物那种僵硬的内部结构,所以就被重力压扁了。十二个能感光的花粉喷嘴和膜片变成了眼睛,不过仍然保留着最初的繁殖功能。动物可以在身体任何地方长出"骨头"。大多数时候,它们的骨头只是悬臂梁的退化形式——用眼柄把眼睛支起来,好看得更远些;但只要稍微集中精神,它们就能在皮囊内的任何部位形成骨头。不过形成骨头的速度要以质量为代价:骨头完全是由动物的体液结晶而成,其中并不含有令植物结构超级强壮的那些纤维。后者花费的时间太长了。

动物与植物不同,它们必须与恒星的磁场抗衡。植物静止不动,所以它们的身体被沿着磁场线撑成扁扁的椭圆也无所谓。动物的身体也被撑成扁扁的椭圆,不过它们的眼睛也同样被撑长了,所以它们感觉不到身体的扭曲。然而动物发现横跨磁场线比沿着磁场线走要困难多了,大多数动物都放弃了尝试。对它们而言,世界几乎是一维的。行动容易的方向只有"东"和"西"——朝磁极走。

漫长的时间过去,中子星表面到处布满植物和动物。有些比较聪明的动物会仰望漆黑的天空,它们会看见有光点随中子星的转动缓缓穿越这片黑暗。它们会思考这些光点到底是什么。南半球的动物更会看到一个特别明亮的光点,永远固定在南极上方,那是地球的太阳。它尤其令它们大惑不解——它的光那么亮、那么近,所以不像其他光点一样闪烁。不过动物只是把这颗星星当作方便的航灯,用以补充磁场的方向感,此外就不再把那奇怪的光放在心上。中子星上食物充足,有较小的动物,有不断生长的植物。既然没有问题需要解决,动物是不必发展出好奇心和智力的。

### 时间:公元2 000年

旋转、闪烁的中子星放射着能量,如今它距离太阳仅十分之一光年。在五十万年时间里,中子星冷却下来,自转速度也降低到每秒五转。它依然在释放无线电波脉冲,但这些脉冲远不如早期那样强烈了。

再过几百年,中子星就会从二百五十个天文单位①之外经过太阳系。它的重力会对外围行星产生影响,尤其是距离太阳四十个天文单位的冥王星。不过地球却是紧紧依偎在太阳怀里

---

① 从地球中心到太阳的距离,每天文单位约合1.496亿公里。

的,其轨道半径距太阳只有一个天文单位,基本不会注意到中子星经过。那之后中子星就会离开太阳系——再也不回来。

此时地球上的生命形态已经发明了望远镜,然而中子星只是广袤天穹中一粒微小的光点。除非确切知道该往哪儿瞧,否则就算有望远镜也没用。

它会悄然经过吗?

# 脉冲星

加州理工的CCCP-NASA-ESA(苏联①-美国航空航天局-欧洲航天局)深空研究中心,雅克琳娜·卡诺大步走向数据处理实验室的一张长桌,漂亮的脸蛋上笼罩着阴云。精心修剪的齐肩棕发,加上精挑细选的订制衣服,一看便知是欧洲人。

她只穿了衬衣、裙子和木底鞋。倒不是说她没有丝袜——以及手包、化妆品、首饰、香水和其他"女性用品"——只不过她一大早就得工作,顾不上这些东西。法国政府给了她国家奖学金让她来国际空间学院学习,可不是为了让她把整个上午都用在梳妆打扮上。

这个苗条的女人很快清理掉桌上堆积的废纸片,又把一大卷数据记录带②扔到桌子一头。纸带老老实实滚过桌面,从桌子另一头落下后又在地板上滚出五米才终于停住。雅克琳娜不理会地上的纸卷,径直开始分析数据。这类粗活通常都会留给计算机来干,只可惜计算机干活之前非要你先给出扣款账号不可,

---

① 在本书写作的时间,苏联是与美国势均力敌的超级大国之一。

② 本书写作时期,计算机大都以纸带为存储介质。

而雅克琳娜今早登陆时发现,自己已经一文不名。她在斯瓦林斯基教授手下做论文,原本教授也有拨款给她,她还省下了一点点余额,结果最近国际货币账户进行追溯性调整,她的余额全给吞了。其实斯瓦林斯基的研究经费户头里多的是卢布,可你得先请他授权,还要他亲自向计算机确认批准(雅克琳娜知道他用来批准的密码,可是不敢擅用)。她得等他回来才有办法可想,这期间就只能人工处理。

其实这样直接跟数字打交道还挺有趣的。再说计算机做分析的时候,所有数字都会被压缩成数字包,也不管那是真实的数据还是噪音,偏偏这段时间里,乱麻一样的噪音相当多。

雅克琳娜正在分析的是低频无线电探测器传回的数据。数据来自CCCP-ESA那台黄道外探测飞船。这东西已经很老了,属于苏联与欧洲最早的合作成果。早先登月竞赛的时候,欧洲人曾为苏联的第一台月球漫游者提供激光反射镜。后来欧洲人转而同美国人合作,结果却是一场大灾难:美国人原本有四艘宝贝似的载人航天飞船,其中一艘同欧洲仅有的太空实验室一起在发射台上灰飞烟灭。那之后欧洲人就又转回了东方。黄道外宇宙飞船由欧洲人负责建造仪器,再用俄国人偌大的发射器送上太空。它先航行五个天文单位抵达木星,到了木星之后,它并不像过去的宇宙飞船那样拍照、再前往其他行星,反而来到木星的南极下方——然后冲出了太阳系各行星形成的轨道平面。

等宇宙飞船爬出黄道面,它的传感器看到了太阳的新图像——太阳中纬度区域黑子产生的磁场影响减弱,新效果主宰了画面。

在任务早期,CCCP-ESA黄道外探测飞船不断传回数据,许多资金充裕的科学小组对数据进行了彻底研究。搜集到的信息显示太阳消化不良：它吃下了太多的黑洞。

科学家发现太阳极地磁场的强度存在极规律的周期性波动。当然了，太阳的磁气圈存在许多变量，每一个黑子都是变化的重要来源。然而黑子的时间是不规则的，而且在太阳的中纬度地区太过强烈，一切都被它们左右。后来黄道外探测飞船来到太阳上方，长期进行数据取样，人们这才发现了射电流量那高度规律性、细节精确的变化，并将其解读为太阳磁气圈的周期性变化。最终的结论是太阳内部包含四团致密物质，多半是处于最初形成阶段的微型黑洞。它们在太阳深处围绕彼此旋转，啃噬太阳的内脏，干扰了太阳正常的核聚变平衡。黑洞对太阳的影响会在几百万年后变得非常严重，但现在，它们只是偶尔造成一次冰川世纪罢了。

所以说从长远看，太阳并非可靠的能量来源。人类意识到了这点，却也无计可施。国际、国内都为"太阳之死"慌乱了一阵，但很快就平静下来。在处理无解的问题时，人类早已总结出最佳方案——当它不存在，祈祷它自行消失。

宇宙飞船发射已经二十年了。卫星上的两个通讯发射器仍有一个运转正常，还有三项试验也在继续进行，其中之一就是低频无线电试验。此刻它的输出数据摊开在桌上，又垂到计算机实验室的地板上。一个意志坚定的研究生正伸出纤细的手指，顺着数据快速往下捋。

雅克琳娜把长长的纸带拉到桌上。她发现纸上缓慢变化的复杂正弦图像变得模糊了。她自言自语道："见鬼！又是乱麻。"她的论文题目是想在那复杂的模式中找到另一个周期性变量，以此说明太阳里存在五个（或者更多）黑洞。如果做不到，她就必须证明太阳里确实只有四个黑洞（她已经说服了那位到处兼职的导师,导师同意说证据确凿的否定答案也是合格的论文)。

可她很担心。乱麻模糊了数据,好大一部分数据都没法用了。如果不受影响的部分显露出新模式,而她也能从中侦查出新黑洞,给太阳再添一个麻烦,那么就算数据部分受损也没什么关系。可如今看来她的论文只能得出否定的答案,所以数据上的噪音就变得重要起来。有这噪音,她很难说服评审委员会相信太阳里的确只有四个黑洞。她盯着噪音部分,两只手迅速将纸带拉到桌上。

"这艘宇宙飞船已经是老古董了,我不该抱怨的。"她说,"可它干吗偏在这时候结巴起来呢。"

她沿着图上的痕迹看过去。乱麻变得更加严重,接着慢慢消失了。等来到清晰的部分,她就重新开始测量振幅平均值。其实也幸好这些数据没交给计算机处理。她自己知道要去除有噪音的部分,因此还能得到非常清晰的波谱。如果是计算机在处理数据,肯定会把乱麻与有效信息混在一起,最后得到的波谱会有许多虚假尖峰,为评审委员会提供大量攻击她的弹药。直到夜深,雅克琳娜才完成数据分析。

她看看笔记本上整洁的数字。"这么分析数据真是够难的。"她自言自语,"明天还会更糟。明天我得把这些全部输入电脑。希望到时候能让斯瓦老头松开钱包。"雅克琳娜满心疲惫地瞟了一眼地上那一大团纸带。她把它拎起来晃了半天,好容易找到纸带的一头,开始动手把它卷好。

"上、下加双峰、三峰、突起——重复两次,然后乱——麻,上、下加双峰、三峰、突起——重复两次,然后乱——麻……"雅克琳娜无意识地念叨着纸卷上的模式,突然停了下来。她飞快拾起整堆纸带,小心翼翼地抱到长方形房间的尽头,又把纸带在地板上展开。她来到纸带一头,顺着它快速往前走,一路寻找噪音部分。她惊叹道:"乱麻是周期性的!"

噪音似乎以一天为周期,她把纸带从头到尾看了一遍,上面有她论文的主题,那种更为规律的突起,而噪音似乎伴随着这些突起缓慢流动。之前她以为噪音部分是源于宇宙飞船的偶发故障,但既然乱麻具有规律性,她便开始往其他地方寻找原因。

"有可能是飞船造成的,它的信号发射装置每天都会弄出几个小时的波峰——但这种可能性不大。"她终于把纸带完全卷起来,拿着它走进通讯实验室。她最先查看的是飞船日志。亏得日志属于一般性库文件,计算机不收她就让她看了。她飞快地把日志一页页往前翻。大多数记录底下都是她自己的名字:

J.卡诺:欧洲航天局:账户斯瓦-2-J:低频无线电数据转储

"这颗卫星好像就我一个人在用呢。"

最后她看到一份工程说明。每隔几天工夫,CCCP-NASA-ESA深空网络通信中心的飞船工程师都会利用空闲期检查飞船,完成工程核对表上的固定项目。

动力22%额定量

X频段下行链接80%额定量

K频段下行链接失效

姿态控制失效

旋转速率77微弧/秒

运行中的试验

低频无线电

太阳红外检测

X射线望远镜(待命)

"运行中的试验只有两项。"她说道,"上次看时X射线望远镜还开着,不知什么时候被工程师关掉了。"她看看旋转速率值,把计算机终端转为计算模式,快速计算了一下。

"每秒七十七微弧相当于每天一圈多一点点——跟乱麻的周期差不多。乱麻肯定是因为太阳加热了传输天线,或者别的某种太阳作用。"

距离天亮还有几个钟头,她从计算机终端登出,拿着纸带回到自己房间。这卷纸带会加入到她书架上那一堆纸带中间,而她自己则与帕萨迪纳的其他人一样沉入睡乡。

### 时间:2020年4月24日　星期五

雅克琳娜在梦里飞行。不,不是飞,而是从空荡荡的空间中飘过。她往下看去,终于明白了自己身在何方。她身下有个明亮的圆球,是太阳。整个太阳系都摊开在她面前,是从上往下看的视角。她的大脑受过严格的天文学训练,在梦里也能将各行星摆放到正确的位置上。她几乎能想象出行星画出近乎圆形的轨迹,从这个角度看,这些线条让太阳系显得像靶子一样,靶心就是太阳。她找到了地月这对小巧的双星系统,努力想看清地球的细节;然而她的身体不停地缓慢旋转,将她的目光从地球上拽开。等她没法再扭头看地球时,就只能抬头看太阳对面。她的四肢伸展开,呈X形。她暗想:"跟黄道外探测飞船伸出的低频无线电天线一模一样。"

很快她就转回先前的位置,又能欣赏眼前的景象了。最后她把注意力集中到太阳的北极。虽说太阳很亮,但她的眼睛却一点也不觉得吃力。她在太阳几乎毫无特征的表面寻找变化。她睁大眼睛,不过并未看见任何东西,倒是四肢渐渐察觉到微弱的脉动。双脉冲、三脉冲、脉冲……

她暗想:"这是黑洞绕轨道运行产生的复杂无线电信号!"她的身体继续转动,很快就看不见太阳了,但四肢仍能感受到脉动。后来她盯着太阳的右侧看,右臂有种快速悸动的刺痛感,不断加强。刺痛越来越强烈,几乎屏蔽了富有节奏、速度较慢的脉动。"乱麻!"她惊叹一声,然后开始大声嘲笑自己……

雅克琳娜从床上坐起来:"满脑子都是论文,居然梦见自己变成了宇宙飞船,真够可以的。"她望望窗外,时间已至中午,马路上一片繁忙景象。她揉揉刺痛的右臂,让血液恢复循环——她太累了,睡觉时把胳膊死死压在身下也没察觉。

她正吃着迟来的早餐,先前的梦境重又浮现在脑海中。她对飞船的运行特性非常熟悉,不亚于对自己身体的了解,有一点实在奇怪:梦里出现乱麻时她是背对太阳的,而不是面朝太阳。

她琢磨了一阵,然后从书架上拿下昨晚分析的纸带,又找了一卷几个月前的纸带。她把两卷纸带各展开一部分,又重叠起来放在地板上,接着她把几个月前的纸带前后移动。纸带上显示出黑洞沿轨道运行引发的缓慢变化的复杂图案,很快两卷纸带上的图案就相互重合了。然后她顺着两条纸带往下找到噪音部分。两条纸带上的噪音并不一样。首先,几个月之前的乱麻要弱得多(当然这点可以用设备或绝缘材料老化来解释),不过另外还有一点不同:乱麻的尖峰与太阳的位置,二者的相对位置出现了明显变化。她找出一卷更早的记录纸来查看。这卷纸带上的乱麻非常微弱。她还记得计算机从这组数据里得出了很清晰的波谱,因为噪音的波谱能量简直微不足道。不过这卷纸带上乱麻尖峰的位置似乎比之前两卷又有延迟。

"好吧,雅克琳娜,"她自言自语道,"你老嫌弃计算机只会算算算，以为人类的手眼总比计算机强。可这一回，计算机的客观确实比人的主观强出了无数个数量级。还是老老实实回去用计算机吧。不过首先得跟斯瓦老头再要点上机时间。"

雅克琳娜穿过加州理工的校园，来到空间物理大楼。在这栋宏伟建筑修建的时代，太空预算在每个国家的预算里都占着不小的分量，可如今，空间物理只存在于这栋大楼的名字上。仍在进行太空研究的现在只有地下室的机房和一楼的办公室，其他楼层都被社会科学系的研究生占据了。幸亏加州理工联合喷气推进实验室说服了 NASA、欧洲人和俄国人，让他们把越来越微薄的国家太空预算集中到一起，共同支持一个国际太空研究中心，共用一个深空网络。不然的话，恐怕全世界都不会有像样的太空研究。

当初美国人放弃了资助深空探测飞船，欧洲航天局又因为丧失太空实验室的事吵到四分五裂，没了竞争对手的俄国人于是把深空研究的优先级降到了冰点，将资金转用于载人和非载人的绕地飞行。冷战仍在继续，不过激烈程度渐渐降低，各国只是出于习惯在联合国互相谩骂。俄国人的生活水平提升之后，人民不再像过去那么温顺，掌权者发现自己越来越需要关注民生问题，同时也很难说服国民同意俄国需要一个独立的深空项目。

空间物理大楼的走廊里几乎空无一人。雅克琳娜来到弗拉基米尔·斯瓦林斯基教授的办公室前。

她犹豫片刻，然后抬手敲门。

一个粗哑的声音用俄语问："什么事？"[1]

雅克琳娜推门进去。原本正盯着满屏西里尔字母的精瘦的

---

[1] 原文为俄语。后文不再一一注明。

中年男人转动椅子，朝她望过来。雅克琳娜的俄语还不错，看出他正在读的是一篇科技新闻，讲的是尼日利亚开采的一批铁矿石里似乎发现了磁单极子。

斯瓦林斯基的衣着完全不像俄国人。他穿的是一身定做的西装，欧洲大陆最流行的款式。这样的衣裳套在他瘦削的身子上，活脱脱是在昭告世人：此人有多种文化背景、满世界旅行，他从精于世故的俄国政府手里得到了不小的自由以及更为可观的经济支持，而政府也期待他能大有成就。他低头从眼镜镜片上方瞅瞅刚进门的年轻女人。

"雅克琳娜！"斯瓦林斯基高兴地笑起来，"快进来，年轻的女士。论文进展如何？找到坍塌的亚恒星物质没有？"

雅克琳娜心里暗暗发笑：俄国人就是不肯说"迷你黑洞"。黑洞的概念最初是由美国人和英国人传播开的，他们不知道这个词在俄语中别有深意，大庭广众之下不好说出口。

"账户里的余额用光了，计算机拒绝跟我说话了。"她说，"我本来以为还剩很多机时呢，至少应该够用一个月的，结果却被汇率回溯调整清空了。"

斯瓦林斯基教授瑟缩了一下。他就怕遇到这种事。他从苏维埃学院得到的经费原本就很有限，可恨竟还是用卢布支付。这阵子俄国和中国在蒙古的边境战争再度升温，所以俄国卢布在国际货币市场飞快贬值。有雅克琳娜替他干活是求之不得的好事，因为她是免费劳动力。她是很少几个拿奖学金的全职研究生之一，所有费用都由欧洲航天局支付。当初斯瓦林斯基来美国的国际空间学院工作，本以为根本雇不起研究生帮忙，所以遇到雅克琳娜实在是意外之喜。她很聪明（而且还挺漂亮）。

"好吧，"他叹了口气，"我再从我的主账户里转点钱给你。

不过那次调整过后我自己的账户也缩了水,也就是说今年夏天维罗纳的会议我怕是去不成了。"他转身面对桌上的计算机终端,与财务账户程序简单交流了几句。

一分钟之后他转身回来道:"计算机又会跟你说话了。不过要让它做什么请你先仔细考虑,因为卢布已经越来越少了。"

"谢谢你,斯瓦林斯基教授。"雅克琳娜回答道,"但我的论文还远没有完成。迄今为止,数据里还没找到其他周期性信号。另外探测飞船传回的数据质量也越来越糟糕了。波形图上的噪音振幅在增大,好大一部分数据只好丢掉不用。不过噪音本身倒是很有意思。我找了过去的波形图比对,发现不但振幅加大,尖峰似乎也随着太阳的无线电信号的变化变换了位置。"

"啊,你所谓的'乱麻'。"他说,"不但没消失,反而更厉害了? 好吧,这么老的宇宙飞船,又能指望什么呢?"

"可是它随时间变换位置,足可以说明乱麻不是由太阳产生的。"雅克琳娜反驳道,"我认为我们应该调查一番。"

"我能想出许多由飞船电子故障引发的状况,它们都可能制造这种静电噪音。"斯瓦林斯基微笑着回答道,"我们希望你能完成论文,同时不要花掉我太多宝贵的卢布。所以我觉得我们应该把注意力集中在没受噪音干扰的部分,专心分析那部分无线电数据。"

"可是这也花不了多少时间呀。我可以让计算机回顾之前的数据,把噪音的位置变化做个估算。"她说。这时她想起右臂的刺痛,突然又对另一件事产生了确定无疑的信念,虽然这想法似乎完全违背逻辑——她自己躺在帕萨迪纳床上的位置跟两百天文单位外漫游太空的无动力飞船的位置能有什么关联呢? 然而许多科学理念最初都出现在研究者的梦里。或许是她的潜意识想告诉她什么。

"我几乎可以肯定,飞船的四条天线里只有一条接收到了乱麻。"她热切地说起来,"只要能让工程师切换数据采集模式,让每条天线依次独立工作……"

"不行!"斯瓦林斯基教授大叫一声,"付钱给深空网络,让他们把天线指向特定飞船,接收一小时预先安排好的数据转储,这已经够贵了。你知道朝飞船发送命令的花费有多大吗?"

她想开口回答,但斯瓦林斯基根本不给她机会。他抛弃了新近学到的美国教授派头,转回老派的俄国专制态度。"不行!不行! 不行!"他边说边转身背对她,又重新打开计算机控制面板。"卡诺小姐,再见。"

雅克琳娜还想说话,但很快就明白会见已经结束了。她心里怒气翻腾,不过终于还是决定离开教授的办公室、去拿计算机撒气。至少钱已经到手了。她轻轻关上门,下楼去了计算机控制室。

"也不知道更改指令到底要花多少钱?"她一面下楼梯一面琢磨,"干脆去一趟喷气推进实验室,跟深空网络的工程师聊聊。看是不是真像他想象的那么贵。"

她账户里又有了钱,计算机也乐意见她了。她把昨晚费尽工夫提取的数字输入计算机,让计算机分析收集到的数据。功率谱密度曲线的尖峰依然是四组。四个最低的尖峰是四个黑洞基本轨道的频率,而更高的谐波则证明这些轨道略呈椭圆形。这类基本模式几十年来都没有变化。尽管太阳内部的密度比水大了千百倍,但对于超级致密的黑洞而言,几乎跟在真空里运行差不多。

她在四个最低的尖峰之间用心搜索,最终也没找到另一个尖峰存在的证据。她又让计算机重复搜索了一遍,计算机给出三个双西格玛①候选,但在她看来都像噪音。她用随机的半数据集进行快速验证,结果证明自己的猜测是正确的。目前她是没什么可做的了,因为按计划,下次的数据转储还要再过一星期。不过反正已经上了机,她决定索性再看一眼噪音的问题。

她先写了一个程序,从数据集里提取噪音部分,再找到乱麻振幅的最大值(这个概念计算机不大能理解),然后又将乱麻最大值的相位与太阳的位置标注在一起。这期间她了解到卫星的旋转速率在过去几年里略有提升,因为卫星从太阳风和光压中获得了一定的角动量。

她进一步检查了噪音阶段漂移的情况,又对飞船相对于太阳的方向做了计算,结果发现乱麻的尖峰与远方各个恒星的关系是个常数。

雅克琳娜惊叹道:"也就是说,无论噪音的来源是什么,它都在太阳系之外!"

这时她想起自己还从未想过"乱麻"长什么样。在打印出的飞船模拟信号重建拷贝上,乱麻只不过是毫无特征的一片模糊。她清理计算机屏幕,调出最新的数据转储。熟悉的低频无线电输出曲线在屏幕上蜿蜒开来。等来到乱麻最大值时,她按下停止键。这部分的乱麻非常强,经常溢出屏幕。

她调出一个过去很少用到的数据分析程序,一小截数据在屏幕上展开。

她论文的主题,那几小时长的尖峰,现在被拉得非常长,屏幕只能显示出很小一段。现在乱麻占据了屏幕的主要位置,看上去比任何时候都更加混乱难看。她要求计算机再度展开,计

---

① two-sigma。

算机启动了超载报警电路。

警告!
绘图级别与数据数字化速率①不相容。
请确认指令。

雅克琳娜只略一犹豫就按下确认键。屏幕立刻被一组几乎像是随机分布的小点占据。点到点的短期变化多种多样,但总体的振幅水平似乎在缓慢升降,几分钟一个周期。

她又一次指示计算机对数据进行一个她从未用过的操作。过去她只对数据在几周或几天中的变化感兴趣,现在她要求计算机以几秒钟为周期进行谐波分析。计算机再次抱怨起来。

警告!
频谱分析级别与数据数字化速率不相容。
请确认指令。

这回雅克琳娜没有迟疑:不等计算机打完反对意见,她早早就按下了确认键。频谱分析图闪现在屏幕上。在一赫兹附近有一个大尖峰,代表每秒一帧的数据数字化率,而在零点零零五赫兹处另有一个很强的尖峰,表示每二百秒有一次周期性波动。不过二百秒处的变化也可能另有原因:飞船一赫兹的数据采样率与接近采样率的某个谐波上的高频震荡之间产生了一个节拍

———————

① 在本书写作的时代,模拟信号是主流,数字化虽然高端,但需要消耗资源进行模-数转化。在作者的设定中,直接以数字化形式工作是相当不容易的,所以有"高数字化率"的说法,指信号处理的数字化程度较高。

的谐动。从数据的行为模式判断,雅克琳娜觉得乱麻是由某种高频变化引起的,但这很难证实,因为飞船的采样率被定在了每秒一个样本。

雅克琳娜的热情终于被困惑和睡意消耗殆尽,她把数据的打印拷贝扔进斯瓦林斯基教授的邮箱,自己回房间睡觉。她又一次梦到自己飞行在太阳系上方,只不过这回她在快速旋转。她头晕目眩地醒来,接着又再度睡去。这次的梦十分正常,她很快就忘了。

第二天睡醒后,雅克琳娜去了斯瓦林斯基教授的办公室。门开着,她的数据纸摊开在他桌上。他正在跟科隆教授说话,此人是天体物理学家。

"这个高频乱麻肯定不是随机的噪音,因为有证据表明它以一百九十九毫秒为周期出现,或者说每秒五个循环,非常规律。一百九十九毫秒脉冲与一赫兹数据采样率之间的震荡可以得出二百秒的拍频。不过波动频率并不是二百秒,因为在这里,科学数据被工程技术打断了,而中断的秒数并非偶数。二百秒的拍子却正是在每次工程读数后开始又一个阶段的。只要你采取足够的数据进行分析,就会发现这个一百九十九毫秒的周期。"

斯瓦林斯基教授边说边拿起雅克琳娜的打印资料。

科隆教授略看了几眼,然后把它还给对方,又评论说:"它具备脉冲星的所有特征,只不过已知的脉冲星没有在那个频率的。要我说的话,我会怀疑飞船不知怎么变成了一个低频无线电振子。"

斯瓦林斯基教授看见了站在门口的雅克琳娜。"啊,雅克琳娜,进来。我正给科隆教授看我们的最新数据。我决定了,我们应该把数据数字化率提高到至少每秒十次,这样才能进一步了解这些脉冲的变化特性。"

雅克琳娜插嘴说："可是费用……"

"没错,是要花点钱,可等计算机收费单送到我们手里,那时候早就进入下一个预算年了。"他回答道,"你能不能去找喷气推进实验室的人,让他们安排一下?"

"老天爷!"雅克琳娜悄声嘟囔,"先是没钱,现在又有了大把的钱。"

不过她说出口的却是:"好的,斯瓦林斯基教授。要不要试试依次读取天线信号呢?"

"不!"他毫不留情地拒绝,"我要提醒你多少次?试验中每次只变更一个参数!"

"好的,教授。"雅克琳娜几乎是一面鞠躬一面退出了办公室。

一到走廊里她就下意识朝楼下计算机房走,然后又停下脚步,转身准备去喷气推进实验室。不过这时她突然想到,可以先花点时间了解一下飞船指令系统的运作方式。没准有办法同时满足斯瓦林斯基和她自己的好奇心呢。

她花了几个钟头浏览工程手册,然后笑容满面地上了楼,搭加州理工的班车去了喷气推进实验室。斯瓦林斯基的大名帮她迅速通过行政迷宫,很快人家就派了一个项目主管给她。那人名叫唐纳德·尼文。

她走进指给她的办公室,发现唐纳德是个矮胖的年轻人,一头修剪整齐的深色头发,穿着休闲裤和运动外套,还打了领带——这似乎是喷气推进实验室工程师的标准装束。他看上去还不到三十岁。雅克琳娜本以为项目主管应该更年长些,不过随着交谈深入,她发现他的提问从容冷静、条理分明,说明他虽然年轻,但已经在深空网络这个大机构里积攒了多年的经验。两人的探讨一半是技术性的,另一半涉及费用。

她问:"所以说命令的长度或者复杂程度对花费几乎没有影响?"

"没错。"唐纳德道,"我们为每个指令周期制定了一个标准费率,这是为了让你们这样的小组可以提前计划经费。"

她又问:"假设某条指令分为好几个步骤呢?"

"只要这些步骤是交给飞船计算机处理,不用我们插手,那么一步和十步的费用都是一样的。"他回答道,"你想的指令是什么?"

雅克琳娜拿出程序单。唐纳德把计算机控制台转过来,方便两人一起看。他敲进黄道外飞船操作手册的编码。

"首先我希望把低频无线电数据的数字化率提升到最大值。"她说,"然后,在一星期的高速率数据收集之后,我希望由四条天线轮流收集数据,每条天线每次接收一分钟。那之后我想重启X光望远镜。它的视角是一度,我想让它扫描这两个角度之间的区域,速率是每天一度。"雅克琳娜把那张纸递给对方。

"啊,都已经换算成飞船坐标了。"唐纳德对这个年轻女人的评价每秒都在提升,"谢谢你替我换算,省了好多麻烦。"

"小事一桩。"她平静地说,"我跟那艘飞船工作太久了,连想问题的方式都跟它差不多了。"

两人一起确定了指令步骤,然后唐纳德转到程序板块。编程其实是交给计算机完成的,不过程序员要对计算机的结果做好几项测试。毕竟飞船已经发射几十年,得确保计算机模拟没有故障才行。

"等指令准备好我给你打电话。"唐纳德说,"正式的步骤要好几天才能完成。好在赞助机构那边应该没问题。虽说试验包是欧洲航天局的手笔，飞船本身却是俄国人造的，所以变更指令的权力归苏维埃科学院。凭斯瓦林斯基的名头，准能获得批准。我打哪个电话联系你？"

### 时间：2020 年 5 月 1 日　星期五

时间一天天过去，雅克琳娜和唐纳德花了许多个钟头考虑指令的时间线。这次的指令是一个很长的序列，但还有比序列更长的东西：延误。

"在 X 射线望远镜扫描期间，为什么不能让低频无线电以高数字化率工作？"雅克琳娜问，"这么一来，如果 X 射线望远镜发现异常情况，我们就可以查看低频无线电，看当时乱麻是不是活跃。"

唐纳德把屏幕上的内容往后翻，找到低频无线电数字化模块的操作特性。"X 射线望远镜会消耗许多能量，扫描模式尤其耗能。"他说，"飞船上的放射性同位素发电机太老了。如果我们要求低频无线电数字化以最高速率运行，电源总线的电压恐怕会降得厉害，低频无线电数字化机在这种情况下可能会罢工呢。"

雅克琳娜问："它能达到多高的速率？"

"我看看。"唐纳德查看表格，"设计时它在最低电压下的速率上限是每秒八次。我们现在已经把它推到每秒十六次，要是总线上电压降低，我们应该会回到每秒八次或者四次。"

"保持每秒十六次。"雅克琳娜坚定地说，"劣质数据还不如没数据。"

唐纳德的神情稍显困惑，仿佛第一次看到了那张漂亮脸蛋背后的东西。他张嘴想抗议,但很快改了主意,照她的意思对指令序列做了调整。

指令集渐渐成形。白天雅克琳娜和唐纳德定期一同工作,这时候唐纳德会从斯瓦林斯基的账户里扣款。午餐时、傍晚下班后两人也谈这件事,这种时候,唐纳德是免费的。斯瓦林斯基的预算于是得了不少额外的好处。

### 时间:2020年5月2日　星期六

格里菲斯公园天文台的草坪刚刚修剪过,唐纳德躺倒在草地上。今天是星期六,他已经安排好了愉快的晚间节目。先去天文馆看广受追捧的全息影像展,再到小山脚下的希腊剧院,在星空下听《撞击恒星》,这是当今流行乐坛最热门的音乐。不仅如此,还有一个美丽迷人却又让人琢磨不透的姑娘同他一起享受这一切。

太阳西沉,唐纳德的思绪飘向散落着寥寥几颗星星的天空。他从小就经常这样。小时候他会和父亲一道去后院看星星,两人偶尔会看到流星一闪而逝,或者卫星从空中缓缓掠过。那感觉就像中了大奖。唐纳德知道自己的人生从那时起就已经注定:他想飞向星空!

可惜等到唐纳德长大成人,人类探索星星的脚步已接近停止。不过他没有放弃,最终赢得了这一领域所剩不多的职位。现在看来他本人恐怕永远没法离开地球了,不过由他照料的飞船却遨游在太空中,也算是代他圆了梦。

天色渐暗。雅克琳娜再抿一口葡萄酒,她看着唐纳德凝视天空的眼睛。那双眼睛里什么也没有,与它们注视的深空一模一样。

"下次让他准备野餐的食物,我负责带酒。"她若有所思地咂着那口酒,暗自对自己说,"加利福尼亚产的葡萄酒倒也不坏,可跟上好的法国葡萄酒还是没法比。他要学的还多呢。"

雅克琳娜已经很了解唐纳德,知道他在想什么。她问:"你在看哪一个?"唐纳德负责监控六艘深空宇宙飞船,每艘飞船在天空中的位置他都了如指掌。

"不是我的那些,"他回答道,"是头一个离开太阳系的——先锋 X 号。它是从金牛座和猎户座之间离开的,现在离我们怕有一万个天文单位了。我想象我是它,跟地球失去了联系,孤零零地往前冲,靠微型气流和星际风推动。我越来越累了,可还是不停地向前、再向前……"

雅克琳娜清脆的笑声把他带回地球。他翻过身,有点不好意思地瞪着她。

"别生气。"她说,"我们俩真的很像,大概像得超出我们的想象。我也一样。有时候我会梦见自己是宇宙飞船呢。"

她把那个古怪的梦讲给他听,两人谈起这种广为人知的现象:研究生跟自己论文的问题同住同吃,连梦里也在一起。

他说:"多半是你的潜意识想跟你说点什么。"

"我知道,"她回答道,"而且我很重视那个梦。在我心里,它几乎跟我的计算结果一样重要。除非飞船发回什么东西,证明我的梦纯属无稽之谈。不过我在想,或许我们可以把 X 射线望远镜的扫描延迟,先用各种不同速率使用低频无线电,说不定能得到额外的讯息、确定乱麻的确切频谱。"

唐纳德意识到野餐的轻松气氛已经消失了,雅克琳娜从休闲的女伴变回了工作同事。既然是谈工作,排队的时候也一样可以谈。

"说不定能行。"他开始收拾野餐篮,"咱们先把这个放回车里,然后去演出入口排队。排队的时候接着说。"

### 时间:2020年5月5日　星期四

深空网络花了五分钟时间(以及许许多多卢布),把指令发射进了太空。这串五光分长的无线电脉冲走了一天多,终于抵达二百天文单位外、高踞太阳上方的黄道外探测飞船。指令被储存起来,飞船的计算机迅速算出校验和。计算机并未发现明显的错误,但这串比特依然被当作可能带来危险的癌症病毒,并未获准进入指令机构。因为如果它包含错误,飞船就会被它杀死,像遭遇陨石撞击一样必死无疑。比特流储存在暂用存储器里,它的一份拷贝被发回地球。地球则将这拷贝的拷贝与原件对比。最后原始命令串的另一份拷贝被发送出去,紧接着又发送了独立的执行指令,向黄道外探测飞船保证说没有问题,它可以更改操作状态了。

雅克琳娜守着下一批数据转储入计算机。时间已近午夜——对研究生来说这是正常的工作时间。过去几个月里她曾多次在凌晨时分坐在控制台前,只不过如今她不像之前那么孤独了。

深空网络的报告逐渐出现在唐纳德的屏幕上,他说:"看来转储顺利。"

雅克琳娜转头对他微笑,却被另一个不那么温和的声音打断了。

斯瓦林斯基教授命令道:"整理低频无线电数据,在屏幕上画一个快速简图。"

雅克琳娜训练有素的手指在键盘上飞舞,计算机很快就把数据从飞船格式转换为图像格式。由于提升了数字化速率,数据量也随之变大,所以花了不少时间才完成转换。

唐纳德看见图像出现在雅克琳娜的屏幕上:"来了。"低频无线电的变量在屏幕上蛇行,描绘出高低起伏的复杂图案,所有的变量都挤在几英寸的屏幕上。雅克琳娜凑近了打量,绿白色的线条渐渐改变质地,仿佛失焦一般。

她说:"乱麻开始了。"

三人注视着缓慢爬行的变量,只见它们几乎被大片图像噪音淹没。

雅克琳娜记下乱麻发生的时间,又按了几次"删除"键,让缓慢移动的图形停下来。她输入几道指令,很快屏幕上就出现了新图形。这一次的正弦变量间隔很开,乱麻变成了明显的脉冲。

"绝对是周期性的!"斯瓦林斯基道,"再展开!"

在新出现的图像中,雅克琳娜论文要写的缓慢变量被缩减成逐渐加长的趋势线。在这条线上有一连串噪音尖峰,就像阅兵式上的士兵一样等距排列,但是大小却有许多差异。

"看来确实像脉冲星!"斯瓦林斯基惊叹道,"周期是多少?"

雅克琳娜道:"我来对这一段做个频谱分析。"频谱分析很快出现在屏幕上。噪音很多,另外还有些边带尖峰,但是毫无疑问,数据几乎完全集中在五点零二赫兹这个频率上,或者说周期为一百九十九毫秒。

"这么规律,只可能是人造物——或者脉冲星。"斯瓦林斯基说,"你来找另外几段乱麻,看看周期是不是相同。如果周期相同,再看看其中一段乱麻是不是与之前的几段乱麻确立的拍子保持一致。我来查找图书馆里关于脉冲星的最新数据。"他走到房间另一头,打开了另一台控制台。

雅克琳娜瞅着屏幕说："如果你要按脉冲星的周期查找，我估计周期是一百九十九点二毫秒，虽说最新数字可能会差个几位数。"

斯瓦林斯基让控制台进入图书馆模式，索取到一张清单，上面列出了所有周期小于一秒钟的已知脉冲星。与此同时，雅克琳娜也确认了脉冲信号的确非常规律。虽说由于飞船缓慢旋转的缘故，脉冲总会逐渐消失，又在一天之后重新出现，但新的脉冲线条依然与之前的同步。她在整组数据中追踪脉冲信号，发现信号在整个一周时间里都遵循着精确的时间。

雅克琳娜见斯瓦林斯基瞟了自己一眼，便报告说："现在的周期是 0.1 992 687 秒，至少在六个不同的地方都是这个值。"

斯瓦林斯基浏览着屏幕上的脉冲星周期表。"已知的脉冲星没有这个周期的。"他说，"可它肯定是脉冲星。要是我们知道它的具体方向，地球上的无线电望远镜说不定能找到它。"

雅克琳娜这才决心说出自己自作主张多加了一道指令的事。"斯瓦林斯基教授，"她说，"之前我跟唐纳德一起考虑指令细节、让飞船提高数据数字化率。我们当时就琢磨着，高速率数据采集只需要一周左右，得到的信息就足以了解高频乱麻的性质了，之后我们就可以再让飞船做点别的。"

斯瓦林斯基厉声喝问："你做了什么！"

雅克琳娜面朝他耐心解释道："我们给飞船写的程序是这样的：先以高速率收集一周的数据，之后继续保持高数据率，不过循环使用四条天线臂。这么一来，如果乱麻更多出现在某条特定的天线臂上，我们至少能知道信号来自天空的哪个象限。"

斯瓦林斯基把她的话琢磨了一番。起先他满脸怒容，最后又放松下来："好吧！"他转向唐纳德，询问下一次数据转储的时间。后者答道:"离今天整整一周,再少大约半小时。"

"好。咱们三个到时候见。"他说,"雅克琳娜,这几天你先把资料整理好,准备拿到《天体物理快报》发表。我们需要周期、估算强度值,还有你能从数据里提取的所有信息。等看过下周的数据再把文章送去评审。晚安。"他转身离开了。

### 时间:2020年5月12日　星期四

下一周,控制室挤满了人。斯瓦林斯基带了几个射电天文学家一起来。还有几个教职员和研究生听到传闻,也都跑来看热闹。唐纳德带来一位设计飞船天线的工程师,两人一同翻出飞船低频无线电天线的准确配置,计算出了每条天线臂精确的辐射方向图。天线的方向图非常复杂,因为天线臂是安装在飞船不同部位的,每条天线臂的反应都与船身这个部位的具体形态息息相关。

雅克琳娜也准备好了一个复杂的数据精简程序。它会在屏幕上显示五张图,每条天线臂各一张,最后一张图则是四条天线臂的综合反应。

唐纳德在自己的控制台前监控深空网络的工程数据,这时他转过头来说:"转储完成。数据应该已经在计算机文件夹里了。"

雅克琳娜的双手在键盘上起舞,很快,五条泛绿的白色线条蛇行着横穿屏幕。

"这里是乱麻。"说着她凑到屏幕前,细看上方的四条波形,然后惊叹道:"只有一条天线臂收到了脉冲信号!"

很快就清楚了,飞船在太空中缓慢滚动,四条长长的天线臂从天空的不同部分扫过,其中一条天线接收到的高频脉冲远远超过其他天线。现在他们能更好地确定脉冲源自哪里了。

飞船的天线设计工程师大惑不解似的摇摇头,"简直没道理,为什么其中一条天线会比其他天线敏感那么多呢。天线毕竟只是又长又粗的线罢了,辐射方向图不该差了那么多。是哪条天线?"

雅克琳娜道:"2号。"

工程师转身在自己的控制台上操作,很快屏幕上就闪出一个指向性图案,已经由计算机填充为3D形态。

他说:"这里看不出明显的指向性啊。"

唐纳德一直在旁边看,他注意到屏幕底部有个频率编号。

"或许脉冲是高频爆发,比低频无线电天线的额定设计频率高。"他说,"你能计算更高频的辐射方向图吗?"

工程师道:"我已经提前算好储存起来了。"他键入指令,屏幕上的图案被另一个图案取代。高增益尖峰从图案中央突出出来。

工程师盯着它看了一秒钟,然后宣布:"这个尖峰叫'端射'垂体,是天线与自己所在那一侧仪表设备的复杂互动。这类尖峰经常在设计范围的高频端出现。"他转身对雅克琳娜说:"这么一来就简单了,你的脉冲来自这条天线所指的方向。"

射电天文学家开始感兴趣了,现在他们知道脉冲信号来源于飞船的相对位置了。

不过他们又花了不少时间与深空网络和飞船工程师协同工作,好几个钟头后才找出脉冲最强时飞船相对各恒星究竟处于什么位置。

两天之内,好些射电抛物面天线都将狭窄的光束指向太空,寻找那颗新发现的脉冲星。人类知道它的确切周期,甚至对脉冲出现时间的掌握也已经精确到几分之一秒。然而脉冲星依然没有找到。谜团越发神秘了。

### 时间：2020 年 5 月 19 日　星期二

"我越来越相信没准真是小绿人作怪了。"说这话时唐纳德正与雅克琳娜并肩躺在草地上。他刚刚带她去看了演出。她还费心用了"女妆"，让他很是高兴。属于雅克琳娜的才智从那张精心描画的脸孔背后瞅着他，露出不敢苟同的神情。

"别犯傻了。"她说，"肯定有一种非常简单的解释，只不过我们还没想到罢了。也许 X 射线望远镜能提供线索。幸亏它在这周数据收集的第二天就扫描了可能的位置，所以我们不用等太久。"

"斯瓦林斯基知道这部分指令吗？"唐纳德问。

"不知道，"雅克琳娜说，"我一直没机会跟他说。说起来他最近忙得很，又是开研讨会又是到处参观射电天文望远镜，我已经一星期没见过他了。"

唐纳德看看手表，"啊，这回的数据转储差不多要开始了。咱们进去从控制台监控吧。"两人站起来，穿过夜色走向空间科学大楼。

这次机房里只有他俩，唐纳德坐在雅克琳娜身后。他趴在她椅背上，一边嗅她头发的香气，一边看她纤细的手指在键盘上跳动。

"X 射线数据的格式跟无线电数据不一样，因为 X 射线只是对探测到的 X 射线光子计数。"她说，"我先看方向图，看看在低频无线电探测无线电脉冲期间，那个方向上的 X 射线光子数量有没有显著增加。"

表示脉冲与天空中方向的柱状图很快闪现在屏幕上。

"瞧那尖峰!"唐纳德道,"那是正确的方向吗?"

"没错!"雅克琳娜心里激动,手指按错了几个键。她清除掉一张扭曲的图像,然后放慢速度,让计算机显示当望远镜指向正确方向时计数与时间的关联。

唐纳德道:"瞧,就像听话的小兵,每秒五次!"

"每秒5.0183 495次。"雅克琳娜纠正道,"这个数字已经刻进我脑袋里了。我其实是希望能在X射线脉冲和无线电脉冲之间发现延迟。X射线脉冲是光速传播的,但无线电脉冲会被星际间等离子体稍微拖慢速度,所以会比X射线脉冲晚一点抵达。延迟越长,说明无线电脉冲穿过的等离子体越多。把X射线数据和无线电数据综合起来,我们就大致能知道脉冲源有多远了。"

她边说边敲击键盘,很快,一排X射线尖峰下面出现了无线电天线绘制的图像。二者很相似。

"亏得你决定把无线电数据的数字化频率定在每秒十六次,我们才能看清每一次脉冲。"唐纳德说,"要是像我建议的那样每秒四次,大多数脉冲都要错过了。"

"没有延迟!"雅克琳娜大感不解。

"唔,"唐纳德说,"也许延迟差不多正好是二百微秒,所以就只是移了位置。"

"不对。"雅克琳娜指着屏幕说,"瞧——这里是一个很弱的X射线脉冲,接着是三次强脉冲,接下来又是两次弱脉冲。底下无线电脉冲的模式完全相同。延迟几乎为零。也就是说无论脉冲源是什么,它都离探测器非常之近。"

"……离探测器最近的可不就是飞船吗。"唐纳德说,"看来恐怕是飞船不知怎么的,让低频无线电天线和X射线望远镜探测到了尖峰。"

雅克琳娜皱起眉,然后很快调出两张图,比之前的比例大得多。现在脉冲之间非常接近,又变回了乱麻。但X射线图上的乱麻区域比无线电图上短了许多。

"不,不是飞船。"她说,"瞧这里,注意脉冲来去的速度,X射线望远镜捕捉到的比无线电天线快得多。X射线望远镜的视野只有一度,而无线电天线的高灵敏尖峰,它的束宽差不多有三度,这些图也跟这些宽度一致。"

"好吧,如果不是飞船,"唐纳德道,"那是什么?"

"等我几分钟。"雅克琳娜又开始敲击键盘。

唐纳德起身出门,去走廊里的咖啡机端回两杯咖啡。看来今晚还长着呢。他回来时,她已经让X射线和无线电脉冲的曲线再次显示在屏幕上。这回它们被放大得很厉害,一屏只能显示三个脉冲。

"时间上有很轻微的延迟。"他一进门她就说起来,"可惜我不记得太阳周围星际间等离子体的数密度。上个月最新一次太阳风周期的数值已经算出来了,得去楼上查查数密度。"

她把屏幕上的图表打印一份,然后快步跑上楼梯。唐纳德端着两杯咖啡,慢悠悠地跟过去。等他走上楼,她已经找到了星际间等离子体的密度值。他走进她办公室时,她正在计算器上按个不停。

"二千三百天文单位!"她一声惊呼,"脉冲星离我们只有十三分之一光年!"

"距离这么近的恒星?"唐纳德问,"那我们早该看见它在天上移动了。"

"不会,"她说,"脉冲星是旋转的中子星,而中子星的直径只有二十公里左右。就算它温度很高,发光区域也太小了,我们得用很大的望远镜正对着它所在的地方看。不过你说得对,它怎么一直没被望远镜发现,真是太奇怪了。"

唐纳德问:"如果这颗脉冲星真的这么近,那为什么射电天文学家没有发现它?"

"中子星的辐射是从磁极射出的波束,你得在波束射出的方向上才能看见脉冲。"她回答道,"所以飞船能看见脉冲,而我们看不见。飞船在黄道上方二百个天文单位,正好来到波束的路径上。"她走到办公室的白板前,一面踱步,一面用彩色记号笔写写画画。

穿着礼服鞋的脚来回回踩在地板上,发出咔嗒咔嗒的声音。唐纳德保持安静、耐心等待,任修长的手指在白板上涂抹图表和公式。一组天体坐标被转换成另一组,所有难题都被那张漂亮的面孔一一解开。五分钟过去了,唐纳德仍在欣赏雅克琳娜的背影,这时她突然转过身来。

"它在北边的天穹上。"她说,"但不是我们之前想的位置。因为中子星离得太近,所以飞船与它的角度和地球与它的角度之间存在五度的差异。难怪射电天文学家找不到它,咱们跟人家说错了方向。"

她走到墙上的星图前,仔细画下一把小叉。

她转过身,咧嘴露出笑容,"而它之所以一直没被发现,是因为它正好挨着天龙座λ,天龙座尾巴上的那颗四等星。那么亮的光底下,要上好的望远镜才能看见中子星呢。"

她一口喝干咖啡。

"咱们去叫斯瓦老头起床。"她说,"论文等着发表呢。"

**时间：2020年5月22日　星期五**

两天之内，论文准备完毕，录入《天体物理快报》的计算机。第三天便刊登在天体物理信息网上，同时还附了多位射电天文学家的说明，说在北边的天空，正好在天龙座尾部这个区域，发现了非常微弱的199微秒脉冲。没过多久，中国新建的十米望远镜就在空中发现了一个微弱的光点。《中国天体物理》刊登了《龙蛋——太阳最新的邻居》。这张照片被大众媒体转载，这个诗情画意的中国名字也传播开来。很快就有人凝望夜空，想要捕捉"龙蛋"的身影。这自然是徒劳，不过它确实就在天龙座尾巴后头，仿佛刚刚产下的蛋。

**时间：2020年6月13日　星期六**

周六晚上。唐纳德和雅克琳娜坐在格里菲斯天文台的草地上聊天。几个月以来，两人头一次如此放松。雅克琳娜的论文完成了。她的发现获得了全世界科学界的一致赞誉，相关新闻视频广为流传，所以前一天的答辩不过是例行公事而已。

"我还是不明白，为什么由斯瓦林斯基接受电视采访。"唐纳德皱着眉头说，"第一个发现中子星的明明是你。"

"科学就是这样。"雅克琳娜解释道，"教授启动研究项目，指望有所发现。有时发现新东西的是学生，可如果没有教授的研究项目，发现根本无从谈起。如果项目失败，教授必须承担责任，所以如果成功也该他获益。再说我也不在乎——毕竟我的职业生涯有这么好的开端，真是棒极了！"

听了这话，唐纳德更加钦佩这个女人。他是越来越喜欢她了。他没说话，继续抬头看星星。

过了好久,雅克琳娜开口了,"我在想,我们会不会有机会去龙蛋拜访呢。照它的行进速度,再过几百年它就会离开太阳系。真希望我能去,不过多半只能指望孙子辈,或者曾孙辈了。"

"或许不会像你想的这么久呢。"唐纳德说,"尼日利亚的磁单极子又有了新发现。他们用最早发现的磁单极子在大型电磁加速器里制造出了更多磁单极子,其中一些已经被用来制造氘聚变反应。聚变的结果让喷气推进实验室的工程师非常兴奋,他们已经开始设计星际飞船的聚变火箭了。当然飞船不可能很快就造出来,你我大概是去不成了。不过再过二三十年,我们的某个孩子很可能会从龙蛋上方的轨道俯瞰它呢。"

而时间也以不可阻挡之势,慢慢流逝……

### 时间:2032 年 8 月 15 日　星期日

"迅捷移动者"累了。他只能指望迅猛兽比自己累得更快。迅猛兽的动作比他快许多,但大脑却很迟缓,而且似乎永远不会从失败中吸取经验教训。天空之前三次旋转期间,这头迅猛兽一直在骚扰他的部落。部落成员被迫撤退到一堆岩石间,借岩石抵挡迅猛兽的冲锋。他们毫无办法,只能等这头巨兽觉得累了、自动走开,或者等它在空旷地带抓住他们中的一员——比方说想从附近一株植物摘取种子荚的迅捷移动者。他开始后悔不该出来找吃的。

迅捷移动者小心观察着对方,用上了他眼睛中的六只之多。只见迅猛兽在难方①吃力地挪动着。它想去猎物的正东或者正西方,到达那里之后,它就会开始加速,又长又窄的身体从地壳上扭过,飞速朝他滑过来。接近他后,那张发光的大口就会

---

① 本书特有的表示方位的名词,详见后文。

张开,迅猛兽的五只眼睛环绕在张开的嘴巴上方,每只眼睛底下都会刺出又长又尖的晶体獠牙。

迅捷移动者知道这些獠牙有多锋利,因为他曾捡到过一颗,后来一直储存在体内的工具囊里。獠牙来自一头与同类争夺配偶失败的迅猛兽。迅捷移动者从稀烂的尸体上得到这枚獠牙,用它切开了已经干瘪的腐肉。腐肉给部落分食,正好在日常单调的荚子之外补充营养。

迅猛兽发动了冲锋。迅捷移动者一直等到迅猛兽已经彻底投入进攻,这才把自己乳白色的柔韧身体压扁,用尽肌肉的所有力量朝难方挤去。此时迅猛兽的速度已经太快,无法改变方向。但它距他相当近。迅捷移动者有只眼睛拖在后面,被獠牙划伤了厚实的支撑眼柄,他痛得瑟缩了一下。

迅猛兽降低速度、转身准备重新发动攻击。迅捷移动者几乎绝望了。很快就会有一颗锋利的獠牙在他身上挖出一个大洞,下一次迅猛兽就会冲过来抓住他。

迅捷移动者突然灵机一动。他自己不也有一颗獠牙吗!他看见不远处的迅猛兽改变了位置、又一次开始冲锋,于是赶紧把一部分皮肤塑造成一小段卷须,又将卷须伸到工具囊的孔里,掏出獠牙。他用结实的水晶骨核支撑卷须,把它扩充成强壮的操作肢,然后再度将身体其他部分推往难方。这一次,他将自己身体的一部分留在了迅猛兽的前进道路上——留下的正是握着獠牙的粗壮操作肢。迅捷移动者感到身体震动,随即看见迅猛兽踉跄着停了下来。它的体侧被獠牙割开,发光的体液喷涌到地壳上。这番景象看得迅捷移动者的眼睛亮了起来。

迅捷移动者满心敬畏地看看握在自己操作肢里的獠牙。一团团鲜亮发光的体液从操作肢和獠牙上滴落。他把它们吮得干干净净——新鲜的汁液和肉可是难得的美味。他来到仍在挣扎的迅猛兽身旁,看着对方的生命一点点流逝。不过他一直小心翼翼地保持足够的距离,并且始终站在迅猛兽的难方。过了好久,他终于壮起胆子,将握着獠牙的操作肢移动到那具又长又薄的身体上方,对准迅猛兽身体中央砸下去。锋利的尖牙深深陷入对方身体里。脑结挨了这记猛击的迅猛兽哼嗦着,成了一团湿漉漉的肉。

迅捷移动者再度举起獠牙,又是用力一击。

感觉真不错。

他比迅猛兽更强大!他的同胞再也不会惧怕这些野兽了!

獠牙一次又一次砸下去……

### 时间:2049 年 11 月 5 日　　星期五

星际方舟圣乔治号。皮埃尔·卡诺·尼文飘浮在科学甲板的控制台前。他是个瘦削的年轻人,此刻正若有所思地扯着精心修剪的深棕色胡子。他在监控龙蛋小行星带的活动,虽然那颗星星离他仍很遥远。

"在我心里,它依然是'母亲的星星'。"皮埃尔想起了自己的童年时光——躺在草坪上,在父亲怀里目送第一批星际探测飞船离开地球前往太空,去探索他母亲发现的中子星。

他被选为龙蛋探索小组的首席科学家时,有些人私下说是"靠关系"。可那些私下不满的人没有一个像他这样发奋努力。皮埃尔一直觉得母亲没有获得科学界足够的承认,他一辈子都想更正这个他认定的错误。他不仅成了中子星物理方面全球顶尖的专家,还自学成为流行科普作家,因为他想让所有人——而不仅仅是少数几个科学家——都知道雅克琳娜·卡诺的儿子有怎样的成就。皮埃尔能将科学概念传达给不同层次的人,作为科普作家大获成功,也因此被选为这次远征的领袖与发言人。而现在,所有的谈话、贩卖和解释都已结束,作为科学家的皮埃尔重出江湖。

考察队距离龙蛋还有六个月之遥,不过现在就该让自动探测飞船开始工作了。它们是圣乔治号派过去打前站的。为了让人类能近距离观察中子星,有许多准备工作要先期完成。在中子星周围发现了他们所需的小行星带后,这些工作已经无须人类干预,靠机器大脑就能完成。

最大的探测飞船其实是一座自动化工厂,它只生产一种超乎寻常的产品——磁单极子。探测飞船原本就搭载了少量磁单极子,正负两种都有。这些不是为了生产,而是工厂运转所需的种子材料。工厂探测飞船的目的地是距离地球最近的大型镍铁小行星,后者在旅途中被中子星的强大磁场拖慢了脚步,进而被中子星捕捉。工厂探测飞船会着手准备场地,与此同时,其他探测飞船则开始储备磁单极子工厂运转所需的电能。能量的需求量实在太大,不可能让工厂探测飞船将燃料从地球带过去。事实上,所需的能量等级超过了人类在地球、殖民星、月球、火星、小行星和所有科学基地发电厂发电量的总和。

虽说所需的电能超出了太阳系内人类设施的供应能力,但这仅仅是因为人类手头缺少合适的能量源罢了。太阳至今仍然慷慨大方,它一直在往外倾泻能量;可如果要把它辐射出的能量转化成电,人类的手段就相当有限了——要么使用太阳能芯片,要么燃烧变成化石的太阳能、再用它驱动磁场穿过发电机里的线圈。

但在龙蛋这里,既不需要太阳能芯片,也不需要热力机。因为中子星高度磁化、快速旋转,它能同时充当能量源与发电机的转子。只需一些线圈,就能把这个旋转磁场的能量转化成电流。

那些较小的探测飞船的任务就是铺设电缆。这项工作始于它们的工厂,再将一条又细又长的电缆铺成一个大圆圈,把整个中子星包在里头,同时又与星星拉开了安全的距离,这样才能在需要电力的几个月里保持稳定。总共需要十亿公里长的电缆才能从小行星所提供物质的所在位置向下绕中子星一圈,再回到出发点,所以这种电缆必须非常特殊才行——事实也的确如此。铺设的电缆是一捆捆超导聚合线。虽说中子星附近温度极高,这种电缆却并不需要降温以保持超导特性,因为聚合物直到接近熔点依然无电阻,而它的熔点是九百度。

电缆越铺越长,并开始对中子星的磁力线产生反应。磁力线抽打着电缆,每秒十次——其中五次是从中子星东极放射出的正磁场,间隔着五次从西极放射出的负磁场。每次磁场经过,电流都会在电缆中涌动,并作为过剩电荷累积在探测飞船里。不等电缆铺设完成,所有探测飞船都开始闪烁蓝光和粉红光——那是正、负电晕放电。电缆闭合的最后一处连接点十分棘手,因为它必须在不间断的前、后脉冲的电流电量均为零的那一瞬完成。好在探测飞船已经半智能化,由微分相对论热核火箭驱动。对它们而言,百分之一秒的时间就绰绰有余了。

工厂接上电源就开始生产。高强度的交变磁场在高能量状态下来回击打种子磁单极子,令其穿越一块致密物质。磁单极子与致密原子核的撞击发生在能量极高的状态下,于是就产生了大量的基本粒子对,包括带磁性的磁单极子对。这些磁单极子对从目标物的残骸中被撇出来,用定制的电场和磁场传输到工厂外,再注入附近的小行星。磁单极子进入小行星,在穿过原子时与原子核发生反应,取代外围的电子。磁单极子环绕原子核转动的方式与电子不同,它画出一个圈,由此制造出抓住带电原子核的电场,而原子核则画出一个与之相扣的圈,由此制造出抓住带磁性的磁单极子的磁场。

由于失去了界定其体积的电子,原子就变小了,那块由它们形成的石头于是更加致密。越来越多的磁单极子被倾泻入小行星的中心,构成小行星的物质原本是因充满轻盈的电子而肿胀的普通物质,这时就变成了致密的磁单体。

最初的原子核还在,但现在有了在相扣的轨道内围绕其转动的磁单极子,于是密度增加到接近中子星密度的水平。当小行星中被转换的物质总量逐渐提升,被压缩的物质形成的重力场也逐渐增强,重力场很快加入到这一进程中——原子刚刚被部分转化成磁单体,重力场就把原子周围的电子轨道挤压到核尺寸。等为期一月的转化完成,直径二百五十公里的小行星变成了直径100米的球体。它的内核是磁单体,地幔是白矮星密度的简并物质①,发热发光的地壳则是部分坍塌的正常物质。

第一颗小行星完成变形后,工厂就着手转化下一个。这颗小行星是由一艘导引探测飞船花了几个月时间推过来的。这一进程多次重复,终于有了八颗致密小行星环绕中子星旋转:两颗较大,另外六颗较小。它们一面绕中子星旋转,一面又绕着彼此缓缓起舞。专门有数艘探测飞船负责让八颗小行星保持稳定的排列。这种探测飞船的前端里储存着许多磁单极子,借由磁单极子产生的磁场,探测飞船就能从远处或推或拉,控制这一团团带磁性的炽热超致密物质。

---

① 读者只需知道这是一种密度极高的物质就行了,如白矮星、中子星、黑洞等都是简并物质。

　　探测飞船一面驱赶自己的创造物前进,一面耐心等候圣乔治号。人类离中子星越来越近,导引探测飞船也活跃起来。它们对两颗较大的小行星又推又拉又拽,让二者彼此靠近。两颗小行星的超强重力场开始发生相互作用。它们以令人目眩的速度围绕彼此旋转,然后又画出大椭圆形轨道朝相反方向远离。再过许多个月,它们会在非常接近中子星的位置重逢。

# 火　山

"破花瓣"拉长的身体在一排排参差不齐的花瓣植物间流动，一路急不可耐地用卷须感受每株植物底侧逐渐成熟、发胀的荚子。他下意识地数着荚子的数量，不过并非用数字计数，因为他的数学知识少得可怜，拢共就只是一、二、三——好多。

虽说破花瓣不懂数数，他却很能理解大数字的含义。他知道有些时候，尽管看上去荚子很多，却依然不够喂饱整个部落——因为部落成员也很多，而且大家总是很饿。他边前进边感受荚子，他脑子里的好多荚子变得越来越多。随着荚子的数量变多，许许多多部落成员给他带来的忧虑也就渐渐减轻了。等来到最后一排植物的末端，他发现自己的足盘竟然在平顺的滑行动作中加入了一个孩子气的叩击模式。他让乳白色的身体恢复平时那种椭圆的扁平形态，然后骄傲地望着眼前的农作物。花瓣植物很高，他真希望能把它们尽收眼底，不过现在这样也可以了——他安闲地停在种植区末端，一打深红色的眼睛只有三四只望着一排排植物，这可是他花了好大工夫才说服部落挖地种下的。

45

破花瓣还记得事情的开端，那是天空中的星星旋转许多转之前，他遇到那位骄傲的老奇拉"龙花"，对方正用操作肢拿着一截龙晶碎片。

破花瓣问："老者，你在做什么呢?"

"我厌烦了，不想再去野外游荡，搜索还没被摘光荚子的花瓣植物。"她说，"我要属于我的植物，就在我的墙外头。"她把龙晶插在地壳里，身体往后滑，好让对方能看见她刚刚在做什么。她这么做时，操作肢里强健的晶体骨头融化了，之前覆盖在带关节的粗壮附肢上的肌肉和皮肤缩回身体里，然后，她的身体表面又恢复了光滑的模样。

"你挖这些洞做什么呢，老者? 这样就能得到属于你的植物吗?"

她回答说："我虽然老，但仍然看得清、记得牢。上次年轻人出去打猎，他们离家很远很远，居然找到一些从没被摘过的花瓣植物。他们把能拿动的荚子全带回来了。其中有许多可口的熟荚子，另外一些外表看着还好，打开以后里面却流着黏液，种子也硬邦邦的了。作为老者，我分到的自然是熟过头的荚子。能吃的我都吃了——只要习惯了，那味道其实不坏——不过里头的种子实在太硬，弄不开，所以我就把它们扔到外头去了。"

"我记得那次打猎。"破花瓣说，"我们本想找悠游兽，哪怕惶惶兽也行，结果一无所获。不过找到那片从没被采摘过的花瓣植物也足够弥补了。"

龙花接着往下讲："某一转①期间，我发现有种子滚进了我墙上的一条缝里。它长出了一片花瓣。一转接一转时间过去，我眼看着它越长越大。它长成了一株花瓣植物! 我真高兴，我就要拥有一棵属于我自己的花瓣植物了，就在我的门边上。我梦

---

① 即上文所说"天空中的星星旋转许多转"的"转"。

想着能随心所欲地摘荚子,不必出远门到处去找。或者我甚至可以多等一阵,等荚子成熟,独自吃掉一整个熟荚子,就好像很久以前,我作为年轻武士外出打猎时那样。"

她叩击足盘的调子变得悲伤起来,"可是墙上的石头逼得那株花瓣植物朝一侧倾斜——它掉下来死掉了。"

她又补充道:"我还查看了其他种子,可它们都没有长成花瓣植物。它们就那么坐在天空底下,无所事事。然后,许多转之前,我闲来无事,就打扫我的围栏,把一堆泥土、吃剩的荚子皮和悠游兽脑结扫到门外。那堆东西正好盖住了一粒种子。后来我发现它也长成了花瓣植物!"她的眼柄波动起来,"就在那儿。"

破花瓣的眼睛顺着眼柄波动的方向望去,只见那里有一堆正在解体的垃圾,角上长出了一小株植物。植物还小,他可以低头看见它凹形的顶面,被上方黑色的天空降了温,呈现出深红色;而胀鼓鼓的底面则是多尖的叶片结构,反射出地壳健康的黄光。

"很快就会长大的。"龙花说,"底面已经有长荚子的地方鼓出来了。"

破花瓣看着可能带来食物的植物,好几个念头在他脑子里奔腾。其中有一个念头让他产生了一种从未有过的奇妙感觉。他感受到了灵感的火花。

"老者,我有了一个新想法!我们去把所有硬种子都找来,把它们都放在从我们围栏扫出来的垃圾底下。种子会长成花瓣植物,我们就有吃不完的荚子了!"

龙花顿了一顿,她重新生成操作肢,抓起那片龙晶碎片。"你错了,破花瓣。种子需要的不是垃圾。我的第一株花瓣植物就不是从垃圾底下长出来的,而是从我墙上的洞里。"她说,"很显然,花瓣植物只是想看天空而已。如果种子留在地壳上,它们就能看见天,于是就心满意足,不去想要长大。但如果你拿走天空,它们就不开心了,然后就破开自己坚硬的外套,一直长到能看见天为止。我用这片龙晶就是做这个。我用尖的一头在地壳里挖一个小洞,再把种子放进洞里盖起来,不让它看见天。这样种子就会不开心,开始往上长,直到又能看见天为止。只有到这时候,它才会从种子变成花瓣植物。"

虽说破花瓣是部落首领,可他很清楚最好不要跟老者争论。他就在一旁看龙花辛苦劳作,把龙晶碎片锋利的一端插进坚硬的地壳里。很快她就疲惫了,但在她收工之前,她的围栏外围已经挖出许多小洞,每个洞里都有一粒不开心的种子,身上盖着地壳的碎渣。

龙花的试验既成功又失败。大多数种子都长成了植物,很快龙花就成了大家的好朋友,因为荚子很多,她自己根本吃不完。有些比较鲁莽的小年轻开始洗劫龙花,破花瓣不得不对他们施加压力,把他们好好敲打了一顿,这才刹住这股风气。

"你们这些懒惰的扁奇拉!"他对着他们的皮肤嚷嚷,"出去自己找荚子!还有,别忘了把最好的荚子带回来给龙花,补上被你们拿走的那些!"好吃懒做会让他们变得虚弱,这可不行。下次打猎或者洗劫行动,他还得依仗他们的力量呢。

再后来,情况进一步恶化。植物不断生长,龙花围栏上方的天空几乎被遮得严严实实。把操作肢伸到植物底下摘成熟的荚子吃,这谁都很高兴。可一旦有沉甸甸的花瓣悬在自己头顶,大家就开始神经紧张了。

最后龙花只好拆了墙,在远离植物的地方重新建起围栏。也幸亏如此,因为植物渐渐老去,支撑它们身体的晶体也变得脆弱了。在极端的重力下,有时会有一片或者几片花瓣脱落,它们会瞬间落在地壳上,摔成碎片。粉碎的物质造成冲击波,震荡会贯穿整个部落营地,谁都没法安心过日子。

破花瓣很有眼光,他看出了这件事的价值。下次打猎时,猎手们带回一具撕碎的迅猛兽尸体。但这并非最大的收获,最大的收获是许多熟过头的荚子,里面胀满了硬邦邦的小种子。然而麻烦也随之而来:因为他部落的奇拉都是猎手。

打猎并不难。你跟一帮朋友到处闲逛,接下来会有一阵极其刺激的恐惧,你得以展示自己多么勇敢、多么强壮。最后的高潮则是尽情大吃和做爱,足以弥补带着大块肉回家的一路辛劳。

种地就不一样了。哪怕只是挖坑、盖土,种地也是辛苦活儿。特别是,蛋星的地壳是那么坚硬。再说劳动期间也没有英雄主义或者娱乐活动来弥补这份艰辛。最糟糕的是,做了这么多苦工,却还要等许许多多转才能收获食物。最后,破花瓣的足盘踩了不少部落成员的体缘,才终于让所有硬邦邦的小种子都稳稳埋进坑里,为失去天空而闷闷不乐去了。

破花瓣移动到下一排,然后再下一排,心里非常自豪。这是他们种的第三批花瓣植物。第一批长得也不错,但不够整个部落吃,所以他们还是得外出觅食。下一次栽种时破花瓣特别注意要多挖洞,而这时候挖洞小组也已经见到自己劳动的长期成果,因此大家都很配合,让他轻松不少。

破花瓣正在一排排植物间移动,突然看见地壳上有一片白色。他从那块地壳上经过,感觉这里比别处烫得多。他来回移动,用自己的底面感受地壳。他十分迷惑,过去从没发生过这种事。他从两株植物间穿过,去检查下一排植物。就在这时,身下的地壳突然颤动起来。他用来追踪猎物的自动声呐传感器瞬间启动,他的迷惑变成了震惊。颤动来自他的正下方! 他吓坏了。

"难道是龙吗?"

"不,不,根本没有龙这种东西。"他安慰自己。老猎手们经常讲起龙的传说。据说龙是高大的喷火怪物,它会从地壳底下冲出来,用紫色的火焰灼伤奇拉的外体缘、令其动弹不得,然后龙就从很高很高的空中扑下来,把奇拉像蛋袋一样压扁、再吸食。谁也没见过龙,但地壳上和地壳底下到处散落着又大又坚硬的晶体骨头,也就是所谓的龙晶。龙晶让这类故事平添了几分可信度,因为谁都说不清它们到底是打哪儿来的。

地壳越来越烫,下方传来的震动仍在继续。破花瓣离开了那块地方。他离部落的围栏只有一半路程了。这时他背面的几只眼睛看见地壳上出现了一条缝,里面喷出泛蓝的白色气体,烧焦了上方的植物。

一群部落成员从围栏里迎出来。"感觉像地震,"其中一个说,"可它总是在同一个地方重复。"

"离这儿不远。"说话的是"多荚",部落最棒的追踪者之一。

"你说得对,多荚。"破花瓣说,"不管它是什么,反正位置正好就在我们的田地中间。"

部落成员小心翼翼地滑到田地边缘,轮流打量那排受影响的植物。滚烫的烟气继续从缝隙里喷涌而出,被烫死的植物越来越多。

破花瓣一直在思考。等部落成员查看完情况、围绕到他的东侧和西侧,他已经知道该怎么办了。

"烟和热气会杀死我们的植物。"他说,"美蛋,你回围栏,叫大家都赶紧过来。哪怕最小的雏仔也能搬动几个荚子。你们剩下的赶紧摘荚子,越快越好。先从靠近烟的地方摘起,只要你们的足盘受得了就尽可能靠近,把能摘的都摘了。等成熟的荚子吃完,没熟的也会一样好吃。"破花瓣的指示沿着地壳辐射开,他领头朝那排植物走去。

　　情况才刚有点起色,破花瓣暗想。记得老故事里总说"凡心生骄傲者诸神必将踩踏其体缘"。好吧,他不该得意忘形,长者们说的没错。

　　他尽量靠近裂口。现在烟已经上升到大气高处。泛蓝的白色烟柱在空中翻腾,热气辐射到他深红色的顶面,感觉很不舒服。

　　尽管地壳很烫,他仍然来到了距离裂口仅仅三株植物远的地方。他停下来,生成三根操作肢,开始摘荚子。他直接把荚子从植物的肉上撕扯下来,其实其中一些已经接近成熟,很容易就能摘下。他在身体上部形成一个储物囊,把荚子放在里头。他前后移动摘荚子,始终与裂缝保持一定的距离。一方面是对食物的渴望,一方面是足盘对更烫的地壳的反感,这个距离就是二者折中的结果。

　　最靠近裂缝的那个区域很快就采摘完毕。按照破花瓣的安排,采摘工把荚子送到田地边缘,再由比较年轻的部落成员带回围栏、由长者负责储存。虽说大家都以最快速度在行动,他们还是损失了许多过于靠近裂缝的荚子。这一劳作十分繁难,而且劳动者还总是被振动波干扰,还有地壳灰不断落在他们的顶面。

　　很快,大家都从田里回来了。他们在部落营地的外缘休息,进食囊静静地吮吸着荚子。被摧毁的花瓣植物田中央升起一座蓝热的小山,烟柱不断上升,仿佛碰到了天上的星星。烟柱的底部是特别耀眼的蓝白色,等升上清凉的黑色天空后就变成了颜色很深的红云,翻腾的红云底部染了一丝下方地壳的黄光。

　　生活变得艰难了。他们收获的食物维持了很长时间,但尚未成熟的荚子远不如成熟的那么美味可口,营养也差了很多。而自从学会耕种,他们原本每一转都能大快朵颐的。破花瓣还想挽回败局。上次栽种的作物还没结出过熟的种子荚,于是他派了一支小队去远方搜索,剩下的部落成员则在远离高耸烟柱的地方挖坑准备播种。大家费了很大力气,坑挖好了,打猎的队伍却空手而归。

　　破花瓣知道不该责备他们。成功的打猎队伍总是很受欢迎,可以任意挑选恋爱的伙伴。但这一队只好在彼此身上寻找慰藉了,在今后许许多多转的时间内都会如此。

　　他问:"怎么回事?"

　　"见高"代表整支队伍发言:"我们遇到了许多打猎队伍。大家都跟我们一样,每个荚子都摘,任何动物都不放过,哪怕几乎毫无用处的小贝壳。"

　　他继续说道:"我们尽量往远处走,直到带的食物吃光。到处都一样。大家都忙着打猎,连彼此打架都顾不上了。我们想过袭击一支队伍,可他们都很瘦,显然囊袋里没装着什么猎物,跟我们一样缺少收获。我们甚至还试用过用远震跟其中一些队伍交谈。虽然他们说的话跟我们不完全一样,但从我们收到的消息判断,所有部落都对那烟柱和地壳持续的颤动感到害怕。"

　　"悠游兽猎手"大笑一声,打断了他的话——悠游兽猎手是部落最勇敢的猎手,在杀死第三只悠游兽后获准改变自己的蛋名。她说:"有些奇拉以为那烟柱是龙吐的火,颤动代表龙要到地壳上来抓他们了!他们全都说要离开,说这地方已经变成了禁地。"

　　破花瓣突然灵光一闪。这是他天生的本能,正是它令他成为了部落首领。"如果每个部落都在外面打猎、摘光了地壳上的食物,"他说,"那我们就去他们不去的地方。"

他对打猎队伍说:"去吃东西,然后装满食物。下一转你们要再度出发打猎,只不过这次你们要往南去——朝难方去。"

小队里传出足盘在地上拖曳的声音,这是在表示不满。他们料到自己会再次被派出去,这样才能挽回荣誉。可是,被派去难方感觉却像是惩罚。除非绝对必要,谁也不愿往难方移动——连强壮的悠游兽也一样。见高想反对,但破花瓣的足盘发出剧烈的波动,让对方安静。然后他的足盘再次发声,比先前柔和些,鼓励的话语沿着地壳传出去,震动打猎小队的足盘。

"我并不是生你们的气,而且我也知道往难方前进的话,你们的速度会非常缓慢,三转之后我们都还能看见你们。"他说,"但想想看——我们知道的所有部落都位于我们的东边或者西边,大家都在同一片土地上来来往往,摘光了地上的所有食物。如果你们往难方走,只要走得够远,或许会找到一块部落更少、食物更多的地方。好了,去吃东西,然后出发!"

这一转结束前许久,打猎队伍就已经准备就绪。破花瓣最后又给他们一些指示。"除非你们看到成熟的花瓣植物,否则别往东边或西边去;等看到成熟的花瓣植物了,你们就过去检查有没有种子荚。如果没有——再继续往南,直到找到种子荚为止。不过要注意食物储备,别冒险,我可等着你们回来。"他的足盘发出开玩笑的波动,"毕竟难走的方向有两个,如果在一个方向上没有收获,总还可以试试另一个方向嘛。"

打猎队伍跺足苦笑,开始奋力挤向南方。半转之后,他们就无法再用近震与留在营地的成员交谈了,不过他们的身影依然在地平线前清晰可见。又过了三转,他们才消失在地平线后。

其他部落成员不再目送他们,大家分头去做自己的事——同时耐心等待。

见高在滑溜溜、富于弹性的空气里缓缓向前挤。朝难方行进非常困难,最主要的原因就在于他的身体老是想往这一侧或者另一侧滑动。所以不能急,只能不断把一片薄薄的体缘朝难方挪,再把它扩大,撑开一道缝隙,让他可以滑进去。这样的话,前进起来就很稳定。这有点像逆风而行,但又不完全一样。如果是风,哪怕他静止不动,风也会不断地推搡他;但朝着难方移动时,他只会感受到一种力量,就是他自己奋力朝那个方向前进而形成的力。如果他站着不动,那股力还会持续一会儿,压迫着他,之后它会慢慢压进他的身体,最后就感觉不到了——直到他继续行进,那股力才会再度出现。

见高四下打量,只见队伍里的其他成员也都在挣扎着缓慢前行。走在他前面的是悠游兽猎手,她是他最喜欢的玩伴之一。说起来,打猎期间不该干这种事,而他还是打猎队伍的领队呢。可老这么费尽力气往滑溜溜的空气里钻,实在太无聊了。他再加把劲朝前挤,没过多久就追上了悠游兽猎手。他挠了挠她拖拽在身体后面的体缘,然后悄声问:"途中休息的时候你有什么打算?"他低语的电磁波微微震动了她那色调丰富的皮肤。

"停!"悠游兽猎手抗议道,"穿过这滑溜溜的东西已经够难了,哪儿还经得住你在后头挠痒痒。赶紧退回去,要不然今后好多转我都不理你,途中休息你就更别想了。"

见高不肯放弃。他往前流动,身体同时流到悠游兽猎手拖后体缘的上方和下方,挺友好地捏捏自己的朋友;而她则想用波动把他甩开。她加倍用力往前挤,想跟他拉开距离。一般来说,她行进的速度比他快,可这一次,见高却发现自己几乎毫不费力就能紧跟在她后面。他立刻不再玩闹，敲敲她让她停步。"我轻轻松松就能跟上你，"他惊叹道，"你在拼命朝着难方挤，我却觉得很轻松，跟往东或者往西走一样！怎么回事？"

经过一点点试验(以及许多傻笑和互相拍打)，他们发现可以由一个开路者打开缺口，只要开路者继续前进，缺口就不会关闭。这时如果某个同伴贴着开路者拖后的体缘走，他前进时就几乎不用再多花什么力气。就跟见高说的一样，那感觉活像是在朝易方①前进(对于开路者当然是另外一码事了)。

打猎队伍很快就重新排成一路纵队。排头的奇拉拼尽全力尽可能向前流动，等再也拼不动了就退到旁边，让排在后面的奇拉开路。累了的那个落到队伍最后，紧贴着某个异性拖后的体缘轻松前进。就这样，打猎队伍的速度飞快提升，大家几乎不用休息，除非是两个正好前后挨着的雄性不乐意比别的奇拉少一半乐子，坚持要排到两个雌性之间去，这时才会稍微停一下。

很快，他们遇到的打猎队伍就越来越少了。又过了许多转，他们来到一片地方，这里有成熟的花瓣植物，荚子都还有剩下。又过了没多久，他们就找到足够吃的成熟荚子，连胀满硬邦邦小种子的种荚也采够了。他们的储物囊里塞满了荚子和种子，直到囊孔鼓得生疼为止。

回程比来时要艰难些，因为他们身体里装满荚子和种子，身体的厚度变大了，所以往难方行进时需要打开的口子也得加大，才能让后面的同伴通过。变厚的身体还让他们成了明显的攻击目标。幸亏他们发现了朝难方快速移动的新技巧才得以逃生。不过这期间他们失去了见高。临近的一个部落组织了一支庞大的战队，他们经过时，埋伏在旁的战队从东面发动了突袭。他们

---

① 奇拉特有的方位名词，与难方对应。

原本准备转身还击,但排在队伍最后的见高命令他们继续前进,自己则孤身抵挡攻击者,为同伴赢得了逃跑的时间。

破花瓣终于在地平线上望见了猎手,他们的队列比出发时更宽也更短了。一开始,这群奇拉的外形和速度令他莫名其妙。远远看过去,他们仿佛一种从没见过的奇特悠游兽。可悠游兽非常懒惰,绝不会沿难方移动。他发出警报,但很快就发现怪兽脑袋的奇异动作其实是悠游兽猎手奋力前行时的起起伏伏。

很快,整个部落都聚集到营地边缘,看快活的打猎队伍咯咯笑着回到家里,把战利品扔到地上。种子分发给等候在旁的播种大队,很快就撒到静候播种的小坑里。大家都大嚼成熟的荚子。

悠游兽猎手花了一转的时间,把这次旅程的详情报告给破花瓣。说到失去见高时,双方都有片刻的感伤,但他们把注意力转回现在、继续往下讲。

附近的那座火山统治了他们的生活。好在它休眠了一阵,只有一缕黄白色的轻烟盘旋着升上天空。但每过一转,地壳中的隆隆声都更加响亮。农作物长得很好,但是火山又再度进入了活动期。于是破花瓣决定搬到离火山更远的地方去。待作物收割完毕,部落成员出发朝南方前进。每个奇拉都随身带上了食物,此外还有各自拥有的寥寥几样物品。其中最重要的就是无比坚硬的龙晶碎片。

部落成员数量庞大,再说也不赶时间,所以他们把打猎队伍的开路技巧稍作改动,由最强壮的青年组成宽大的前锋挤向难方。前锋保持稳定的步调,部落的其余成员则紧挨在一起,跟随前锋行进。

**时间:2050年5月22日　星期日,格林尼治时间14:44:14**

星际方舟圣乔治号进入了轨道,围绕自转的中子星旋转。圣乔治号的轨道半径是十万公里,周期为十三分钟。科学小组启动了科研项目。以后他们会搭乘屠龙号下到距离中子星仅仅400公里处,那时获得的数据自然更佳,但现在也仍然可以用远程望远镜进行初步探测。

珍·凯丽·托马斯坐在圣乔治的成像科学控制台前,系好了座椅上的安全带。她是盘腿坐的,所以安全带也做了相应的调整。她一头红色短发、鼻孔朝天,活像是坐在毒蘑菇上的小仙子(只是多了安全带)。明亮的蓝眼睛扫过氢阿尔法紫外成像仪最新的扫描结果。计算机通知她,最近这次扫描期间发现了异常情况。

一个闪烁的方块吸引了她的注意,那是中子星图像上的一小块椭圆形牛眼状图案。在屏幕上角计算机打了一行字:

莱曼–阿尔法扫描于2050年5月22日14:44:05,新特征发现于西经54北纬31。

珍身体前倾,"识别?"图像没变,但那行字变成了:

初步识别——活火山。中央温度15 000度。

珍又说:"莱曼–阿尔法扫描转为高分辨模式,扫描目标区域!"

屏幕上的图像被火山的特写取代。图像每秒闪烁五次,因为中子星每转一圈成像仪都会扫描一次。只见中心区域喷发出亮光,一条明亮的光带从中心流出来,越往前流岩浆的亮度就越低。

火山生死的详细历史当然值得密切关注。要是走运,也许地壳里堆积的物质会变得十分庞大,最后在圣乔治号停留期间造成星震。那应该会让整颗星星颤抖,而他们或许能借此了解星星的内部谐振模式,并对其内层的厚度和密度建立更准确的计算机模型。新出现的火山无疑是高优先级,不过它也还是得排队。她可不能老占着扫描仪,让它只对着这一个地方拍照。

她再度前倾身体,说:"对此目标分配一级优先!如有重大变化或活动停止立刻报告!"

她靠回椅背上,按下打印键。

"火山,"她思忖着,"皮埃尔肯定感兴趣。他一直想研究这颗星星的内部动力,现在他可是有内脏可看了。不过那怪物喷出那么多热气和灰尘,我的大气研究准得受影响。"

**时间:2050年5月22日　星期日,格林尼治时间14:44:15**

部落缓缓向南进发。在垂直于磁场线的难方行进并不容易,哪怕年轻猎手都要花大力气,长者和雏仔就更难了,即便有开路先锋在前方打开缺口也一样。最难掌握的要点是大家必须一直紧靠在一起,并不停移动。假如出现空隙,或者有谁稍微停下片刻,东西向的磁场线就会归位,把他们的身体压在线上,活像被串起的珠子。在这种时候,如果他们没力气重新开始往南移动,那就只能向东或向西走,加入到仍在移动的某部分队伍的队尾。

熟能生巧,通过不断尝试和犯错,部落发展出一种被称作楔形阵的技巧。最强壮的一个奇拉打头,承受磁场的全部冲击,其他较强壮的奇拉在他两侧排成倒V形,将他创造的缺口扩大。其他成年奇拉很快学会了组成二级倒V形,将雏仔和长者夹在中间。如果出现缝隙,组成二级倒V形的成年奇拉立刻上去填补。于是部落行进时,拖后的体缘不再仿佛受伤的悠游兽在身后拖出的生命汁液了。

他们前进了好长一段距离,然后破花瓣喊了停。

他知道这里应该仍是某个部落的领地,但地平线上能看见的打猎队伍非常少,所以他判断他们很可能位于两个部落之间的区域。通常说来,不应该在这种地方停留。如果他们还需要往东、西方向搜集食物的话,猎手越往外走,食物就会越少。但他们随身带了成熟的种子,又懂得如何拿走天空让种子生长,所以部落可以停在此地。驻地随时都有最强力量守护,因为他们的武士全都可以留在驻地照料种下的植物,只偶尔出去打些猎物,一方面让饮食多样,一方面也展示本部落的实力。

部落成员安顿下来,松了口气。一支小队被派去附近的悬崖采石。修建围栏、荚仓和无比重要的蛋圈都需要石头。

“斑点蛋”跟着采石队接近了悬崖。这个小年轻害怕起来,他这辈子还从未如此接近这么高的东西。感觉就好像悬崖要直接倒在他身上一样。不过这是他第一次参加打猎队伍,他可不准备露出害怕的样子。

他平静地评论道:“倒是真高。”

悠游兽猎手说:“确实。”她轻踩足盘戏弄对方,“看着就好像要直接落在你身上似的,不是吗?”

“是的,不过它之前没倒下,所以我猜它现在也不会倒的。”斑点蛋信心满满地说。

“等我们采完石头,它就非倒不可了。”悠游兽猎手说。接着她认真起来,“哪一头看起来比较近?”

悬崖顶部向东形成一个斜下坡。队伍于是选了那个方向。他们带着龙晶碎片,还有一整块边缘圆润的完整龙晶,这是在挖坑准备种地时发现的。很快他们就来到竖直的断层面跟前,开始往长长的坡上爬。这一路非常辛苦,进展也十分缓慢。

"跟朝难方前进差不多,比那还困难。"斑点蛋抱怨道,"朝难方前进时,你停下来就可以休息。可往上爬的时候,你干脆别停下休息,因为停下来的时候你还是得抓牢,要不就要流下去。"

悠游兽猎手教给他一个诀窍:先爬到一块小石头上,然后再停下,休息时从石头上将身体向上伸展。这么一来,石头能防止她往下流,而难方又从旁边把她固定住。她几乎可以完全放松,舒舒服服地享受食物荬。这技巧不好掌握,斑点蛋不止一次发现自己的体缘绕过石头往下流。不过他很快就成了熟练的攀爬能手,不比同伴们差。

他们只往东走了一转就来到了断层底部,但在巨大的重力下爬坡十分艰难。他们花了许多转和许多食物才爬上坡顶,又折回到悬崖顶部。悠游兽猎手在自己的一只眼柄里形成坚硬的晶子核,将眼睛尽量往高处送,然后缓缓朝悬崖边缘移动。

"我能看见远处咱们部落的营地。就是这里了。"她站着没动,看了好一阵。

斑点蛋问:"怎么回事?"

"就看看。"她说,"从上往下看的时候,一切都显得特别奇怪。来看看吧。"

斑点蛋压根儿不愿意接近悬崖边缘,但他还是过去了,并且学着悠游兽猎手的样子把一只眼睛升高。他俩一同往前移动,直到看见留在悬崖底部的打猎队伍成员。

"他们可真大啊!"斑点蛋惊叹不已,"模样真古怪。他们顶面上还有好多突出来的包呢。"

"那是因为你平时只从侧面看。要是能从上方看见你自己,你会发现你也一样大，一样坑坑包包。"悠游兽猎手说，"不过那些包确实挺好笑。我敢打赌，'双种子'顶面中央那个泛红的黄色大包是一粒蛋，马上就会掉下来。"

她从边缘往回挪，"来吧，还有好多重活儿等着咱们呢。"

攀爬者们开始干活。首先把那块完整的大龙晶推到悬崖边，让它从崖顶落下。几乎无法打碎的超硬晶体从他们视线中消失，旋即重新出现在崖底，裂成了一打尖利的碎片。等候在崖底的小组挺过了震荡波，然后迅速上前回收龙晶。它现在已经变成了宝贵的猎刀和挖掘工具。

龙晶碎片都被拿走以后，崖顶的攀爬者来到崖边，用自己携带的挖掘工具在悬崖顶部凿出一条长长的沟。这条沟到崖边的距离刚好等同于他们能轻松搬运的石头的高度。他们将地壳里的纤维拨开，制造出一道又长又深的裂缝，把一长条地壳分离出来，只有它的两端仍连接着岩石。然后他们去到长条西端，这里的地壳比较容易抓牢。他们用自己的身体组成一根链条。悠游兽猎手用一根长操作肢把最锋利的一块水晶碎片握在身前，并把身体尽量往前伸。她集中精神，很快就让后体缘长出几个短操作肢，排成一排。斑点蛋和"灰地壳"流到她上方和下方，也形成了操作肢，好抓住她。剩下的同伴又抓住他俩，并尽可能把身体摊平，形成锚体。

"大家都准备好了？"悠游兽猎手问。她开始对着裂缝的尽头切割，只不过这次是要把地壳的纤维割断。干这活儿很费劲，而且进展缓慢，因为地壳物质的强度正是来自纤维。大家轮流着干。到最后，这一长条地壳的重量会超过剩下的纤维的力量，这道裂缝会从崖顶一路弯弯曲曲裂到崖底，悬崖表面就会从崖体脱离。而这时候正好轮到斑点蛋在前方切割，他心里害怕极了。

　　崖面的剥落让悬崖顶部承受的压力骤然减少,崖顶震荡起来。震动的一瞬,斑点蛋的足盘无法牢牢与地壳接触。他这辈子,这种情形还是头一次(他希望也是唯一一次)遇到。他根本没时间害怕就已经重重撞上了岩面。大家静静躺了一会儿,然后从碎裂的悬崖边缘退开,边退边互相拍打,庆祝胜利。

　　他们快速沿来路返回,只偶尔停下来吃些东西。大家还想乐一乐,但这得等回到崖底平坦的地壳上再说(不过友好的拍打和轻踏还是可以的)。他们终于回到铺满乱石的崖底,此时的斑点蛋已经是货真价实的猎手了。最危险的时刻正好轮到他打前锋,这让他成了英雄。悠游兽猎手亲自给了他英雄的奖赏,带他第一次领略了成年雄性的快乐。

　　地壳传来的隆隆声让破花瓣知道采石远征已经顺利结束,他于是派了另一支工作小队去帮忙把石头拉回营地。很快,这里就有了家的感觉。首要任务是荚仓,好让大家把随身带的荚子放进去,不用再担心被持续不断的风刮走。有了荚仓,最高兴的是长者。因为年轻奇拉工作时,大多数食物都要由长者保管,害他们什么都干不了。现在他们终于可以自由行动,着手更重要(并且更有趣)的任务:翻蛋、养育雏仔。

　　接下来就是修建蛋圈,这又为整个部落大大减轻了负担。自从离开老家远行,女性一直把蛋随身带着。现在她们终于可以放下了。之后的许许多多转,部落在新家成长、壮大。

**时间:2050年5月22日　星期日,格林尼治时间15:48:10**

　　皮埃尔·卡诺·尼文长长的直发绕在脑袋周围,像个光环。他不断敲击着控制台的键盘,叠加一层层彩色计算机展示图。他柔和的棕色眼睛注视着岩浆流动的模式,这模式极其繁复,换了任何人都必定一头雾水。皮埃尔命令计算机计算新流出的岩浆对地壳造成的负重。这问题十分复杂,趁计算机工作,他从自己的控制台前离开,飘过去看珍在做什么。

珍在检视火山烟雾在大气层中的飘动模式,又把它与磁场的数据和由中子星高速旋转造成的科里奥利力相互关联。她要创建一个磁场构造的计算机模型,借此发展出详细的理论,来解释中子星的铁蒸汽大气以及这大气与重力、磁力和中子星自转这几种相互矛盾的力如何互动。

皮埃尔飘近珍身边,从她肩头看着屏幕。珍命令计算机缓慢旋转中子星的图像。滚烫的烟气用白色表示,磁场线用蓝色,而科氏力和重力则是绿色。

"看起来很像地球的天气模型。"皮埃尔评论说。他的指尖搭在她肩上,借此令自己留在原地。

"对。"珍说,"烟气基本是从火山往东西方向移动,因为顺着磁场线移动比横跨磁场线更容易。但当烟气来到磁极,容易移动的方向就变成了指向地下。所以烟气堆积的整体形状就像个很大的新月,火山在新月的中央位置。不过在两个磁极处有些泄漏。"

"为什么泄漏出的烟气都停留在赤道以北的一条带状区域里?"皮埃尔问,"东极漏出的烟留在北自转半球,这我能理解,因为它位于自转赤道上方;可西极泄漏的烟气为什么没有污染南半球的大气呢?"

珍对控制台说话:"西极视图!"图像转动到西极停下。珍指着屏幕说:"西边极地布满杂乱的次级磁极,其中一条很强的次级磁极正好与火山在同一磁经度,又正巧也位于自转赤道上方。这一次级磁极阻断了那个经度,把所有的烟气都困在了北半球。这样一来,西极泄漏的烟气和东极泄漏的烟气合在一起,形成了自转赤道稍微往北的这条浓烟带。"

**时间:2050 年 5 月 22 日　　星期日,格林尼治时间 16:45:24**

"烟天"忧心忡忡地往上看。如今天空几乎随时都被烟雾遮蔽。他离开蛋壳不久、该给他命名的时候,负责照看雏仔圈的长者们都觉得布满烟雾的天空十分稀罕,于是给他起了这么个名字。现在——离那时已经过去许许多多转了——现在他已经成了部落的首领,自己名字代表的现象深深困扰着他。

花瓣植物的收成越来越糟。头顶几乎总是覆盖着烟云,植物似乎被窒息了。该搬走了。可要走多远才能逃开时刻悬在头顶的烟呢?他们能走那么远吗?

"还是谨慎些比较好。"烟天对自己说,"可别弄成为了躲避悠游兽,却跑进了迅猛兽嘴里。"

他来到围栏与农田之间的空地,足盘叩击地壳,召唤部落集会。很快,所有部落成员都在他东边和西边排成弧形,没有到场的只有卫兵和雏仔。

烟天开始说话:"如今形势不妙,我们不得不离开,去天空没这么多烟、花瓣植物能够生长的地方。要走的路肯定很长,所以我们必须有充足的食物带着上路。蓝流,你带领一支打猎队伍,去替大家找个更好的地方。我猜不会很近。你们必定要过许多转才能回来,所以尽可能多带荚子上路。记住我们祖先的话——'去其他奇拉不去的方向。'"

蓝流移到旁边,一群渴望冒险的年轻武士跟了过去。他挑选出一小队成员,然后领他们去荚仓装食物。烟天看他行事,心里琢磨着:"他很有领导才能。他选的是耐力好的,哪怕其中有些并不是最好的猎手。最重要的一点是,他考虑到了旅途会很长,所以他选的两种性别数量相同。"

烟天转身对剩下的成员说:"我不知道打猎队伍要过多少转才会回来,但等他们回来,我希望荬仓里存满食物。花瓣植物结的荬子变少了,所以我们必须再多多播种。"在一片足盘拖曳的呻吟中,烟天挤到工具仓旁。他拿起一片龙晶碎片,去到田里,开始在坚硬的地壳上挖洞。他心里明白,这样漫长、艰苦的劳动,要让大家动起来,最好的办法就是首领带头开干。

蓝流看看自己的队员,他们的储物囊里装满荬子,身体全都胀鼓鼓的。"走吧。"他开始向南朝难方推挤,其他成员挨个紧紧跟上,形成一列纵队。经过一转的艰苦跋涉,他们终于越过地平线,再也看不见家了。

打猎队伍就这么走了许许多多转,头顶的天空依然烟气弥漫。有一次吃荬子休整期间,"抖壳"说话了:"我觉得这儿的烟比家里还浓。"

当时大家对此还有不同意见,但又走了几转之后,所有成员一致认为情况显然比之前更糟糕。天空被浓烟遮蔽,地壳上铺满恶心的红黄色烟灰,他们从上头流过时足盘觉得冰凉。有些成员说应该回去,但蓝流绝不同意。这是他第一次作为打猎队伍的首领经受考验,他可不准备在身体里还装着荬子的时候就往回走。

蓝流催大家继续上路。往难方推挤十分费力,地上的灰也让他们的足盘抓地困难。远征再无乐趣可言。但还有另外一件事增加了他们的不适——他们似乎迷失了方向!

大家都有这种感觉,但过了许多转才有成员说出来。"这片地方让我不安。""最后一荬"说,"我老觉得自己迷失了方向。可其实我明明又知道自己在哪儿。我能看见几转之前我们经过的那片悬崖,所以逻辑上讲我知道我能找到回部落的路。毫无问题,只要朝难方前进,跟我们来的方向相反就行了——可我还是觉得自己迷了路!"

所有成员都表示同意。逻辑上他们知道自己没有迷路——可又确实感到自己迷路了。

"继续走。"蓝流再次动身。但他们越往前走,迷路的感觉就越强烈,天空也越发昏暗。他们携带的荚子也不多了。

下次休整时,抖壳说出了大家的心声:"蓝流,我觉得我们应该回去。我们越是走,天和地就越糟糕。也许祖先长者的指示已经不再正确了。"

蓝流反驳说:"如果我们让部落沿着我们来的方向向回走,那就离火山更近了。如果让部落往东或者往西去,那他们肯定会遇到其他逃避火山的部落。如果他们留在原地,烟又会杀死花瓣植物,大家都得饿死。我们唯一的希望就是这个方向。我们必须前进,能走多久就走多久。"

抖壳说:"你愿意走就走。我要回去了。"

蓝流早料到会发生类似的事件,并为此做好了准备。可他绝没想到发难的会是他最喜欢的玩伴抖壳。他一跃跳上她的顶面,用自己的足盘结结实实敲中了她的脑结。因为事前毫无征兆,她连动都没机会动弹就晕过去了。他停在她昏迷的身体上轻声发问:"还有谁想挑战我吗?"

谁也没吭声。蓝流从抖壳身上流下来,后者渐渐从声波引发的打击中苏醒。她的感官终于恢复清明,只听蓝流正在说话。

"我看你们并没意识到情况有多严重。火山毒害了它能碰触到的全部地壳。部落唯一的希望就是我们找到一片能让大家活下去的地方。要是找不到,整个部落都要死。最先死的就是雏仔。"这最后一句话击中了大家的心。奇拉并不会对某一个雏仔产生特别的情感,而且除非蛋壳上有什么独特的纹路,女性甚至不会记得自己放进蛋圈的蛋是哪一个。但所有奇拉都很爱雏仔。直到它们长大成年、可以干活为止,小雏仔们都备受呵护。想到雏仔会死,大家脑子里再也没有了放弃的念头。

又过了许多转,蓝流真的开始担心了。他们早就过了食物储备的极限。等这队奇拉回到本部落,他们必定是又瘦又弱了——甚至可能根本回不去。迷路的感觉更加强烈。下次休息时蓝流几乎想放弃了,不过他决定先尽量看看前头的情况。他拿出他们最长的龙晶长矛,把尖的一头插进地壳。它高高耸入天际,比他自己能形成的脆弱眼柄高出许多倍。大家明白了他的意图,便在他周围围成一圈,朝他的体缘施压。他生成一根厚实的伪足,把一支眼柄沿着龙晶长矛向上送,好容易把眼睛放上了长矛顶端。他看见浓烟遮蔽了天空,直到地平线上方⋯⋯

"有颗星星!"他大喊一声。他的伪足飞快地流下来,它落下时产生的能量震动了全体队员。"天上还是有烟,但肯定已经没那么厚了,因为我能透过烟看见一颗星星! 星星就在地平线正上方。"

抖壳坚持她也要看一眼。她花了大力气,很快也把一只眼睛送上长矛顶端。星星几乎就在沿难方走的正前方,而且正好在地平线上。抖壳差不多敢肯定它比自己见过的任何星星都要亮。但因为天上看不见其他星星,不好做比较,她不能完全确定。

"巨缝"和其他一些成员也想看,但蓝流结束了观光活动。"把一只眼睛送上长矛顶,花的能量都够走好几转了。再走个几转,咱们都能从视线高度看见它。出发!"

有了目标,队伍的士气立刻恢复。许多转以来,他们终于在铺满灰的大地上走出了不错的速度。没过多久,那颗星星就出现在地平线上。随着它的出现,迷路的感觉也开始减弱。大家默契地缩短了休息时间,加劲儿往前赶。

蓝流很快发现,浓烟形成的大罩子上出现了短短的裂缝。又走了几转,地壳上的灰也不再对行动构成影响。过了一会儿,其他星星也现身了,都是他们从未见过的奇怪星星。不过最怪的还要数那颗发红的黄星,一转又一转,它始终一动不动地挂在南方的空中。其他所有星星都绕着它打转,活像一群较低级的神仙在向大神致敬。

他们走出了烟气遮蔽的地狱,来到一片新天地。这里没有烟也没有灰,到处长满未被采摘过的花瓣植物。这经历在每个成员心底都激起了敬畏之情。周围有不少猎物留下的痕迹。转眼之间,大家就吃上了惶惶兽的肉,还用完全成熟的美味荚子佐餐。

"猎物的痕迹很多,却看不见一个奇拉。"抖壳说,"猎物也不怎么怕我们,就好像它们从没遇到过猎手似的。"

巨缝说:"这地方倒好像长者故事里的天堂。"

"我猜我们是该叫它天堂。"蓝流表示同意,"光神的天堂。因为光神,星之神,统治着这一切。它明亮的光线令烟无法越过地平线。它让我们带足食物,回到'失落'地区,把好消息告诉部落。我们离开太久,他们多半以为我们已经死了。"

**时间:2050 年 5 月 22 日　星期日,格林尼治时间 16:45:34**
皮埃尔从控制台的显示器前转过身,招呼正在另一控制台操作莱曼-阿尔法望远镜的珍,"我在想,地球上的磁场基本是南北向。可如果它是东西向的话,地球的天气会不会不一样呢。"

"不会。"珍说,"地球的磁场太弱,不可能像在这里一样影响大气。"

皮埃尔突然大笑一声,珍莫名其妙地看着他。"我刚刚意识到一件事:地球如果是东西向磁场,真正会受影响的只有信鸽。信鸽是靠地球南北向的磁场线和东西向的科里奥利旋转力来导航的。要是磁场线和科氏力都在同一个方向,跟这里一样,都沿着自转赤道展开,那信鸽保准完全找不到方向。这比它们的方向感被反转还要糟糕——跟这个相比,在北半球训练、却在南半球放飞只是小意思。"

皮埃尔回转头对控制台说话:"储存那个序列! 以二级优先继续监视火山岩浆的流动模式!"

他转头对珍说:"好了,主控制台全归你了。我去吃点东西,再写点东西,然后就上床睡觉。下次值班见。"

珍把身体拉到主控制台的座椅上,迅速检查一遍所有设置,然后仔细系好安全带,"这次写的是什么?"

皮埃尔来到开在甲板上的通道孔,"是为十到十四岁年龄组写的物理教材。在来龙蛋途中,我给八到十二岁年龄组写了介绍科学和空间的扫描书。出版商发来消息,说这些书大获成功,我甚至有了粉丝俱乐部。等两年过后回到地球,我靠童书拿的版税会比空间科学家的薪水还多呢。"

"好吧,咱们谁也不嫉妒你——不是太嫉妒!"珍说,"那些因为你而对空间科学产生兴趣的孩子,等我们回地球时都已经长大成能纳税、能投票的选民了。有了他们投的票,咱们准能在龙蛋离开太阳系之前再来一次跟踪考察。"

"我敢说世界空间局也是这么想的。他们给我的出版商特别优待,我把手稿传回地球的费用可是优惠价呢。"他转过身,把自己推进通道。

**时间:2050年5月22日　星期日,格林尼治时间16:45:35**

巨缝最喜欢捡东西。她在部落里算是很出色的猎手,已经杀过两头悠游兽,可一起打猎的同伴却仍要取笑她,原因就在于她有个习惯,看见什么有趣的东西就一定要捡起来带在身上——而因为她的好奇心十分旺盛,所以任何东西在她看来都很有趣。

打猎队伍现在要带满成熟的荚子、踏上漫漫回家路,所以巨缝必须把她那些小东西从储物囊里拿出来,这样才能往囊袋里放进荚子。她走到地壳上一处稍微凹陷的地方,全不理会同伴们下流的取笑。"你在干吗? 一次下三个蛋吗?"接着又是"不,就下一个,只不过跟一头悠游兽一样大!"她把自己宝贵的零零碎碎倒进去,把比较重的那些放在外围形成一堵矮墙,指望借此抵挡永不停息的风。走运的话,等他们同部落一起回来时,她还能再把它们捡回去。

巨缝把身体减到精瘦的战斗状态,然后从零碎堆上流下去。她毫不理会拿自己取笑的声音,只管与同伴们一起穿行在花瓣植物间,仔细挑选最好的荚子,摘下来储存在体内的囊袋里。最后,整支打猎队伍都达到满负荷。

"你确定那一大堆全是荚子吗,巨缝?"抖壳责备道,"没有回去捡回几样零碎东西?"

巨缝波动足盘,恶狠狠地悄声反驳对方,说自己载满荚子也比抖壳在战斗状态时更能打,还问抖壳想不想尝尝厉害……这时蓝流在地壳上大声叩击,打断了她。

"你们两个够了!"说完,他用眼睛扫视周围的所有同伴,大声宣布:"现在回家!"蓝流把偌大的身体朝难方挤去,其他同伴迅速形成一列纵队,跟在他身后。

蓝流突然停下来。"等等!"他惊讶极了,"我们走错了方向!"

大家原本都采取了蹲伏的流线型姿态跟在他身后,现在又一齐抬眼往前看。光神仁慈的光芒从正前方射向他们。他们稀里糊涂,停了下来。队伍深入光神天堂内部以后,之前在浓烟底下那种迷路的感觉已经不复存在。这些出色的猎手光凭本能就能知道自己身在何方、该往哪个方向走。可这一次,他们的本能却指引他们正对光神前进,而逻辑则告诉他们:回到部落应该朝反方向走。

蓝流说:"看来在这片土地旅行时,我们必须忘掉自己的方向感。"他流到队伍末尾,这次朝背对光神的方向挤去。小队很快来到光神天堂边缘。大家全都用几只眼睛朝向身后,投以眷恋的目光。光神落到地平线以下,迷路的感觉再次出现。但大家身体状态都很好,肚子也饱饱的,所以蓝流把每次休息的时间压得很短。他们很快就穿过了"迷路感"地区。这一路上,天上的浓烟都是往西飘去的。

再后来,他们的方向感渐渐恢复。本能和逻辑终于一致了。蓝流松了一口气。回程时他们基本是沿原路返回,蓝流发现自己能读出队伍来时的足迹。如此粗心大意,说明当时他们确实沮丧到了极点。蓝流原本有些担心,但转念一想,现在他们是往反方向走了,只要现在注意别留下足迹,许多个转之前留下的足迹倒正好可以误导潜在的追踪者。轮到他走在队伍末尾时,他往后看,发现这回大家没有留下任何踪迹。只有身体热量加热地壳时留下的一丝发白的痕迹,就连这也很快消失了。几乎没有任何证据表明他们刚刚从这里经过。

下次休息时,他们大多又吃了一个荚子。巨缝习惯留着荚子里的所有种子,以防部落需要更多种子用来播种。蓝流发现她只往填埋废物的坑里放了一片荚子皮,便走过去跟她说话。

"巨缝,你是很好的猎手,作战也很勇猛,所以我从没抱怨过你的体型。可这次的任务非常重要,任何拖慢我们速度的东西都会影响整个部落存活下来的机会。我要你把身上带的所有种子和其他东西都放进这个坑里,整个部落回到光神天堂之前,不要再捡任何东西。"

她抗议道:"可种子是很宝贵的!"

"部落要搬到光神天堂,路上不需要种子。等我们带他们过来,这里的荚子和种子多得很。"

这话确实有理,巨缝依言把杂物放进填埋坑。蓝流站在一旁看,起先还像看笑话,越看越是惊讶。只见巨缝不断从身体里拿出种子、小石子、没用的龙晶小碎片、悠游兽的脑结,简直源源不绝。不过蓝流不知道巨缝还留了点东西。在光神天堂,每个荚子最底部的那粒种子都与其他种子不同。普通种子是椭圆形,最底下的一粒却是有十二个尖的簇状。这不同寻常的形状激起了巨缝的好奇心。那以后,每次打开荚子她都会仔细观察,结果发现每个荚子里都有这么一粒簇状的种子。她特地把每一粒簇状种子都保存起来,打算拿它们播种,看看这类种子长出的花瓣植物与椭圆形种子长出来的是不是一样。她扔掉自己储存的其他宝贝,却把簇状种子留下了。

"它们那么小,不会拖慢我的速度。"她得意地想,"再说我现在正好养了一个蛋,他根本看不出来我留了种子。"她仔细把填埋坑盖好，从外表完全看不出任何痕迹，然后她就回到队伍里。

过了许许多多转，打猎队伍进入了熟悉的土地。现在他们不再停下休息，而是不断向前推进。快到部落家园时，他们的足盘底下感受到了纷乱的震颤。高声说话的声音透过地壳传来，还有许多足盘快速移动的动静。有些声音的口音很奇怪。

部落遇袭！蓝流加快了速度。

他把身体压得特别扁，刚看到营地出现在地平线上就停下来。他迅速强化一根眼柄，把一只眼睛升上去，以评估局势。

另一个部落组织了大队人马，正在攻击花瓣植物田。战斗在一排排植物间打响。进攻一方逼得卫兵节节败退，其他袭击者趁机摘光了最靠外的荚子。又有另外一队向营地另一侧的荚仓和围栏发动佯攻，分散了部落的守备力量。卫兵的数量似乎特别少，而且哪里都看不见烟天的踪影。蓝流这侧的田地并没有敌方武士，这样看来，对方的作战计划显得十分明显。蓝流让眼睛落下，悄声把情况告诉同伴。

"花瓣植物田被一大队敌兵攻击，对方已经控制了靠东边的那一半。我们从这里往东去，穿过难方绕到他们背后，然后从东边发起进攻，把他们困在中间。"大家一面听他说，一面把荚子和挖掘工具从储物囊里扔出来，乱七八糟地堆在地壳上。之后，大家身体里生出参差不齐的作战操作肢，又从武器囊里掏出尖锐的龙晶碎片。虽说巨缝努力掩饰，蓝流还是看见了那一小堆奇怪的种子。他心里十分恼火，决定战斗一结束就好好训她一顿。

打猎队伍握着龙晶碎片构成的武器朝东边移动，比之前沿难方的移动速度快了许多倍。等他们来到地平线背后，蓝流就领着大家横跨难方，一直来到袭击者背后。

他让手下的武士排成一排，每个武士都用强壮的操作肢握着一根或者数根锐利的长矛,这些操作肢牢牢扎根在加厚的身体前侧。蓝流对大家低语:"他们不知道我们要进攻,所以移动的时候尽量安静。如果能不被他们发现,他们的脑结就会正好朝着我们这个方向。"

大家用平滑的动作行进,越过地平线后把身体压低。他们绕过一堆荚子,那是摘下来准备运走的。

蓝流悄声道:"好运气,连摘荚子的都下去参战了,把卫兵逼向更远的地方。"

他们各选了一行。对方忙于在各行植物间作战,他们正好攻其不备。

想杀死奇拉并不容易。如果被硬物击中,柔韧的皮肤会吸收冲击力,皮肤下面的流质身体只需要避开受到攻击的那一点就行。如果这个硬物同时还很锋利,比方说龙晶碎裂的一头,它能把皮肤戳一个洞,如果洞够大,体内发光的液体就会漏一些出来。不过自保护系统很快就会把伤口封上。如果有只鲁莽的眼睛从眼柄上支出来,锋利的碎片有可能割断眼柄。这会带来一阵剧痛,但只会失去部分视力。毕竟眼睛的位置是可调节的,奇拉通常有十二只眼睛,失去其中一两只的话,奇拉大可以调整剩下眼睛的位置,视界的完整性几乎不受影响。

奇拉身上唯一脆弱的部分是脑结。它可能处于皮肤内的任意位置,但假如奇拉在某个方向上面对敌人,那么脑结多半就在反方向上,远离对手锋利的龙晶。蓝流就是认准了这种本能行为,这才制定了从背后偷袭的方案。他从背后快速冲向自己的目标,向上流到对方顶面上。他的足盘感觉到了脑结的形态,于是用自己的底面对它集中发射震波,令它陷入昏迷,接着又干净利落地刺了三下。刺完后的惯性正好带着他越过已经死去的敌

74

人身体。

"蓝流!""疲惫足盘"大喊一声,放低了矛尖,"你是打哪儿来的?"

蓝流一面打量老朋友皮肤上渗出的体液一面回答道:"我们刚到。部落的新家已经找到了。不过先跟我来,把仗打完再说。"

蓝流顺着一排排植物往下找,很快就在两株植物间发现三个武士打成一团。"热风"和"巨缝"把敌方部落的一名武士夹在中间。那武士闪过了巨缝之前的冲锋,现在正一面抵挡两名对手的进攻,一面准备往两排植物间逃走。但蓝流拦住了他的去路。对手看见蓝流握着的长长的晶体碎片,足盘绝望地敲打地壳。蓝流的长矛径直插入敌人的中心。

"又一记脑杀!"蓝流得意极了。敌人的身体坍塌,化作一块往外蔓延的圆盘,填满了植物之间的地表。

蓝流用眼柄的波动指明方向,又朝巨缝和热风小声说话,语速飞快:"你们俩去那边,我们走这边。"蓝流转身去植物间寻找更多敌人,疲惫足盘为他断后。

有了回归的打猎队伍,战局很快扭转。敌对部落的军队撤退了。他们不但没能偷到荚子,自己的数量还大为减少。

开始善后。被偷的荚子和打猎队伍带回来的熟荚子都被放进荚仓。死掉的奇拉很多,其中包括本部落的"碎地壳"和"星升"。他们都被割开,让体液渗进地里,肉则晾干了储存起来。

部落带给打猎队伍的消息很不乐观。自从打猎队伍离开,部落就经常遭到饥饿的战队袭击,几乎没有间断。烟天早就在一次保卫农田的战斗中送了命,如今疲惫足盘是部落首领。听到这里,蓝流转身看了看疲惫足盘。她被刺伤了好几处,伤势不轻,伤痕累累的皮肤一直往外渗出发光的黄白色体液。

"现在正是最佳时机。"蓝流心想,"要去光神天堂,部落需要强有力的首领。"他转过身,举起自己的长矛,向疲惫足盘发出正式挑战。

"谁是部落首领,长者?"

疲惫足盘很久都没回答,她在评估自己有多大机会。她仍然能当好首领,也不愿现在就被降入长者的行列,可此刻她确实感到前所未有的疲惫,正如她自雏仔时起就被迫忍受的那个名字。

她回答道:"是你,蓝流。"蓝流的长矛刺破她伤痕累累的皮肤,给她添上一道小伤口。这是仪式要求的伤痕。她疼得缩了一下。

蓝流转身对整个部落说话:"我是部落首领。有谁要挑战我吗?"谁都没应声,于是正式的仪式宣告结束,蓝流开始掌权,他的语气也随之变化。

"我带回了好消息。我为我们找到了一片新土地,一片没有烟的洁净之地。那是块好地方,没有敌人,却有许多猎物和许许多多从未被采摘过的花瓣植物。它在难方很远之外,路也崎岖难行。但我们要去,因为有一颗新的神星和他的天堂在等着我们——我们将前往光神的天堂!"

之后的几转,蓝流派了一些奇拉外出打猎,剩下的全部到地里干活,抓紧时间把能吃的荚子都摘下来,储存到荚仓里。他与巨缝来到仓外查看,发现荚子已经从开口处溢出来,不由感到十分满意。

"已经够了。"他说,"等猎手回来我们就出发。"

"真的够了?"巨缝质疑道,"我们从光神天堂回到部落,一路上吃了好多好多荚子。部落有那么多奇拉，再说行进的速度也会比打猎队伍慢得多。"

"这里有许多、许多荚子，巨缝。肯定够整个部落吃的，因为我还从没见过这么多荚子。"蓝流说着就走开了，去迎接一支返回的打猎队伍。

巨缝望着溢出来的荚子。"这里有许多荚子。"她暗想，"但是真的够吗？"

她拨弄着体内那一整袋簇状种子，战斗结束之后她就把它们取回来了。她回想起横亘在这里到光神天堂之间的那一大片贫瘠的土地，回想起自己一路上吃的那许多荚子。这一路是需要吃很多荚子的，因为她从自己吃的每个荚子里都取了一粒簇状种子，而现在，她的储物囊里有很多、很多这类种子。

就在这时，她突然灵光一闪。巨缝不愧为奇拉过去与将来历史中孵化出的最伟大的数学家之一，她在抽象思维上做出了飞跃。

"我从我吃掉的每个荚子里拿了一粒种子，"巨缝自言自语，"所以我的种子就跟荚子一样多。"

大脑愣了愣神，"可种子又不是荚子！"

然后大脑恢复过来，"可种子有多少荚子就有多少，所以数量是一样的。"

她把种子拿出来，沿着荚仓的墙排成一排。整个墙脚都排满了。种子确实很多。接着她又拿出荚子，每粒种子旁都放一个荚子，最后得到一整排荚子。

"成了。"她说，"我需要这么多荚子，才能走到光神天堂。"她把那些荚子堆到旁边，接着又拿出别的荚子放在种子旁，于是又得到一排荚子。

"蓝流需要这些荚子才能走到光神天堂。"说着她把这排荚子也收起来,堆成第二堆。

巨缝依次为每个部落成员备好口粮。很快,荚仓外摆满了一堆又一堆的荚子。她才把部落成员的名字用了一半,荚子就没了。食物不够吃!

巨缝赶紧跑去找蓝流,把他带回来解释一番。对方却完全听不懂。

"对,我看见那一堆堆荚子了。可你怎么知道每个奇拉都要吃那么多呢?"

"对,我看见你把荚子摆在种子旁边,让那排荚子和那排种子一样长。可种子跟荚子有什么关系?"

"对,我明白你从光神天堂回来的路上每吃一个荚子就留下一粒种子。可这跟部落要吃多少荚子有什么关系?那些荚子都已经被你吃掉了,只剩下那些畸形的种子。"

"不,我没明白。你说种子告诉你我们各需要多少荚子是什么意思?种子又不是荚子。"

巨缝用了各种方法,想让蓝流也做出抽象思维的飞跃。对她来说,这种思维已经显得自然而然,但蓝流却怎么都做不到。最后蓝流满心挫败,踩着足盘大发脾气:"荚子多得很,你看看就知道了。我们现在就出发,光神天堂在等着我们。"

巨缝流过去,挡住他的去路。"我们不能走!"她说,"半路上我们就会饿死!种子说的是实话!"

"种子不是荚子。"他反驳道,"另外,我早就想踩你了。我明明叫你把这些种子留在路上,可你还是带回来了。"

她的回答让他愣在原地,"谁是部落首领,长者?"

蓝流退出荚仓,而她则朝他走过去。"这样就不会伤到荚子了。"他想,"我们俩状态都很好,这场仗会持续很长时间。真不明白她为什么在这时候挑战我?"

他俩移动到围栏之间的一片空地上,部落成员聚到他们周围。巨缝倒空自己的囊袋,把工具和零碎东西都扔下,然后她生成一支决斗用的操作肢,举起自己的长矛。蓝流一直望着她,又是好笑,又有点害怕。

"蓝流状态很好。"巨缝一面琢磨,一面把自己的宝贝"奇物"整整齐齐堆成一堆。"要想打败他,我必须充分利用每一点优势。不过无论如何也不能让他获胜——他肯定会领着部落饿死的!"

她终于转过身,举起长矛,又一次发出挑战:"谁是部落首领,长者?"她停下来——然后抛出护在她身体里的卵,为自己的挑战增加胜算。半成型的蛋袋落在她与蓝流之间的地壳上。发光的蛋袋破了,珍贵的小蛋仔扭动身体,吐出最后一丝生命的气息。整个部落都惊呆了。

蓝流满眼惊恐,轮流看着渐渐冷却的蛋仔和巨缝坚定的面孔。"她铁了心要赢。会不会真像她说的那样,荚子不够呢?"他晃晃长矛,"算了——已经到了这地步,也没法停了。"

蓝流用正式的答复回敬对方:"是我——雏仔!"他朝她冲过去。

这场战斗实在算不得好看。双方都受到规则的限制:必须时刻保持对自己长矛的控制,否则自动算作失败;同时又不允许使用矛尖刺伤对方,除非等到最后胜利者在失败者身上留下仪式要求的伤痕。于是双方翻滚,用长矛侧面击打对方眼柄,踩对方的体缘,尝试夺走对方的长矛,还用肌肉发达的伪足敲打对手,以期震动对方的脑结令其昏迷。

争夺首领位置的战斗通常都不会流液,但这次却让大家大吃一惊。巨缝发现蓝流的长矛正好指向一个合适的位置,便故意撞上去,让长矛刺入自己的身体。蓝流失去了对长矛的控制,战斗失败。他晃晃自己的决斗操作肢,甩掉几滴发光的体液。巨缝则再度重复挑战语:"谁是部落首领,长者?"

蓝流回答:"是你,巨缝。"

巨缝移动身体,蓝流眼睁睁看着自己尖利的长矛从巨缝身侧快速愈合的伤口抽出。长矛伸到他自己体表,划下了仪式所要求的伤痕。两具身体的体液混合在一起,从矛尖滴落在地壳上。

巨缝伤得不轻。但对于她这样出色的武士,伤口只会稍微延缓她的动作罢了。所以,当她再度发出挑战时,谁也没有勇气回答。

接下来,巨缝对聚在周围的部落成员说话:"我们当然要去光神天堂,但不是现在。在这里与光神天堂之间隔着漫漫长路,我们没有足够的食物支撑自己熬过去。我们必须种植更多荚子。回地里去,多多播种。下次收获后我们就出发。"

部落成员回去干活。去光神天堂的计划推迟,大家自然有些失望,但奇拉生性恋家,所以两种情绪正好彼此抵消。几转之内巨缝的身体就复原了,她花了不少精力确保部落播下足够的种子,同时还要确保让蓝流继续为自己效劳,毕竟蓝流是部落里最强的武士之一。一有机会她就拍他、逗他,几转之后他便接受了她的逗弄,不再为战败而闷闷不乐。他俩还一起乐了一回。很快她就感到体内生出一枚新蛋,取代了她牺牲的那枚蛋。

巨缝找了个地方,种下几粒簇状的怪种子,然后饶有兴趣地观察了很久。结果却让她大失所望。无论是长出来的植物、荚子还是荚子里的种子,簇状种子都跟光神天堂的普通椭圆种子一模一样。她到最后也没闹明白这是怎么回事。

植物生长期间,巨缝就玩数学。之前她学会了把种子等同于荚子,现在她又收集了一堆小石子,每粒石子代表部落的一名成员。

这次收获的时候,原来的荚仓不够用了,他们只好新建了一个。巨缝决定先看看荚子是不是够整个部落食用。可之前那种办法实在太麻烦了,她得把那么多荚子都从仓里拖出来,摆在她从光神天堂一路带回来的种子旁边,再把它们收成一堆一堆,最后又重新放回仓里。

这时,她完成了另一次概念性突破。

"我为什么非得把荚子搬来搬去呢?"她暗想,"我可以收集一堆种子,每一粒代表仓里的一个荚子。搬种子不是比搬荚子要容易得多吗。"

很快,荚仓门外出现了一个较小的仓,里面装着一堆种子,数量与仓里的荚子数量相等。负责管理的是奇拉的首席会计。这是一个长者,巨缝把这项任务派给了他:每次有一个荚子放进荚仓,就把一粒种子放进种仓;每吃掉一个荚子,就从种仓里取出一粒种子。

收成越来越多,就连种仓也满出来了。巨缝看着种仓,对这个数字又是满意又惊骇。自从她学会利用数学减轻工作难度,她就不停地思考各种办法,想让工作更容易些。她一边把种子弄成一堆,一边琢磨。她发现了一件事:因为种子是长椭圆形,所以它们有种聚成一簇的倾向。她发现如果自己摆放时让每粒种子的侧面都恰好接触,它们就会形成漂亮的一簇。虽说这一簇的数量太多,她数不出来,但只要摆放的时候都让种子的侧面恰好彼此接触,那么每一簇里种子的数量就总是一样的。这个图案很漂亮,正好像光神天堂荚子里最底下的那粒种子。她把一粒簇状种子放在堆成一簇的种子旁边。它们的外形看上去一模一样。她已经用惯的同构识别法再度闪现。

"如果一粒簇状种子与一小簇种子相像,"她琢磨起来,"我干吗不留一堆簇状种子,每一粒代表一整簇椭圆形种子?"

她很快就做出安排,用一个更小的仓替代了种仓。这个小仓里装了许多簇状种子,还有几粒多出来的椭圆种子。椭圆种子让她稍微有点不安,因为这意味着有些荚子是用簇状种子代表,有些是用椭圆种子代表。好在簇状种子比椭圆种子稍微大一点点,所以她也就打消了疑虑。真正的麻烦来自会计。他完全不明白她是什么意思。

"老办法很简单呀,巨缝。"那个长者说,"种仓里一粒种子就代表荚仓里一个荚子。可现在这样简直讲不通呢。这只是一粒种子,就算是簇状种子,怎么可能表示很多荚子呢?"

巨缝尽力解释,这时她遇到了一种现象,想要教会其他人某件事的人经常会遇到这种现象:在解释的过程中,老师自己学到了新东西。这一次,巨缝学会了数到三以上。

"听着,长者,我仔细给你说一遍。这里是一个荚子,还有一粒椭圆形种子。这里是另一个荚子,把它放到第一个荚子旁边,又有另一粒椭圆形种子放在第一粒种子旁边。加起来就是二——再加就是三。"巨缝把第三个荚子和第三粒种子摆过去,然后拿过又一组荚子和种子。

"现在这么多是……"巨缝努力搜索那个不存在的字眼,"……跟你能行动的方向相同的数字:东、西和两个难方。"她继续加上另一组,"而这么多是跟迅猛兽的獠牙数量一样多。而这么多是跟花瓣植物的花瓣数量一样多……"

她继续往下说:"而这……"她完成了那个形状,"是簇状种子上隆起的数量。同你眼睛的数量一样多。"

会计用一根柔软的卷须挨个碰碰每粒种子,每碰一粒种子就依次把自己一打眼睛中的一只垂下一点。"确实如此,"他说,"这下倒是容易数了。"

其实这堂课头一次讲的时候对方并没有听明白,但多次重复过后,就连会计也能熟练使用一、二、三、行进方向、迅猛兽、花瓣……一直到一打,就好像这是他自雏仔时就学到的一样。可没过多久,就连这些数字也不够用了。因为这次收成的荚子太多了,巨缝只好发明了"大数"一词,来表示一打荚子的一打。会计对她选的这个词非常满意,因为它显然代表了"很大数量"的物件。

在会计的帮助下,巨缝检查了收成的结果。先是小石子,每粒小石子代表一个部落成员,它们被排成一列,然后在石子下方又放上簇状种子,只不过巨缝回程时搜集的那些独一无二的簇状种子(那些以荚子的形式丈量了光神天堂距离的种子),已经被一个概念、一个数字取代了——花瓣数量的簇状种子,外加迅猛兽数量的椭圆种子。

预测结果并不乐观。簇状种子被放到每粒小石子下方,小石子还有剩,种子已经用光了。巨缝再次感受到了作为部落首领的焦躁。火山越来越活跃,天空一步步暗下去。植物看不清天空,于是长势不佳,收成也不怎么样。他们东边和西边的邻居也同样饥饿、同样烦躁不安,部落的田地于是遭到更多攻击。他们必须上路了。可是荚子不够。

巨缝盯着面前的图形。虽说小石子和种子远非饥饿的身体和富有营养的荚子,但它们预示了整个部落即将面临的巨大灾难。

"出发之前可以把没熟的荚子也扯下来,过几转它们就会熟到能吃了。"她暗想,"通常每株植物上都会有大约两个快熟的荚子。"她流去自己的围栏,她在那里留了一堆种子,用来代表田里植物的数量。她很快拿回一堆种子,代表田里未成熟的荚子数量。但即便把这些也加进图里,荚子仍然不够多。

她自顾自地咒骂了一声:"龙火!"她不愿做出那个显而易见的抉择,便与自己争执起来:"有这么多荚子呢,怎么会不够大家全部一起走呢。"然而图形的顶部和底部都空着,它用自己冰冷的逻辑瞪着她。

"只能留下一打外加两个老者。"她做出了决定。这个数字在她脑子里转换成名字,令她畏缩。

她把部落召集起来。为了加强自己的控制力,同时也显示她是多么严肃认真,她用正式的挑战作为开头。

"谁是部落首领?"她问。她的足盘感受并记下大家的回答。

"是你,巨缝!"

她的眼睛找出几个回答稍慢的武士,然后盯住他们。很快大家都回答了。她这才接着说道:"下一转我们就出发去光神天堂。但是路太长,荚子不够大家吃,所以有些要留下。"她一口气念出那些老者的名字。他们要么太老,要么伤太重,已经不能再发挥多大用处。这些奇拉自己也已经对生命感到疲惫了,他们已经活了太多转时间,所以平静地接受了自己的命运。很快,部落从植物上扯下尚未成熟的荚子,又把蛋、雏仔、荚子和少量工具与武器装进身体里的皮肤囊袋里。部落离开家园,再次依照祖先老者定下的规矩前进:"去其他奇拉不去的方向。"

带满各种东西的奇拉组成一支庞大的队伍,缓缓朝南边挤去。经过快两转,他们老家的围栏和田地才再也看不见了。他们刚刚越过地平线不久,一个断后的卫兵脱离队伍,向前赶到巨缝身边。巨缝的位置在最前排开路的楔形阵营里。

卫兵悄声道:"我们留下的一个老者跟过来了。"

巨缝离开楔形阵营,她的动作很小心,让身后替补的奇拉能够平顺地接替她的位置,不至于造成任何速度上的损失。她和卫兵迅速流向东边等待,部落从他俩身旁慢慢经过。

巨缝看看靠近过来的老者。"是'西亮',在留下的老者里算是身体比较好的。他来做什么?"他们等了差不多一转,精疲力竭的西亮才终于来到跟前。

"你听到我的命令的,老者!"她朝他跺足盘道,"你不能跟我们一起走。食物不够吃!马上返回,否则我现在就杀了你!"

西亮停下来,倒出囊袋里的东西。他带来的是一些田里长的半熟荚子,想必是自他们出发之后变得可食用的。此外还有一些几乎成熟的野生荚子。

"我们担心食物或许太少,雏仔不能健康成长。"西亮说,"所以过去几转里,我们尽量搜集了一些。趁你们还没走到我追不上的地方,喏——好好照顾雏仔。"

巨缝悄声道:"谢谢你,西亮。"她上前捡起那微薄的奉献,然后目送她见过的最瘦的奇拉缓缓往回挤去,前往如今已经废弃的营地。

她暗想:"自从我们出发,他就什么都没吃过。"她转身追赶自己的部落,大部队仍在慢慢往南走向光神天堂。

路况很糟,行进速度远不如巨缝的预料。每次休息,她都感到囊袋里代表剩余食物的种子越来越少。他们先吃完了成熟的

85

荚子,接着才吃捂在囊袋里部分成熟的荚子,所以越到后来,食物的质量就越差。最小的雏仔不愿吃不太熟的荚子,所以总在生病。巨缝往东边和西边都派出了打猎队伍,但他们经常一无所获,无论荚子还是肉都没弄到。巨缝渐渐绝望。每隔几转,他们就会失去一个雏仔。不知多久以来,部落里第一次出现了蛋不肯孵化的情形;里面的小蛋仔显然已经死了,只能被扔下。

巨缝心里念叨:"整个部落的状况都很糟啊。"此刻她行进在大部队后部,总在填补某个年轻奇拉或者长者在队形中制造出的缝隙。她往后看。身后还有一支艰难挣扎的长队,那是因为其中一个成员一时没能跟上、让难方合拢,于是一大群奇拉都脱离了大部队。她看见那个奇拉努力继续向前挤,但他在难方上的速度显然不够,不足以令他和跟在他身后的奇拉赶上部落大队。就在这时,她瞥见烟雾缭绕的东边有动静。她立刻行动起来。

"东边来袭!"她一面从部落成员中间挤过一面跺足盘示警。等来到队伍朝东的边界,她发现情况非常严重。那是一支饥肠辘辘的庞大战队,他们已经将那队掉队的奇拉从部落其余部分切断。武士很快来到她左右,部落大队也停止前进,组成完整的阵型:比较强壮的奇拉面向外侧,长矛和龙晶碎片根根立起。这让巨缝感到很满意。她正准备前去解救俘虏,这时她训练有素的感官察觉到西边又有情况。那是另一支战队,准备等他们去攻击第一队时从背后发动偷袭。

她下令:"停!"她领着自己的战队返回去保护部落剩下的成员,同时只能眼睁睁看着俘虏被杀、宝贵的荚子被敌人从流淌的尸体里抢出来、被那帮饥饿的强盗吞下肚。进攻的战队停留了好几转之久,想尽办法攻击部落剩下的成员,不过他们的好几次攻击都半途而废。其中一次,巨缝解决了两个敌方武士,算是为己方失去的部落成员报了一点仇。这一点令她深感满意。最后敌军终于放弃围困,拖着受害者的肉往西边去了。巨缝立刻命令部落继续朝光神天堂进发。

有了这段时间的强制休息,部落的状态好些了,而且掉队的下场深深刻在大家脑海里,所以接下来几转时间,行进速度非常不错,开路先锋挤开的缝隙几乎总是保持畅通。但很快巨缝就意识到他们遇上了大麻烦。下一次休息时,她拿出代表部落成员的小石子。她先去掉与袭击者遭遇时被杀的那些,再把剩下的排成一列。

她知道他们离光神天堂还远,因为他们才刚刚进入"迷路感"地区。她大略估算了一下还要多少转才会抵达光神天堂,然后把代表转数的簇状种子排成一排。接着她又拿代表剩余荚子的种子去填充这图表。结果一目了然——他们还缺许多、许多荚子。

她盯着图表中那一大片空白,她那富于想象力的大脑将那片空白变成了奇拉。时候到了——她必须冒着再次遇袭的风险分散自己的兵力。

巨缝仍在计算,休息时间越拖越长,部落开始焦躁不安。最后她把武士召集到身边,跟他们解释了眼下的情形。蓝流至今也不明白种子和小石子怎么能让巨缝看出那许多东西,但现在他很庆幸巨缝阻止了他、没让他领着部落在许多转之前出发。那时他们能带的荚子少得多,要是出发,整个部落大概都已经饿死了。但他不需要小石子和种子也能知道,剩下的荚子不够他们抵达光神天堂。

"蓝流,"她说,"我要你领一支打猎队伍去光神天堂,带荚子回来给我们。"她往下看看图表,"你们只需要一惶惶兽那么多荚子就能到。等抵达时你们会非常饿——但旅途终点有成熟的荚子在等着你们。"

蓝流和打猎队伍的其他成员倒出了袋子里的大部分东西。其中一些甚至打算一点荚子也不带就上路,想光凭勇气撑完这一路,把食物留给雏仔。但是巨缝信任自己的计算,强迫他们带足了口粮。打猎队伍出发了,很快就把移动缓慢的部落大部队甩得无影无踪。

巨缝手下的武士大大减少,所以她不敢冒险,让部落谨慎前行。这么一来,队伍里再也没出现过缝隙,队伍周围也总有武士警戒着东边和西边的动静。

打猎队伍很快穿过"迷路感"区域,光神亲切的面孔从地平线上望过来。他们来到天空清朗、花瓣植物繁盛的地区,大家全都吃饱了肚子,然后开始往袋子里装荚子,准备踏上漫漫长路,返回饥饿的部落身边。

"歉收转"突然悄声道:"我看见一只悠游兽,就在地平线上一点。"蓝流和其他成员很快确认情况属实,于是大家纷纷压扁身体,免得被它看见。

"它在东边,我们很容易就能过去。"蓝流悄声说,"自从离开家,雏仔就没尝过肉味儿。咱们去宰了它!"

悠游兽靠体表的装甲板保护自己。这只悠游兽从没见过奇拉,所以不把他们放在眼里。在它看来,一切匆忙爬动的小东西都不值一提。悠游兽从一株植物移动到下一株植物,动作十分笨重。它足盘上坚实的装甲先移到自己的顶面上,再径直落到植物上,把植物压成浆。等那硕大的身体缓缓往前流动,植物就从装甲板之间的缝隙吸进它的肚子里。悠游兽的目标是植物,但任何碰巧落在它身前的东西都会成为这场屠杀的牺牲品,曾有许多不幸的奇拉变成了悠游兽的食物。

这只悠游兽从未尝过龙晶长矛的滋味,所以很容易就被杀死了。奇拉先是溜到它前方,算准时机把长矛插进地壳里合适的位置。等装甲板落下时,矛尖正好扎进装甲板之间的缝隙。

他们往储物囊里装满肉,然后准备离开。欻收转回头看尸体,"可惜不能把整个尸体都带回部落。那么多肉呢,接下来的一路都不必为食物发愁了。"

蓝流回答道:"这我也考虑过。我们当然可以试试推一大块肉走,可我们能推动的肉还不如囊袋里装的多——尤其是往难方走。再说路也很长,一直推着肉从灰上过,会把肉弄坏的。"

"要是有什么办法能让肉别碰着灰就好了。"欻收转一面嘀咕,一面来到悠游兽的一片大装甲板前打量着。装甲板很大,有他一半么大,是方形的平板,材质差不多跟龙晶一样硬。在它前后两侧有弧形的边缘,这是与悠游兽皮肤相连的部分。欻收转流到装甲板上琢磨起来。"这东西能装很多肉和荚子,比我储物囊里能装下的多得多。"他流向装甲板前侧边缘,停在那里半晌没动弹,他自己的后体缘垂在装甲板的前缘上。

"你干吗?"蓝流问,"我们该走了。"

欻收转说:"瞧!"于是蓝流和大家看见他的后体缘变硬,体内长出一根很长的水晶操作肢,从悠游兽装甲板的一端延伸到另一端。水晶是水平的,不需要与龙蛋的拉力对抗,所以他可以把它弄得很薄,薄到刚好可以卡到装甲板的边缘底下。

一个队员对蓝流说:"我从没听说有谁让操作肢骨头长成这样的。"这时欻收转开始移动,身体前部扎进地壳,后体缘则拖着装甲板一同前进。装甲板被强有力的水晶条牢牢抓住,水晶条的位置就在歉收转皮肤底下,撑开在他的两只眼睛之间。

"感觉有点怪,但是能行。"歉收转说,"虽然挺重,可只要动起来就好了,继续前进很容易。只要前拉后推,咱们应该能用它拖走很多食物,远比储物囊里能装的多。"

其他成员也来试了试,大家全都心悦诚服。用上装甲板以后,能拖动一大堆偌大的肉块,这种肉块是绝对塞不进囊袋里的。只花了不到一转功夫,悠游兽就被改造成了堆在它自己装甲板上的肉。

然后打猎队伍排成一路纵队,由开路先锋领头朝难方推进。装甲拉手蹲伏在开路先锋身后,拉着一装甲板的肉,再往后则是一个推手,之后还跟着三个类似的小组。放在装甲板上的肉似乎与他们的身体有同样的作用,也能令难方上打开的缝隙保持畅通,所以他们的行进速度相当快。他们很少休息,每次休息时间也很短,只吞下一大口营养丰富的肉就继续前进。

巨缝大老远就看见他们越过地平线。许多转之前,她命令部落停止前进,以节省食物。她自己则把一根眼柄伸长,让那只眼睛从高处眺望。现在只有雏仔还有荚子可吃,而光吃荚子雏仔也无法保持健康。整个部落围成一圈,大家太过虚弱,几乎不怎么动弹。就连巨缝也体力不支,时常都要降下眼柄。"瞧瞧你这首领当的,"她责备自己,"领自己的部落来死在烟雾弥漫的天空底下,死在这么个让他们老觉得迷路的地方。"

但她依然相信蓝流很快会带回荚子,然后蓝流可以再回去一趟,带来更多食物,整个部落就能继续前进了。看见返回的纵队时,她大大松了一口气。但队伍的长度和庞大的体积又让她吃惊不小。她几乎以为那是又一支前来袭击的战队,只是因为一眼看出前头开路的是蓝流,这才放下心来。

队伍拉着美妙的货物进入营地,整个部落都惊叹不已。两转之内,大家的身体都恢复到健康的体型。雏仔很快恢复了活力,到处吵吵闹闹、惹是生非,成年奇拉则成双成对去享受私密时光。蓝流讲述了旅程的详情,包括他们如何杀死悠游兽,以及歉收转的发明。巨缝听他说完,心里十分佩服。

"歉收转,"巨缝说,"你忍受那个糟糕的雏仔名已经太久了。从今往后,你改名叫装甲拉手。"

"跟我来。"她一面下命令,一面把几只眼睛转过去看蓝流,"等会儿我再来找你。新名字应该得到奖励。"蓝流目送这对奇拉离开,他稍微有些嫉妒,不过这一转里就会轮到他的。

肉和成熟的荚子令他们恢复了力量,部落快速推进。迷路的感觉很快就减轻了,天空也变得清朗起来。最后巨缝喊停,命令整个部落排好队,让大家都能看到地平线上那带着浓烈红色的黄色光神,就连最小最小的雏仔也不例外。

"噢,伟大的光神啊,天空中最最光明的神。"巨缝的一打眼睛全部盯着那颗明亮的星星,她的足盘则有节奏地拍打地壳,发出吟咏声。"我们感谢你拯救我们脱离那翻滚的蓝白火焰之墙。我们感谢你拯救我们,使我们不被杀死植物和蛋的红色毒气所窒息。我们感谢你指引我们走出饥荒与迷失之地、来到你的天堂。"

她的眼睛从星星转向身边的部落成员,"现在我们去摘取我们的奖赏吧——没有敌人的天堂,遍地食物与猎物的天堂。来吧——大家一起来——去光神天堂。"

**时间:2050年6月14日　星期二,格林尼治时间21:54:20**
在强健的四肢的推动下,卡罗尔·斯文森司令官结实的身体沿圣乔治号的中央通道缓缓前进，黄色的长辫子随之甩来甩去。卡罗尔的眼睛本能地监控着侧边走廊里的交通，看着人类在她掌管的这颗小小行星上来来往往。大多数机组成员仍然忙于日常事务，但也有许多人拥向了舰桥附近的舷窗。不过卡罗尔前进的方向与大家相反，她要去的是左舷的科学舱。接下来的景象当然是从舷窗看更好，但她想通过探测飞船的摄像机观看特写。她扭动身体转进一条走廊，然后分毫不差地把身体送到走廊尽头的舱门前。这样的灵敏是多年生活在自由落体状态的成果。她弹到舱门旁的墙上停住，用手掌开锁后飘进舱内。谁也没看见她进来。皮埃尔手下的科学家全都忙着执行他安排的任务。

她问聚在房间尽头的控制台前的那群人，"还有多久？"

皮埃尔瞟了一眼屏幕右侧闪动的数字，"十四分钟，一切正常。"

卡罗尔看看房间另一头的显示屏。在监控摄像头的视野中，下角有一个发光的球体，是较大的两颗被压缩的小行星中更大的一颗，上角的小白点代表了另外那颗较大的小行星。二者中稍小的光点缓缓穿过屏幕，越来越亮。卡罗尔看看另一台控制台，那上头的画面几乎完全一样，只不过方向正好相反。两颗大型超致密小行星即将发生弹性碰撞，其运动的几何线条差不多完全对称。

皮埃尔盯着自己的控制台。他的屏幕上没有图像，只有计算机生成的示意图：两条弧线沿撞击轨迹缓慢接近。他屏幕侧面有许多方框，内部的数字快速变化着。"距离最后中止点还有三十秒，"他宣布道，"有问题吗？"

另一控制台前的珍说道："视频监控运转正常。"

另一个声音说:"计算机控制在许可偏差值之内。"

又有一个声音说:"导引飞船推进单元全部运转正常。"

"那就按计划执行。"皮埃尔的手指抬起,离开"中止行动"按钮,啪的一声关上了安全罩。

卡罗尔从一个屏幕上看见较小的光点越变越大。计算机指挥着导引飞船,后者驱动小行星走在正确的轨道上。两个球体不断闪出耀眼的火舌,喷射的方向似乎全无规律可言。接下来的事情发生得太快,肉眼几乎无法跟上:一颗超致密小行星突然出现在自己的双胞胎兄弟和摄像飞船之间,屏幕变成一片空白。

皮埃尔打开另一台摄像机。它与之前的摄像机角度不同,距离更远。不过这台摄像机发回的图像也只有几秒钟可看,然后那光点就迅速缩小,从屏幕上消失了。

大家都转去看皮埃尔的屏幕,看两颗小行星的轨迹。两条轨道原本靠得非常之近,相互的引力作用画出的紧密弧线仿佛彼此重叠了一般。而现在,一条线向外回到小行星带,另一条似乎径直朝中子星坠落。其实,坠落的大型小行星会与中子星擦身而过。它现在正划出一个很扁的椭圆轨道,其远日点靠近圣乔治号的十万公里圆形轨道,近日点则刚好位于龙蛋上方四百公里。

人类的电梯已经准备就绪。

# 神

　　奇拉是慢慢开始信神的。之前的许多、许多、许多代奇拉都不信神。天空中空无一物,只有几粒微小的光点散落在漆黑冰冷的穹顶上。后来神觉得寂寞了,便令那座巨大的火山长起来,驱赶奇拉从北方的家园来到南方的新家。在那里,光神迎接自己的选民,进入他为他们准备的天堂。

　　光神对奇拉很好。光神从不像其他光点那样起起落落,而是一直留在空中,守护着所有奇拉。生活十分舒适。奇拉每转都不忘朝光神的宝座祈祷,让光神知道自己很开心。

　　然后,在某一转,当奇拉抬眼对天虔诚祈祷时,一个信徒发现地平线上升起了一个新的光点。祈祷一结束,他就把此事迅速报告了解读光神意愿的"圣者"。

　　圣者们大感不解,但表面上丝毫不露。他们是这一行当的大师,早就学会了一件事:在确定无疑之前,话要少说,事更要少做。

　　"对——我们早就预料到会发生这类事。不过还是先等等看,再多研究研究。"他们如此安抚那个激动的发现者。

　　他们也确实研究了。那点光仍然只是天空中的一个小点，与其他光点并无太大不同。但很快，它就比其他光点都要亮了。

　　幸亏它的亮度比光神仍然差很多，否则可不大容易解释。所有奇拉生来就被教导只有光神是唯一的神，他无所不能、独一无二。要是出现两位神，那可怎么办呢？

　　时间一转一转过去，新光点的亮度越来越强。连普通奇拉都注意到了它亮度的增长，但只有圣者才注意到：光点相对天空中其他星星的位置也在缓慢变化。一颗移动的星星！在奇拉的占星中，这可是闻所未闻的。在此之前，天空中的光点一直笼罩在光神耀眼的红黄光芒之下，其相对位置保持不变，绕着空中光神的宝座缓缓旋转。

　　"如果星星到处移动、位置不固定，那还怎么用它们来预测事情呢？未来不就总在变化了吗？"发出这一抱怨的是光神二侍。他是首席占星家，也是最高祭司一职的顺位继承者。

　　"我敢说，天空的这一变化，光神自有道理。"光神大侍说，"我们必须运用自己的智力去服务光神，解读其中的意义。"

　　最高祭司的眼睛转向年轻的学徒，她问："你确定它在移动吗？"

　　"噢光神大侍啊，我确定。"名为"寻天者"的奇拉回答道，"接受占星训练期间，我一直在学习如何用占星棍来估算两粒星点之间的角度，还背下了几乎所有的数字表。我试着把这颗新星加进我的记忆里，但因为我还是学徒，没能把所有数字都算对。许多转之后，有一次，我在占卜时意识到了自己的错误，于是重新拿出占星棍，想算出正确的数字。这时我发现，我过去记下的那颗星的数字与新算出的数字，这两者对不上。"

　　"很不幸，他说的没错。"首席占星家说，"起初我以为是他记忆出错，或者有谁弄乱了占星棍，但我自己也做了检查。那颗星在天空绽放的那个命运之转，我也曾背下相关的数字，可是，我背下的数字比这学徒的数字偏差更大，而天空中其他星星的数字却完全没有变化。"

"一颗移动的星星……"最高祭司喃喃道，"它在移动。准是光神给我们派来了信使！也许现在光神准备直接对我们说话了。"

奇拉很快就扩展了自己的宗教，把这个新现象吸纳进去。这颗星越来越亮，最后与光神同样灿烂，同时它还威风凛凛地穿越天空。光神信使来到近日点以后，光芒开始减弱，这在部分奇拉中间引发了恐慌情绪。不过几个大数转之后，它开始重复之前运行的天路。所有奇拉都松了一口气。

这颗新星在一小群骨干学徒中引发了讨论。之所以被选为学徒，主要是因为他们对数字感兴趣，同时过目不忘——奇拉的文明没有书写一说，超凡的记忆对于占星家是必不可少的条件。学徒们很快对光神信使奇特的举止产生了疑惑。

"如果是圆，那倒还比较能理解。"一个学徒说，"我们可以说光神和其他星体都端坐在一枚巨大的水晶蛋上，水晶蛋每转旋转一周。而光神信使则在一枚较小的水晶蛋上，它旋转的速度比大水晶蛋略快。"

"但那不仅不是圆，"另一个学徒说，"连信使运行的路径都不平滑。"

"还有另外一种思路，"第三个学徒说，"那就是光神和天上其他星体都静止不动，但蛋星每转都沿自己的轴自转一周，而光神信使则沿椭圆的轨迹绕蛋星旋转。"

其他学徒望着她，仿佛听到了异端邪说（那也确实接近异端邪说了)。一个学徒赶紧用圣学里最早教授的一堂课镇压她。

"一切星星都绕着光神独一无二的光芒旋转,像所有奇拉一样敬拜宇宙之主。"那学徒说,"你构建的画面是让所有星星站着不动。但我们都知道,只有宇宙的中心光神是不动的,其他一切都必须旋转。"

寻天者明白自己踩上了容易坍塌的地壳,所以根本懒得回答。其实不只是她,大家心里都明白,光神也不是真的完全不动。事实上,光神绕着空中某个看不见的点画着小圈。光神的这一缺陷是有了占星棍之后才发现的。自发现之日起,它就仿佛扎进足盘里的碎木片,令研究神学的哲学家深感不安。最高祭司安慰大家说,等时候到了,大家自然会明白。可说这话已经是很久以前的事了。之后又换了足足一打最高祭司,然而光神依然画着自己的小圈,也依然没有解释。

**时间:2050 年 6 月 15 日　星期三,格林尼治时间 16:01:15:33**

首席占星家猜错了。光神信使多变的运动轨迹并没有令占星消亡。过去占星只有一组数字要记,那就是天上星星的相对位置;如今光神信使给天空增添了复杂性,占星家能用的素材就更多了。利用吉时出现在地平线上的那颗星来占星的老办法很快弃置不用,光神信使相对于其他位置固定的星星的位置成了预测未来的决定性因素。

很快大家就发现,用占星棍算出数字再牢记的办法也行不通了。光神信使每一转都要制造出铺天盖地的数字,哪怕记忆力最强的学徒也没法应付。商人古老的会计技术被占星师采纳,也就是用仓里的莱种子来清点库存的办法。起先占星师直接使用种子,但并不是特别方便,后来一个学徒发现可以把种子的图案画在平整的石板上。又过了没多久,因为石板毕竟很硬,学徒又很懒,于是,一种速记的数字书写系统被发明出来。发现书写的数字一事令占星发生了革命性变化,连带商业和科学也天翻地覆。大家刚刚习惯了在石板上写数字,商人的书写员(他们跟占星师的书写员一样懒惰)就发现了另一件事:在写存货清单或者送货记录时,他们不需要画出物品的完整图像,只需要画出一部分,让另一个书写员(可以假定对方也同样懒得去画完整的图像)能认出画的是什么就行了。

就这样,奇拉很快用上了光神通过信使送来的礼物——书写。只不过历任最高祭司都没意识到,光神的大礼已经送到了。

### 时间:2050年6月17日　星期五,格林尼治时间06:33:23

之后许许多多个大数转的时间里,奇拉的生活一帆风顺。光神守护着天堂,保佑奇拉壮大力量、征服了北方和东方。更北方的大地依然被浓烟遮蔽,那里住着皮肤粗糙的蛮子,不时有凶猛的蛮子小队离开家园、企图劫掠天堂北部的农田。不过北部的奇拉农民有一队队到处巡逻的针兵保护。

针兵随身携带着可怕的武器:龙牙。那是一根很长的针,由熔化的龙晶锻造。锻造师拿干燥的荚种子点火,又用悠游兽的皮鼓风,烧出蓝白的火焰,这样就能把那些本来无用的龙晶熔化,得到龙晶水。接着顺着易方在地壳中切出一道槽,把龙晶水倒进去。水里的长纤维会被星体的强磁场排成线,之后,龙晶水会在纤维周围重新结晶,形成含两种成分的基体材料。它与原来的龙晶一样坚硬,却比过去的任何龙晶都更长。奇拉大兵可以把龙晶针钝的一头裹在身体里,这样就有足够的杠杆力可以把又硬又轻的龙晶针伸出整整一个身长,同时针尖既不会碰到地壳,也不会在空中抬得太高。

蛮子不懂锻造的奥秘,只能拿龙晶碎片当武器,完全无法与训练有素的针兵部队抗衡。针兵部队行进时会围成整齐的圆圈,龙晶针竖立在相互交织的悠游兽装甲盾牌上方。

### 时间:2050年6月17日　星期五,格林尼治时间19:24:11

卡罗尔·斯文森司令官飘浮在控制台上方,越过皮埃尔的肩膀看屏幕。经改造的几颗较小的小行星一直远远等候在小行星带,与此同时,一颗较大的小行星一直在向外运行。现在,向外的大型小行星与这六颗平准星体的第一颗相遇了。大型小行星抓住这第一颗较小的星体,将它朝内扔向中子星,正如之前它将变轨星体扔向中子星一样。然后它便朝下一颗平准星体前进。卡罗尔看完前两颗就回了舰桥。这就是牛顿万有引力,结局早已注定——再也没有什么比这更乏味了。

六个闪亮发光的平准星体依次被从遥远的轨道扔到圣乔治号附近的一个点,并在那里遭遇了变轨星体。变轨星体拦住这些小行星,让它们在圣乔治号附近一条周长十万公里的圆形轨道上围绕彼此做随机运动。它们巨大的身躯令又长又薄的母舰仿佛侏儒,而它们形成时产生的热量又让它们仿佛新生的恒星般闪烁在黑色的天空中。

### 时间:2050年6月18日　星期六,格林尼治时间10:15:02

新的星星依次在空中绽放。光神天堂的奇拉继续繁衍生息,但他们的数量渐渐超过了地壳维系他们的能力。光神天堂开始衰败。很快,针兵队的指挥官们陷入了困境:派给他们的尽是没吃饱饭的虚弱新兵,怎么可能保护好不断扩展的边境线呢。

又一颗星闪耀在天穹。这回引发的慌乱和宗教忧虑很快就过去了。光神大侍依然每天在光神圣殿中祈祷，但很少再有奇拉来与他一道敬拜光神。仍然需要神灵的奇拉在一种新宗教中找到了六位天神，这是流行的多神教，内容包罗万象，谁都能找到一点符合自己需要的东西，其中就包括宗教性的狂欢。"六"代表东、西、天、地、食和性。每当光神信使从"六者"旁经过，这种狂欢都要举行一回。

**时间：2050年6月19日星期日，格林尼治时间04:02:02**

圣乔治号接近了小行星群被压缩的地点。此刻，星际方舟的大多数成员都飘浮在舰桥的舷窗前。其他人则守在各个观测岗，望远镜和扫描仪能让他们更清楚地观测到即将发生的一切。

皮埃尔从屏幕前抬起眼睛，旋转身体，面对本次考察的司令官。

"卡罗尔，我知道没有危险，但我还是不喜欢这样。"他说，"这些红热的小行星太烫了。还有，要是我们凑得太近，它们的重力潮汐还会把我们压扁。而我们要做的，却是在它们六个附近二百米之内的地方生活一个星期！"

卡罗尔安抚似的笑了笑，"你明明知道的，要是没有这些小行星朋友滚烫的拥抱，你们就该被龙蛋的重力潮汐压扁了！赶紧把它们弄下去吧，让它们给你帮点忙。"

**时间：2050年6月19日星期日，格林尼治时间08:00:13**

自从身为学徒时起，光神二侍就密切关注那一群六个光点。他之所以选择神职是因为天性内向，在人群里不够活跃。后来他全心投入到占星棍里，还发明了不少新工具，以便更准确地测量刺破黑暗的那许多光点的动作。正是他头一个发现,光神在空中画出的小圆圈明显比过去更小了。他把这消息带给光神大侍,对方听了很是高兴。

"这必定意味着光神那本就微不足道的缺陷正在缩小。"她说,"光神何时会变得完美呢?喔,真希望我能活到那一转。"

"噢,光神的最高祭司啊,恐怕当那一转到来,你我都已经变成肉干了。"首席占星师道,"在光神达成完美之前,一个又一个部落将会出现,然后消亡。"

最高祭司大失所望,但并没有表露出来。"好吧,总之我们必须恪尽管理之职,维护好光神的圣殿,直到那一转来临、大家重新回来敬拜唯一的真神。"

首席占星师彬彬有礼地听对方训话,不过心里却急不可耐,很想赶紧把另外一个消息告诉最高祭司。

"我的新占星棍还带来了别的消息。"他说,"六者……我是说那六颗新出现的光点,它们稍微改变了位置,正朝着光神信使距离蛋星最远的那个点不断靠近。另外还有一件事,如果你像我一样经常观察六者和光神信使,你就能看出它们的亮度并非每转相同,而是偶尔稍微增强,然后又恢复到原先的水平。"

光神大侍问:"这意味着什么呢?"

"我不知道,但是再过大概一个大数转的时间,光神信使就会来到距离蛋星最远的地方。看起来,其他六个光点也全都会在同一时刻聚到那里。假如果真如此,肯定会发生些有趣的事情。"

**时间:2050年6月19日　星期日,格林尼治时间08:00:43**

这次变轨星体绕行上来,景象会非常壮观。斯文森司令官再次来到左舷的科学舱,从控制台屏幕上看这场好戏。

皮埃尔喊道:"核对平准星体位置!"

六条确认信息瞬间闪现在他的屏幕上,附近的六个控制台前也同时传来声音,重复了刚刚的确认信息。这些声音来自六个队员,他们每人负责监测一个平准星体。

皮埃尔抬头看向卡罗尔,然后耸耸肩,抬起了放在中止按钮上的手指,"这类近距离接触的时候,我们干吗非要监测这些计算机呢?事情发生的速度那么快,就算计算机真的出错,我们多半也无计可施。"

"话是这么说,"卡罗尔道,"可要不这么干,咱们不就错过乐子了吗?"只见屏幕一角的一粒小点慢慢变大,接近了屏幕中央六个闪亮发光的球体。然后,随着令人眼花缭乱的扭动和闪烁,变轨星体完成了隐身术。六个闪亮的平准星体不见了,屏幕上空空如也。

### 时间:2050年6月19日　星期日,格林尼治时间08:00:44

光神二侍的怀疑得到了证实:当光神信使抵达距离蛋星最远的点,它并不只是从六者跟前通过,而是依次抓住了东、性、地、西、食,最后又抓住天,把它们朝蛋星抛下来。

光神信使从空中抛下伪神、将天空撕裂,这一事件持续了一打转的时间。这期间,光神圣殿门庭若市。一开始,奇拉相信六者会坠落到蛋星上,摧毁抛弃光神、转信伪神的坏奇拉。有一阵子,就连光神二侍也担心说不定真会发生这种事。但他花了好几打转,盯着占星棍研究,最终确定尽管坠落的星星会接近蛋星,但最多也只会与光神信使一样近。最高祭司将光神二侍关于得救的保证传达给大家,于是奇拉纷纷涌向光神圣殿。

　　差不多在坠落之后第四个大数转接近尾声时，六粒星点更加靠近了光神信使，并在黑色的天空中加速移动。光神二侍把所有时间都花在占星棍上，每算出一个数字就赶紧记录。等到能确定它们的轨道之后，他可以从容地把轨道仔细画下来、再尝试理解其意义。但此刻，七颗明亮的星星正在空中移动，他必须把全部时间用来收集数字。他确信七颗星之间的互动影响了光神信使——并不太多，但它那扁椭圆的轨道确实出现了能够轻易测量出的变化。最后，他满心不情愿地派了一个学徒负责记录数字，自己则去绘制六颗陨落者的新轨道。

　　"奇怪，"光神二侍思忖道，"它们似乎都在往蛋星上方的同一个位置移动。或许它们会发生碰撞、摧毁彼此，给崇拜伪神的奇拉一个教训。"

　　他脑子里突然又冒出另一个想法。很快，他画出了另一个蛋形轨道——那是根据新数字绘制的光神信使的新轨道。

　　"光神信使会在同一时刻抵达同一位置。"他自言自语道，"到时候会发生什么事？要是我能托了光神之福预测到事情的结局，让大家做好准备，那就好了。"

　　占星棍十分粗陋，得出的数字也并不准确。光神二侍竭尽全力也只能看出，光神信使与六颗坠落之星会在同一时刻出现在差不多同一位置。

　　"看起来它们似乎会全部一起撞毁。"光神二侍把结论报告给最高祭司，"但也可能光神信使会再次把其他六颗星抛向不同方向，说不定让它们回到原位。我简直没法做出预测。"

　　"如果我们能预先知道，那当然要好得多。"她回答道，"不过或许这又是光神对我们的考验。"

　　光神大侍很懂得身为宗教领袖之道。她只告诉信徒说大家都要祈祷,并在星星相聚时把目光投向东方的天空。

空中的七个光点以不可阻挡之势缓缓靠近。现在谁都能看出,有时它们的亮度会突然增强,就好像它们在彼此瞪眼。光神二侍忙着用占星棍计算。他把学徒分成七组,每组负责一个光点。他们经常互相干扰,还有一两个数字给算丢了、读错了,不过这些都可以留到以后再来处理。他自己用训练有素的眼睛估算光点之间的相对距离,学徒则负责测量光点与背景上静止不动的星星之间的距离。现在已经看得很明显了,七个光点并不会在完全相同的位置相遇。后来果然看见光神信使依次从性、西、食、东、地以及最后的天旁边掠过,继续沿着惯常的线路回到黑暗中,留下那六颗星停在原地!

看到这样不可思议的景象,许多、许多大数个奇拉的足盘开始叽叽喳喳,他们充满恐惧与敬畏的交谈以强烈的震颤晃动了地壳。过去这六颗星在每一转都会起落,与其他星星并光神信使是一样的。而现在,它们静止不动了。既不升起也不落下,而是绕着东磁极上方的某个点旋转,每转旋转一周。

最高祭司充分利用了这一罕见现象。到了下一转,她宣布说这一新结构是由光神的六只眼睛组成的;光神信使将它们带下蛋星,密切关注奇拉是不是胆敢再次崇拜伪神。最高祭司的宣言被奇拉接受,惊恐的大众在"光神六眼"持续不断的瞪视下畏缩,他们将多神教的神殿拆成了瓦砾。

天空中的新结构令光神二侍不安。他一直在研究空中那许许多多光点,而这次发生的事情与他过去的一切知识都背道而驰。上一次讨伐蛮子的北方战役期间,他曾在军中担任牧师,与大兵们一道越过赤道,去摧毁一个蛮子的小镇。透过烟罩里的缝隙,他曾见过有些小星星在北极上方画出小圈,正与光神在南极上方的行为一样。当星星位于空中的极点附近,它们就会静止不动,这他能理解;但这是他头一次看见东、西磁极表现得好像南、北极一样。

**时间:2050年6月19日　星期日,格林尼治时间08:03:10**

"平准星体已经下去了。"卡罗尔扭头对皮埃尔说,"现在轮到屠龙号。"

皮埃尔没使用手腕上带小屏幕的呼叫器,而是朝附近一个控制台下达指令:"呼叫屠龙号所有成员!"

控制台闪烁起来。

正在呼叫塞萨尔·拉米雷兹·王

正在呼叫珍·凯丽·托马斯

正在呼叫阿玛丽塔·沙卡西里·德雷克

正在呼叫圣子·考夫曼·高桥

正在呼叫阿卜杜·恩克米·法鲁克

皮埃尔看见"已回应"的标记出现在每个名字前方。计算机呼叫时,这些人全都在屠龙号上,各自忙着这样那样的任务。皮埃尔身体前倾问道:"0930出发是否一切就绪?"他伸手打开下方的音频输出面板,免得屏幕被多种回复挤满。计算机依次将确认信息传给他。屠龙号已经准备就绪。

皮埃尔脚蹬控制台飘起来。他穿过圣乔治号的舰桥,然后往下经过几条通道来到发射库。接下来的八天,发射库里那个直径七米的球体就将是他的家。

**时间：2050年6月19日　星期日，格林尼治时间09:10:15**

距脱离还有二十分钟，屠龙号的成员聚集在飞船底部的小型等候厅里。皮埃尔审视着自己的组员，接下来的八天时间，他们将与他分享所有的危险、兴奋和单调乏味的工作。他再也挑不出比这更强的小组了。所有人都很年轻，却至少都是双料博士。珍、阿玛丽塔和阿卜杜都是天体物理博士，还各自拥有电气工程某个领域的博士学位。塞萨尔·王医生的学历组合更是不同寻常，他是太空医学的博士，同时拥有超磁学的博士学位。皮埃尔自己是高致密核物理理论的博士，还是重力工程学和新闻学博士。最厉害的是32岁的圣子，最后一次统计时她已经有四个博士学位，还打算靠这次旅行获得第五个博士学位。

大家都是中子星物理学某个方面的专家，他们还进行了交叉培训，让每个人都能完成屠龙号计划中的所有科研项目。

皮埃尔说话了，"脱离之后，我们就开始执行十小时的连锁值班。所谓连锁，就是两班之间有两小时的重叠，好让接班的人了解前一班各项试验的情况。现在是0912，该阿卜杜、圣子和医生值班，医生目前在休值班期间的餐休，圣子1000下岗。我们最好现在就开始值班流程，所以其他人该去休息了。我知道脱离期间大家都不会回自己的舱室，但我们很快就要开始值班，所以一定别忘了睡觉，别把自己的休息时间花在看别人工作上。"

脱离的时间近了。大家全都上了主甲板，各占据一扇舷窗。脱离的过程很安静，一切顺利。整个程序就只是巨大的母舰打开舱门、松开紧固装置，然后大飞船从自由坠落的小球边退开。正如皮埃尔所料，当小球从星际方舟硕大的体侧飘走时，谁也没回舱室休息。

塞萨尔道："置身飞船外面、与它近距离相对，这种经历每次都让人心生敬畏。我的上一次还是两年前,我上船那次。"

"我出去过十几次,为了维修天线。"阿玛丽塔说,"但你说的没错——无论看过多少次,这景象仍然很壮观。"

皮埃尔朝通讯控制台说:"你看起来一切正常,圣乔治号。一周后再见。"

卡罗尔沙娅的答复传来:"祝狩猎顺利,屠龙号。"

他们从方舟身旁飘走。母舰越来越远、越来越小,屠龙号的成员都聚集到面朝母舰的舷窗前。最后,皮埃尔走到一台控制台前,让圆形的屠龙号旋转起来,舷窗对准他们很快就将近距离绕行的中子星。"变轨星体将在六小时后抵达。"皮埃尔对成员们说,"全体都有,进入高重力防护罐。"

他关上舷窗前的金属护罩,关闭控制台,接着依次打开环绕在屠龙号精确质心周围的六个球形罐子的舱门。

成员们走到衣柜前,把衣服脱得只剩内衣裤,再穿上紧身潜水服。潜水服内建一组复杂的液压管、多个压力囊,此外还带整套的水下呼吸系统。他们开始向自己的球形罐子攀爬。阿卜杜第一个准备就绪,爬进了舱门朝下方休息室打开的罐子。皮埃尔帮他进去,然后合上盖子、再次检查可供呼吸的气体。最后阿卜杜朝他点头,他随即将罐子里的空气排空,注满几乎无法压缩的水。单靠水依然不能完全抵消不同重力场之间的差异,所以皮埃尔又检查了所有的超声驱动电路,它们会向压电驱动器发出强电流,进而使罐子的不同侧面产生快速变化的压力波,以此抵消重力的影响。

阿卜杜安全就位以后,他转身去看其他组员。阿玛丽塔已经检查完自己的装备,正往罐子里爬;圣子·考夫曼·高桥是典型的日耳曼人,做事一丝不苟,她仍在检查自己的空气系统。珍已经进了罐子,医生正帮她做最后的检查。皮埃尔从圣子身边飘过,将珍的罐子复查一遍,以策万全。他丝毫不敢马虎,因为如果珍的罐子在脱离轨道期间失灵、渗水,那么珍·凯丽·托马斯美丽的身体就会被变轨星体产生的强大潮汐力撕成碎片,一点也不夸张。变轨星体会以一万个g的拉力拉扯她的头和脚,同时还会有五千个g的力量挤压她的腰部。

"真要是那样,我们只能把她装进瓶子里,带回圣乔治号火化了。"这可怕的想法让皮埃尔摇了摇头。然后,他爬进自己的罐子里。

皮埃尔透过面罩看看内建于自己罐子一侧的迷你控制台。一个屏幕被分割成六份,每份都显示出一个罐子内部的画面。他耐心等候,圣子终于仔细检查完每个压力囊,然后她关闭舱盖、排除空气,转头面对自己控制台的拾音器。

屏幕上那张毫无表情的面孔说:"圣子·考夫曼·高桥就位。"利落的短发勾画出她坚定的圆脸。

皮埃尔对所有屏幕粲然一笑,说:"我这就按下电梯的下降按钮。"他触碰一个面板、拨动屏幕控制钮,唤出一幅画面:一角是一颗快速旋转的大星星,另一角是一粒闪亮的光点。光点偶尔闪出强光,那是强有力的火箭引擎在修正它的航线。

他们等了很长时间,这期间一直能感到渗透了水屏障和压力服的震颤,此外还有轻微的加速感。震颤来自飞船的火箭,计算机正让飞船与超致密小行星彼此靠近。

"下去了!"皮埃尔朝喉咙里的麦克风低语,不过第一个音位才说出一半,小行星就已经从他们身边掠过。眨眼之间,他们已经绕到那硕大圆球的背面,并开始朝中子星坠落。飞船的引擎开到最大功率,以抵消重力造成的鞭击般的角动量。

　　落入龙蛋超强重力井的过程只花了两分十五秒。坠落的大部分时间都很安静,只有接近中子星的最后几秒钟除外——皮埃尔能感觉到潮汐力对罐子里的水产生的压差,紧接着,强烈的身体感受爆发了。在那个瞬间,皮埃尔的头因加速被剧烈拉扯;他耳朵生疼,手和脚被第二、第三批次的潮汐力拉扯,而压电驱动器也将超声波的保护注入包裹他的水中。

　　明亮的变轨星体再次从他的屏幕上闪过,将屠龙号留在六个平准星体的正中心。屠龙号静止不动了,平准星体则围绕中子星和飞船旋转,每秒五次。“真够劲!”对讲机里传来女性的声音,兴奋和呼吸面罩让这声音难以辨识。

　　“大家从游泳池里出来干活了!”皮埃尔对着屏幕上的几张面孔说。他拨动水泵控制开关,罐子里的压力开始下降。

### 时间:2050 年 6 月 19 日　星期日,格林尼治时间 09:45:00

　　光神信使将那颗闪着微光的星星留在“六眼”中央。在那个时刻,并没有多少奇拉注意到这件事。它高悬在空中的轨道里,又不像别的星星那样自己发光,所以亮度太弱,很难看见。不过这个小点沐浴在六眼的光辉中,反射它们的光芒,所以那些视力最佳、信仰最坚定的光神崇拜者还是看见它了。

　　“六眼中央的那颗新星是静止的。”首席占星师向光神大侍、最高祭司汇报情况,“六眼几乎也是静止的——但每一转它们还是会绕东极一周。这颗新来的内星处在六眼的正中央,而且完全静止不动。”

　　听到这消息,最高祭司十分满意:光神天堂上方的天空终于发生了一件符合逻辑的事。

　　“如果新星静止不动,那么它就跟光神一样——光神也是静止不动的。许多代之前,光神派了自己的六只眼睛下凡,来密切监督当时那些缺乏信仰的奇拉。看来光神对自己看到的情形感到满意,现在他派来自己的信仰之内眼,来看顾那些一直坚持敬拜他的奇拉。这新的眼睛就是光神的内眼。"

**时间:2050年6月19日　星期日,格林尼治时间09:50:34**

离开罐子以后,屠龙号的成员聚到主控制台甲板。甲板上有六扇深色舷窗,窗外防微型陨石撞击的金属护罩已经打开,所有人都望着外面的景象。尽管没有运动的感觉,那景象却令他们头晕目眩。

他们身处距离中子星四百公里的同步轨道。在这个位置,中子星的重力场为四千一百万g。为了抵消这一拉力,飞船必须每秒环绕中子星五圈。但尽管飞船在飞速旋转,他们却毫无感觉。原因是屠龙号被稳定在惯性空间,而且并未在朝向中子星的方向开舷窗。亏得屠龙号被稳定在惯性空间,否则每秒转五圈的飞船内部会产生巨大的离心力,他们的身体会被压在外隔离壁上,挤成肉酱。

由于飞船没有自转,只是绕中子星旋转,所以中子星那偌大而灿烂的形象会以每秒五次的速度从每个舷窗前依次闪过,将闪烁的白光投射在中央甲板的墙面上。透过舷窗还能看到六颗红色的超致密小行星,它们形成一个圆环,距离屠龙号仅仅二百米。它们同样以每秒五圈的速度环绕飞船,它们发出的光芒与远处中子星的闪光交替出现。

圣子从一扇舷窗前往外看,专业的目光迅速把一切都看进眼底。然后她闭上眼睛、飘浮在空中,身体完全放松,四肢朝不同方向伸展开去。

"你怎么了!"塞萨尔一声惊呼,满脸关切地看着她。圣子慢慢睁开一只眼睛,"不用担心,王医生,我不过在检查潮汐补偿。"被对方打断,她心里略有些恼火。"我们距离中子星四百零六公里,潮汐重力梯度应该是每米一百零一个g。尽管我的身体中心处于自由落体状态,我的胳膊、腿和头却想朝不同轨道运行。我的脚比身体离中子星近了一米,应该感到二百零二个g的拉力,我的头比身体远了一米,也应该感到二百零二个g的拉力,而胳膊则应该感到一百零一个g的推力。

"六个平准星体也分别制造出同样强度的潮汐力,只不过它们制造的潮汐是相反的。我只是把手脚当作简易的加速度计,看看两股潮汐相互补偿的程度有多精确。没想到残余的潮汐竟然这么小。只有在非常靠近船体的地方,我才感觉到随飞船转动有引力传递到胳膊上。"她再次闭上眼睛,继续体会手、脚被重力轻轻拉扯的感觉。这股力量每秒出现二十次,这是因为飞船并不旋转,而平准星体和中子星每秒绕飞船转五圈,四叶状的重力模式于是随之旋转,环绕着位居中央、全无自转的飞船。

往外看了几分钟之后,不断闪烁的光线开始让人心烦。大家一致同意启动金属护罩,将它们重新盖在舷窗上。这么一来,主控制台甲板恢复了稳定的内部照明。大家开始工作:用比人类裸眼精准许多的仪器去检查中子星。

**时间:2050年6月20日　星期一,格林尼治时间06:26:30**

"利刃"小心翼翼地张开生产孔,将蛋下在蛋圈入口处。一个长者全神贯注地看着,然后用混合着关切与非难的口气说:"这颗蛋不大对劲。"

利刃用自己那一打红色的眼睛看看蛋袋。这颗蛋比一般的蛋小很多，颜色苍白。"它生长的时候感觉就不对。"她回答道，"但愿孵化之后会好吧。"

"别担心，我和其他长者会好好照料它的。""洪亮话音"回答道，"等它孵化了，能吃到更多食物，也许就会长大些。"

卸下了负担的利刃离开蛋圈，回去执行自己身为部落首领的职责。长者们一心扑在蛋上，所有的蛋都会得到精心呵护。几转之后，利刃已经把这件事忘得干干净净。毕竟她年纪不小，已经为蛋圈贡献过半打蛋了。对她来说，蛋与蛋之间似乎已经没什么差别。

那颗苍白的蛋得到了精心照料，因为所有长者都对自己负责的每颗蛋非常关切。洪亮话音给这苍白的小蛋特殊照顾，时刻把它遮蔽在自己皮肤展开的边缘底下——这部分皮肤被他当作孵化膜。每一转他都要给这扁扁的椭圆蛋翻面，次数足有一打之多，好让里面的蛋仔得到足够的运动量。

该孵化的时间已经过了。洪亮话音最初还有点担心，但之后没多久，他就感到蛋里的蛋仔有了一点动静。好容易蛋终于破了，他感到孵化膜底下流出温热的液体，蛋仔挤了出来。

洪亮话音的孵化膜底下还有别的蛋，他小心翼翼地翻滚新生雏仔附近的蛋，把它们挪到自己孵化膜下的其他地方。然后他把雏仔移到孵化膜边缘，让它从孵化膜底下出来。

"粉红色的眼睛！"洪亮话音大声惊呼，他深红色的眼睛俯视着苍白的小奇拉。那一打粉红色的小眼睛摇摇晃晃地环绕在白色的身体周围，向上看着冰冷的黑色天空。

洪亮话音惊奇的叩击引来了另一个长者，对方当时正在雏仔圈帮忙。两个长者忧心忡忡地把新雏仔打量一番。他的体形那么小，眼睛又是粉红色，苍白的身体像发烧一样烫，明显不大正常。

"我还从没见过这样的小东西。"后来的那个长者说。

"我也没见过,"洪亮话音说,"不过从前我还是联合部落首领时,我听顾问们说起过类似的雏仔。大家管它们叫光神的受难者。"

洪亮话音掀起另一块皮肤,缓缓将它挪过去盖住小东西。"这些蛋你来照看一会儿吧,"他请对方帮忙,"我带这小雏仔去雏仔圈吃点东西。"他轻轻推着小东西前进,出了蛋圈的门,来到雏仔圈的食槽。洪亮话音帮小家伙把一小片荚子放入进食孔。没过多久,小东西就能自己找到食物往进食孔里塞,几乎不再需要长者帮忙。

洪亮话音看着这雏仔吃东西。他的动作很笨拙,但雏仔差不多都这样。他们得花几个转的时间练习,进食才会好些。

不过这一个似乎比其他雏仔更不协调。洪亮话音生出一根纤细的卷须,将他移动到一只发热的粉色小眼睛跟前。卷须都快碰到眼睛了,眼睛这才缩回他的保护膜底下。

"可怜的雏仔。"洪亮话音说,"恐怕你那些粉色眼睛不大好使呢。"他的保护欲膨胀起来,从那一刻起,这个小雏仔就变成了洪亮话音专门关照的对象。

"粉目"进食、长大,但他的个头一直比同龄的雏仔小。他很有勇气,也乐意跟其他雏仔一起打闹,但他的视力太差,这对他很是不利。在雏仔圈生活,他最喜欢的部分就是听部落的说书匠讲故事。

洪亮话音就是部落的说书匠,因为他的生活经历远比其他长者丰富。每次讲故事的时间结束,其他雏仔就踩着足盘、互相推搡着跑开了;只有粉目会留下来,打听雏仔圈外面的生活是什么样。他问了洪亮话音许多问题：身为联合部落前首领、同时朝一打大数个奇拉讲话、而所有奇拉都静静听你讲——那是什么感觉？

"你这么重要，感觉一定很棒吧，长者洪亮话音。"粉目说，"后来你为什么又不当首领了呢？"

"这个嘛，"洪亮话音蹀足嘲弄自己，"倒不是我不当了，而是有比我块头更大、更强壮的奇拉想当首领。我跟他讨论了一阵，就决定我不想再当联合部落的首领了。"他下意识地生成一根卷须，轻碰皮肤上的一道伤疤，"再说，我当首领也当累了。我越来越想来照料蛋，跟你们这些雏仔一起玩，讲故事给你们听，一直到我流逝的那天都只做这些事。"洪亮话音展开自己的保护膜，轻轻盖在那具滚烫的小身体上；粉目本能地把身体缩到最小，享受清凉的爱抚。

**时间：2050年6月20日　星期一，格林尼治时间06:30:00**

阿卜杜·恩克米·法鲁克的大脑渐渐醒来，准备好应付一切。他缓缓睁开眼睛，发现自己棕色的胳膊漫无目的地飘浮在身前，不禁心里暗笑——他已经醒了，但胳膊却还在睡。"忙起来了胳膊！"他对它们想道，"要给那颗中子星绘地图，你们今天可有好多键要按呢。"

不过两只胳膊做的第一件事却是把手伸向阿卜杜浓黑的胡子，动手卷了卷胡子尖，这个动作如今已经变成了他的本能。眼睛饶有兴味地望着胳膊，随后阿卜杜朝胳膊下达了第一条直接指令。

只一瞬间，他的身体就脱离了梦游一般的恍惚状态，与他的心灵融为一体。他拉开睡袋的拉链，脚一蹬，朝厕所飘去。

**时间:2050年6月20日　星期一,格林尼治时间06:32:24**

　　粉目差不多该离开雏仔圈了,洪亮话音就是这时候死的。当时他正在做自己最爱做的事:给雏仔讲故事。他讲的是那次他率领联合部落的军队实施惩罚性袭击,把蛮子赶回北方。故事正讲到精彩部分:他如何亲自砍倒了一打蛮子(这故事每讲一次,蛮子的数量似乎都有所增加)。这时他脑结里的一个体液泵失灵了,皮肤持续的肌张力放松下来,他的身体扩散成一个松弛的大圈,然后向外流淌到雏仔中间。

　　粉目大为震惊。这并非他第一次看见长者死去,但失去这位特别的朋友和导师,对他而言是巨大的打击。他呆立在原地,就连屠宰小组来了也没动弹。其他雏仔去看洪亮话音怎样变成食物仓里的肉,等他们回来时粉目还在老地方。

　　其他雏仔忙着吃东西的时候,粉目出了门,漫无目的地流动。他穿过雏仔圈的空地,慢慢爬上了紧挨部落营地的一座小丘。

　　他们的部落位于光神帝国的东部边界,作为部落首领,利刃总用一半足盘倾听地壳里持续不断的低语。她的部落经常遭受蛮子袭击,尽管派了出色的武士放哨,她自己也从不放松警惕。现在她足盘下方的地壳传来一种罕见的波动,那声音非常微弱、还很尖锐。那并非岗哨在示警,但也绝不是部落营地平常那种忙碌的噪音。

　　那奇怪的波动听起来像雏仔的声音,但她训练有素的方向感却把它定位在营地边界之外。她来到营地边缘,现在那尖锐的波动越发清晰了。这时她看见了声音的来源:附近小丘上一个微弱、苍白的小点。利刃朝它移动过去,她靠近苍白的小点,发现对方是那个所谓的光神受难者,名叫粉什么的雏仔。

竟让一个雏仔溜到离营地这么远的地方来了,利刃有些恼怒。但话说回来,洪亮话音的流逝也确实让雏仔圈有些混乱。再说这个雏仔估计已经够大了,到了能派活儿的年纪,只不过利刃实在想不出这么个视力不佳的小东西能干吗。

利刃来到小丘底部,尖锐的声音透过地壳传来。那微弱的波动倒是很清晰,利刃稍微吃了一惊。她停下来听。

"噢,空中的光明之神啊,为什么你要如此惩罚我,难道我做了什么错事吗?我从来都尽心尽力地敬拜你。"粉目道,"你将这可怜的苍白身体强加于我,现在又带走了我唯一的朋友。为什么?哦,为什么?"

这小奇拉与那长者的感情竟这样深,利刃感到难以理解。她自己也很敬重洪亮话音,毕竟他曾是部落联盟的首领,受到大家尊敬是很自然的。但他已经变成肉了——还有什么可尊敬的呢?她猜想这可怜的小家伙本来就有许多古怪之处,所以才为一块肉感到不合时宜的忧伤。她朝他的方向踩足发出呼唤。

"你——马上下来,回营地去!"她说,"你明知道不远处就有蛮子的。"

通过地壳传来的响亮声音把粉目吓了一跳。光神在他眼里只是模模糊糊的一团,所以他全神贯注盯着天空,想把光神看清楚些,根本没留意部落首领已经来到跟前。部落首领竟亲自对自己说话,这令粉目心生畏惧,于是他赶紧从小丘上流下来,开始朝营地前进。但利刃却又命令他止步。

"等等!"利刃道,"既然你觉得自己可以随心所欲跑到雏仔圈外头,那或许你已经太大了,不必再待在雏仔圈。小子,你叫什么名字?多大岁数?"

粉目恭恭敬敬地回答道："噢,部落首领啊,我叫粉目,我已经长了一打大数转了。"

利刃流动过去,从近处打量他。他个头很小,根本不可能受训成为武士或者猎手,哪怕照料农作物他也嫌太小了。她上哪儿去找有用的工作给他做呢? 最后她终于想出一个点子。

她下令说："去找部落的占星师,告诉他部落首领说你要受训成为占星学徒。"

粉目高兴坏了,人家终于派给他一件有用的事情。他立刻朝占星师的院落流去。

利刃目送兴奋的小东西流走,然后回去继续处理更重要的事务。她压根儿没想到这个苍白的小崽就是许久之前她留在蛋圈里那枚苍白的蛋。

**时间:2050年6月20日　星期一,格林尼治时间06:32:30**

塞萨尔在科学实验控制台前忙碌。既然飞船已经在东磁极上方安顿下来,现在就该启动观测设备了。红外和紫外扫描仪都已开启,高分辨率可见光照相机正在持续对东极附近的山地拍照。就连中微子与重力辐射探测器也启动了,以防正巧发生地壳震。当然,这种可能性并不太大。

塞萨尔正在准备激光雷达测绘仪。他先把它设定在短脉冲模式,好在拍摄屠龙号正下方的山体时获得最佳分辨率。激光参数出现在屏幕上。

激光雷达测绘仪:波长0.3微米

脉冲宽度:1.0皮秒(0.6毫米分辨率)

脉冲尖峰功率:1吉瓦

脉冲重复频率:1 000 000脉冲/秒

光点直径:60厘米

塞萨尔对设置感到满意,上身前倾道:"开始激光雷达扫描! 从地下点开始,以五公里为半径进行圆形扫描!"

屏幕先变成一片空白,接着就出现了龙蛋的图像。塞萨尔看见一条由微小的圆圈构成的痕迹,每个圆圈都代表激光雷达的光束在中子星地壳上反射的位置。这道痕迹蜿蜒着向外扩展,画出越来越大的螺旋。

他自言自语道:"螺旋扫描要花八分钟。"他盯着屏幕看了几秒,然后手指从键盘上掠过,开始设置下一项实验。

**时间:2050年6月20日　星期一,格林尼治时间06:39:55**

"我不想抱怨,可我实在不想要他。"部落的占星师对利刃抱怨道,"你刚把粉目送来做我的学徒时,虽然他长相实在很奇怪,但我还是愿意给他机会试试。他很热心,也很努力,可后来我们发现他的视力太糟了,看光神和光神之眼都是一片模糊,天空中的其他星星他几乎连看都看不见。他显然成不了占星师——要是连星星都看不见,你怎么做占星的预言呢?

"可尽管如此,"部落占星师继续说道,"他在崇拜仪式时倒能帮上忙。他声音尖锐,但波动传递的效果却很好。每次唱诵我都用他,还让他负责敬拜符号。可现在恐怕非得让他走不可了。他亵渎了神。"

"什么!"利刃惊呼。

"没错。"部落占星师说,"在当学徒的这么长时间里,他总说光神的内眼在忽明忽灭地闪烁。我们好容易才说服他那只是他糟糕的视力在捣蛋，可最近他又有了别的说法。他说每过一打转左右时间，闪光会先逐渐增强，接着再次黯淡下去。最后一次发生这种事是在几转之前。他竟然还把我拉到他那愚蠢的小山丘上，不停地跟我说：'瞧它们！瞧那些明亮的闪光！你瞎了吗，长者！'

"我倒不介意人家叫我长者，毕竟我很快就可以去带雏仔玩耍了。"部落占星师接着说道，"但被那个几乎什么都看不见的怪胎说我瞎了，这我可受不了。另外他还到处跟大家说光神的内眼在对他发送信号——只发给他！"

利刃看看东极上方，那七个光点几乎纹丝不动。她忙着管理地壳上的部落，很少往天上看。可如果内眼真的发出了明亮的闪光，那她肯定不会错过的。她平时不大关注宗教，但部落首领在神圣庆典期间也要兼任"光神首席崇拜者"，她自然不能让这么个明显神志不清的奇拉扰乱秩序。

"看来光神的受难者不只是肤色苍白、眼神糟糕而已。"她说，"好在如今日子好过，我们就由他不干活吃闲饭吧。"

粉目对自己的新身份并不满意。他觉得自己像个废物，于是大部分时间都待在部落营地之外。他凝望着模模糊糊的光神与光神之眼，他对那些光点、对自己说话；他还梦想自己是部落联盟首领，无数奇拉聚集在他身边，倾听他智慧的箴言。

**时间：2050年6月20日　星期一,格林尼治时间06:40:35**
控制台屏幕一闪，塞萨尔抬起头。屏幕上部出现一行字：

激光雷达测绘扫描完成

塞萨尔按下几个键。他之前正在检查的红外图像消失,激光雷达测绘实验的主设置菜单出现在屏幕上。

现在要进入扫描的下一阶段。激光束将倾斜着扫过龙蛋弧形的表面,因为设置成使用啁啾脉冲,还能得到高分辨率的高度与表面位置信息。很快,激光开始啁啾而鸣,波段从可见光往上直至紫外光区域,脉冲重复频率也降到每秒十万次。

塞萨尔让激光测绘仪每次扫描一个弧度,从他已经绘制好的五公里圆圈边缘开始,往外再延伸五公里——这已经远远超过了龙蛋的弧线。区域扫描开始,狭窄的扇形光束约莫每秒扫荡一次,慢慢往外延伸,朝西边去了。

### 时间:2050 年 6 月 20 日 星期一,格林尼治时间 06:40:46

粉目爬上部落营地外略微隆起的小丘。他深信光神在通过光神内眼对他说话,可谁也不肯相信他。

"可是——可是它那么亮!"粉目自言自语道,"纯粹的光,如此灿烂、如此耀眼。那就是光神的化身啊!可光神却不让他们看见!为什么? 为什么?? 为什么???"

粉目又一次停在小丘上。他开始像每次敬拜时那样诚心诚意地祈祷、唱诵,声音波动进地壳。他在向光神寻求慰藉,虽说对方似乎令他遭受了一切可能的羞辱——只除了死亡。

粉目感受着自己武器囊里那把锋利的小刀。他把刀拿出来,盯着它看了很久,心里思忖着……他任小刀落到地壳上,锋利的刀尖摔得粉碎。

粉目很清楚,尽管部落拒绝让他参与任何工作,却也不会由着他饿死。但他下定决心,再也不回来。

他一眼也没往回看,径直朝东边前进,一头扎进了荒野——

蛮子的地盘。卫兵经常看见这个苍白怪异的部落成员外出游荡,所以也没盘问就放他通过了。

粉目并没有任何具体计划。部落排斥他,他唯一的念头就是离开。他知道自己有可能遭遇蛮子,但他对死于他们矛尖下并不感到畏惧。他继续前进,东极上方那些每转缓缓旋转一周的光点吸引着他。

粉目在一株孤立的野生植物上找到一些部分成熟的荚子,他一点点吮吸着好多转以来的第一口食物。突然间,他满心敬畏地停了下来:内眼射出一束灿烂的多彩光束,直射到他身前,经久不灭。这束光与他过去见过的全然不同。之前的光束都是转瞬即逝的闪光,非常之快、非常强烈,根本没有颜色可言;此刻的光束却仿佛地震让地壳翻腾时发出的无声的话语。开始时是深红色,然后渐渐地——不慌不忙地——变幻出好些奇异的色彩,最后成为璀璨的光芒。粉目继续等待,他的耐心很快得到回报,又是一场目眩神迷的表演。他把荚子放进储物囊,仿佛着了魔一般朝光束前进。它一次又一次反复出现,他开始信任它的规律性。

粉目上前拦截光束。他发现光束先是缓慢向北移动,片刻之后又停下了向北的动作。现在,每一次漫长的闪烁似乎都把光束更加带近他身边。他抢先来到它向南的路径上,然后停下来等它走向自己。这一转的时间渐渐流逝,他眼看着那多彩而灿烂的光芒变得越来越亮。

然后,突然间,它落在他身上。他周围的地壳闪出多彩的亮光,他的眼睛本能地躲到眼膜底下。最最奇特的还要数他顶面那种温暖的感觉,微微刺痛,感觉棒极了,简直就像跟神性交。光束底下的粉目因愉悦而扭动,苍白的身体自动摊薄,以吸收更多快感。但紧接着,那种感觉突然消失了,与出现时一样,事前毫无征兆。

粉目大惑不解。他把身体收缩成正常形态,原地等待。很快他就看见光束再度降下,这次是向南前进。现在他的眼睛已经能承受那强烈的光线,片刻之前体会到的剧烈感受也只在他顶面上留下一丝余韵。粉目想要跟上,但那闪烁的光束速度太快,抛下他一路往南去了。

粉目等着,他的眼睛凝视天空,目送那美丽的光束缓缓闪烁着南行。他确信它还会回来,所以他等着,只偶尔到附近找些维生的食物。最后,他看见光束再度靠近他所在的位置。等它终于落到他身上,他早已做好了准备。他苍白的小身体摊薄到极限,好接受光线温暖的爱抚。光束轰然落下,他陶醉在性快感中,足盘痉挛似的揉捏地壳向光神祈祷。"光神!噢,光神!请将你爱的祝福倾泻到我身上。谢谢你!噢,谢谢你如此奖励你忠实的仆从!"

之后的好几十转,粉目在荒野中生活,领受光神内眼每隔半打转数送来的爱与愉悦之光。他一路追随光束,光束按照稳定的模式从地壳上扫过,粉目也慢慢流浪回了自己部落营地的方向。这一路走来,他的信念越来越坚定。他坚信他——而且只有他——受到了光神的召唤,要将光神之道带给奇拉。

他的灵性得到强化,终于能够摆脱对光束的依赖,不再时刻寻求那强烈的性快感。现在他加快了脚步,将光束留在身后。光束一直在南北方向来回摆荡,同时缓慢向西移动,粉目则径直回了他自己部落的营地。他缓缓爬上营地外的小丘,就是他曾在上面向光神说话的小丘。他开始传道,尖厉的声音沿着地壳波动,里面增添了无可置疑的信念。

"你们当做好准备！做好准备,所有奇拉！因为光神的祝福很快就要降临到你们身上！"

起初只有在营地外围警戒的卫兵过来查看声音的来源。他们看见说话的是谁、听了他奇特的话语,便一面嘲弄他,一面回到自己的岗位上。换了几次岗之后,部落的大多数成员都听说了光神受难者那些古怪的胡话。最后消息传到部落占星师耳朵里,他立刻去找利刃。

部落占星师说:"不能任他胡来。"

利刃赞同道:"没错。我们过去吧,想办法让他恢复理智,别再继续胡来。"

利刃、部落占星师和一队武士去了小丘。离小丘不远,他们就听见了粉目传道的声音,他的听众是一小群起哄的武士和比较年长的雏仔。

"你们当悔改！你们当祈祷！"粉目正说着,"悔改吧！因为光神的祝福很快就将降落到你们身上！"

利刃的足盘重重踩在地壳上,"粉目！别再胡说八道,下来！"

"不！"粉目道,"现在我服从的是比你更高的首领！"粉目将一根卷须伸进自从离开雏仔圈就再也没打开过的一个囊袋,从袋子里掏出了自己的部落图腾。

"我不再属于这个部落了。"粉目把部落图腾举高,让大家都能看见。然后他松开图腾,它落在地壳上摔碎了,轻微的震荡波传到周围所有不安的足盘底下。

"我蒙受了光神的召唤,"粉目说,"要领导所有部落的所有奇拉,对他进行更深的崇拜。"

"够了,"部落占星师对利刃耳语,"别让他再胡说八道！"

虽然不大情愿,利刃还是站出来准备控制局面。惩罚这么个明显神志不清的奇拉,这项任务的滋味并不好受。但粉目毁掉了自己的部落图腾,也就放弃了部落的保护。

"既然你毁掉了自己的图腾,"利刃高声说,"你就等于主动脱离了部落,所以我命令你离开部落领地。"

她的一打眼睛移动位置,选出附近的三个武士,"你们三个负责把这自封的蛮子送去边境。不许他回来。如果他不肯离开,就把他变成肉干!"

三个武士缓缓爬上小丘。他们都懒得从武器囊抽出切刀或者刺棍,因为他们随便哪个都能轻松对付弱不禁风的粉目。

"止步!"听了粉目的话,三个武士迟疑了,对方怪异的举止让他们无所适从。粉目往北看,只见光束正在朝小丘靠近。他把所有的眼睛都朝上对准光神之眼,他开始祈祷,毫不理会身边的武士。

"噢,伟大的光神! 将你的爱展现给这些不信神的坏蛋吧,让他们知道,只要他们成为你真正的追随者,他们将获得怎样的爱。"三个武士仍在犹豫,他们不愿打扰任何奇拉祈祷——不过他们的足盘却微微波动,说明他们心里觉得好笑。

利刃正在跺足,对裹足不前的武士发出严厉的命令,这时她突然感到自己的身体摊开在剧烈而火热的性快感之下。她的眼柄加长、眼睛在眼柄尽头扭动,她看见别的奇拉也流动着摊薄在她周围。她感到身旁的部落占星师的体缘流到她一侧身体上,将那强烈的暖意挡住了一部分。男性的足盘放在她顶面上,通常这是很适意的,但现在却远远无法令她满足。她收缩身体,好让整个顶面都沐浴在空中倾泻而下的极端快感中。

她一面快乐地扭动,一面听粉目尖厉的声音沿地壳传来。

"来吧——你们大家——来领受我为你们带来的光神祝福。"

快感越来越强烈,然后消失了。利刃、部落占星师和别的奇拉慢慢恢复了常态。他们全都精疲力竭,一动不动地等着粉目说话。

"我给你们带来了光神的祝福。"他说,"只要你们信仰光神、敬拜光神,你们就能再度拥有它。"

"我信!"一个武士喊道,"再把光神的祝福带下来给我!"

"首先我们必须以适宜的方式敬拜光神。"粉目道,"为此我们必须全都进入部落营地祈祷。半打转数之后,我要整个部落聚集到圣殿区域来敬拜光神。"

其他部落成员赶紧跑去散播消息。刚才的奇迹和粉目的命令很快传开。利刃什么也没说。她并不愿意把权威拱手让给这个苍白的东西,可他似乎有光神撑腰,所以她别无选择。

六转之后,整个部落都聚集到圣殿区域,听粉目布道。他们的身体把圣殿挤得满满当当。粉目把开场的敬拜仪式交给部落占星师,但很快他自己就隆重登场,用一大篇布道词催眠大家。

利刃在最边上听礼拜。尽管受了粉目干扰,她却并未疏忽作为部落首领的职责。由于粉目坚持要让外围警戒的卫兵也来参加礼拜,利刃就安排自己和其他武士留在最外围,以防蛮子突袭。另外她还禁止长者留在蛋圈和雏仔圈,全然不管对方的反对。

"等光神的祝福降到你身上,那感觉就跟在性交一样。"她努力向负责照顾蛋的长者"坚石"解释,"你会控制不住身体。你的身体猛烈摆动时,可能会弄伤蛋。"

"这叫什么话!"坚石抗议道,"我这么老了,哪里还会性交。我只想照顾我的蛋。"

　　然而,当粉目召唤来的光神的祝福降临在礼拜光神的部落成员身上时,坚石却感到一股强烈的性冲动,胜过他年轻时最好的体验。他的身体摊薄,眼睛在加长的眼柄上瞪得大大的,整个顶面都沐浴在温暖的光束中。

　　坚石在欢愉中凝望光神之眼,然后——就在祝福即将结束的瞬间——他突然看见一道微弱的深色光束倾泻在自己身上。

　　"我看见了! 我看见了!"坚石高喊,"我信! 我信!!"

　　坚石瞬间就生出了信仰。他从渐渐恢复正常的奇拉中间穿过,一眼也没回头看那些他曾经无比珍惜的蛋。他边走边不停重复:"我看见了! 我信! 光神之道的传播者啊,我想追随你。"

　　粉目仔细盘问坚石,终于相信坚石确实看见了。只不过在他自己眼中,那灿烂的多彩光线无比清晰,坚石看见的却只是一个非常黯淡的版本。接着光束出现在更北一点的位置,粉目又让坚石往上看光神之眼。但这回光束不是从正上方落在坚石身上,他几乎没看见什么。

　　既然有别的奇拉看见了光神之眼发射的光线,粉目彻底抛开了心底残存的疑虑,再也不怀疑那光或许是他自己的幻想。他再度把眼睛转向聚集在一起的奇拉,对他们说话。"我是蒙光神选中的天选之子。"他宣布说,"我将光神发光的爱带给你们,也把他的道带给你们。"

　　"对!"坚石插话,"听天选之子的话,服从他!"

　　粉目将眼睛转向坚石,他生出一根苍白的卷须,用它缠绕坚石的一根眼柄。"你也是蒙光神选中的,坚石。"他说,"我要你跟我一起踏上传道之路。"

　　"天选之子啊,我服从。"坚石说。这个历经磨难的老兵没有丝毫犹豫,他把自己的卷须伸进一个过去五打大数转都不曾打开过的囊袋,拿出自己的部落图腾,高高举起,然后任它摔碎在地壳上。

粉目将利刃唤到身边,他宣布说:"我将向西行,把光神之道带给其他部落。我需要食物,还要武士来护送我。"

"噢,天选之子啊,如你所愿。"利刃松了一口气。看样子,这个怪异的奇拉很快就会离开,部落也可以恢复正常的生活。"我们服从。"

从此以后,粉目就被尊称为天选之子。到了下一转,他领着以坚石为首的一大群追随者离开了部落,另有一小队崇拜他的武士围绕在他周围。还有更多部落成员想跟粉目走,利刃简直毫无办法,幸亏粉目宣布说光神希望他们留下来照料蛋和雏仔,并保护光神的帝国不受蛮子攻击。

粉目的队伍缓缓朝下一个部落进发。坚石领了一小队奇拉先行传递消息:天选之子即将把光神的祝福带给他们的部落。

那个部落的奇拉对坚石很熟悉,但他们依然感到难以置信。最后,天选之子在部落营地边缘停下,部落首领"无畏"领着一群部落成员迎上来,其中包括他的部落占星师。

无畏毫不客气地问:"不属于任何部落的流浪者,你为什么要打扰我的部落?"

"噢,部落首领啊,我只是想将光神之道和光神的祝福带给他们。"天选之子彬彬有礼地说,"我知道你对此感到难以置信,但我要告诉你,我是蒙光神选中的天选之子。你们要相信我,然后才能获得光神的祝福。"

部落占星师对无畏悄声说道:"我不喜欢这家伙。"

"我自己也对他生疑。"无畏说,"不过坚石曾许多次与我一同对抗蛮子,而他不仅坚信这苍白的怪东西说的是实话,他还坚持说他自己也见过那光束。"

部落占星师再次抱怨道:"我还是不喜欢这事儿。"

"他只要求使用圣殿,向光神祈祷。"无畏说,"圣殿不就是用来祈祷的吗,所以又能有什么坏处呢?"

"话是这么说……"想到自己可能丧失部分权威,占星师深感不安,"我担心的是他布道时要说的那些话。他坚持自己是光神选中的。这怎么可能呢。如果光神要选一个奇拉替自己传道,那肯定也会是一个强壮、英勇的奇拉,而不是这么个虚弱可笑的东西。"

"可万一是真的呢。"无畏反驳道,"我可不想冒险。万一因为不理睬光神的传道者而受到光神的诅咒怎么办。"无畏将眼睛转向那苍白的奇拉。

"天选之子,我们准备让你使用部落的圣殿,"无畏说,"只要你确信能将光神的祝福带给我们。"

粉目将几只眼睛转向南方,他远远看见了多彩的光束。

"这一转我们先休息。"他回答道,"但下一转,我要整个部落都聚集到圣殿。我会把光神的祝福带给你们全体,因为我感觉到你们信了。"

"哈!我可不信。"部落占星师对无畏耳语道,"谁也不能命令光神做这做那。如果下一转时他失败了,我希望你下令把这流浪者变成肉干,因为他竟敢这样亵渎神明,简直无法容忍。"

"我早就决定要这样了。"无畏轻声说,"他也许能骗过他自己的部落,但他别想骗我们。"

但光神的传道者并非骗子。到了下一转,天选之子的追随者更多了。整个部落都皈依了他。部落占星师虽然心里不解,却也变成了坚定的信徒。等到下一转天选之子离开时,部落占星师请求对方赐给自己一段特殊祷词,因为他预备对圣殿的礼拜做一番改动,感谢光神在他在世期间将传道者派来本部落。

天选之子追随者集结的队伍缓缓向西移动,将光神的祝福带给一个又一个部落。东部边境上的这件奇事很快传到部落联盟首领"饥饿迅猛兽"耳朵里。情况似乎相当严重,饥饿迅猛兽决定亲自过问。他率领一队针兵,由针兵在通常都很拥挤的大道上为他开路,一行奇拉沿光神帝国的大道迅速前进。最后,饥饿迅猛兽十分谨慎地安排了与天选之子及其追随者会面。

饥饿迅猛兽是很有手腕的政客,不会炫耀自己的权力。他留下针兵待命,孤身去见圣者。他早听过大家的描述,但真正见到这个带来奇迹的奇拉时依然大吃一惊——那苍白的小身体,尤其是粉红色的眼睛,多么怪异。瞧见这小东西后,他径直走到对方身边,完全不觉得害怕。

"你好啊,天选之子。"他说,"关于你,我听到许多奇特的故事。"

"那并非故事,饥饿迅猛兽。"天选之子道,"它们是实实在在的光神之道。"

"跟我多讲讲。"饥饿迅猛兽要求说,"因为我的所闻经过了太多足盘的传递,已经扭曲了原貌。"

天选之子一直带领自己的队伍远远走在横扫大地的光束前方。他认为最好不要让追随者接受太多次祝福,免得他们习以为常。再说了,假如有谁发现光神的祝福每半打转数就会降临一次,无论他有没有召唤祝福都一样,那么他们很快就能自己接受祝福,不必听他宣讲光神之道了。他往北看去,找到光束的位置,凭经验预测出它将如何行动。

"我可以大讲特讲,饥饿迅猛兽,但你仍然会觉得难以置信。"天选之子道，"你单独跟我一起去荒野中吧。我们俩一起祈祷，光神的祝福会单独降临于你。准备好够吃三转的食物，然后跟我来。"

"为什么要等三转？"饥饿迅猛兽抱怨道，"现在不行吗？"

天选之子严厉地看着他。"因为你不信。"他说，"而我需要花三转的时间才能让你稍微生起信心，以便接受光神的祝福。"

饥饿迅猛兽不得不承认，天选之子对他信心的判断完全正确。他完全不相信这个骗子，而且他怀疑三转的布道也不会改变自己分毫。不过关于这个古怪的奇拉，他听到的故事很多来自他麾下最得力的指挥官。发生任何威胁到帝国遥远边界安全的事件，他们都要彻底调查，所以他相信那些故事并不曾被扭曲。

饥饿迅猛兽当然不愿浪费三转时间，可如果非得这样才能查清谜底，那他也能接受。要是最后发现根本没有什么神秘力量，他会亲自动手把那苍白的身体大卸八块，保证最后不会剩下什么可以收进肉仓的东西。但那神迹制造者似乎信心满满，毫不畏惧。

"我跟你去，天选之子。"饥饿迅猛兽说，"带路吧。"他俩各自往囊袋里装了少量食物，天选之子领头往北走，因为光束是从北方来的。针兵的小队长反对饥饿迅猛兽不带护卫就去部落领地之间的荒野，但饥饿迅猛兽毫不理会对方的抗议。

"我们离外围边界还远得很，这片地区并没有蛮子。"他说，"再说，你总不至于以为凭我自己对付不了那个苍白的祭司吧。我只要轻轻踏在他身上，他就会像蛋一样炸开。"

他们一路进入荒野。天选之子总是想向饥饿迅猛兽传道，但饥饿迅猛兽却利用对方传道的间隙提问，问的都是天选之子被叫作粉目的那个时期的事情。饥饿迅猛兽知道了粉目在雏仔和青年时期的遭遇、知道了他如何在荒野中皈依,不由自主心生敬意:对方的身体虽小,勇气却似乎十分充足。很快饥饿迅猛兽眼里就只看见天选之子/粉目独特的个性,不再留意那具不正常的身体。正因为如此,对方的矮小总是让他吃惊,老也不能习惯。比方说有时粉目会请他帮忙摘花瓣植物高处的荚子,而他每次都要愣上一小会儿。

他们一路接近了内眼光束的路径,天选之子的布道越来越富于激情。饥饿迅猛兽听得很认真,因为他已经对天选之子生出了敬意。不过他心里明白,尽管听了这么多,他仍然不相信自己这个同伴是光神选中的,也不相信对方能将光神的祝福带给自己。

"我听了,天选之子。"饥饿迅猛兽说,"但我依然难以相信。"

"承认自己不信,这也是在朝着正确的方向前进。"天选之子道。说完,他将所有眼睛都转向天空,心里慢慢倒计时。在此之前,那束光刚刚出现在他北边一点点。

"噢,光神,请帮助他! 帮这不信的奇拉找到信仰! 让光神的祝福降临到饥饿迅猛兽身上。"

饥饿迅猛兽顺着天选之子的目光朝天上看去。那七个光点挂在他们头顶的空中,组成奇特的形状。饥饿迅猛兽平静地琢磨着它们怎么能停在一个地方不动,明明空中的其他星星都会从东往西移动的——可就在这时,他的体内突然充满快感,就像要爆炸一般。

饥饿迅猛兽陶醉在从天而降的光神之爱里,时间仿佛被无限延长。他的眼柄朝光神之眼伸展,想要与星星交合。眼柄前后扭动、伸长到极限——然后突然凝固不动,因为他看见了从光神内眼射下的光束。

"我看见了！我看见了！！"他高喊。这时那暖意戛然而止，与出现时一样突然。

饥饿迅猛兽稳定好情绪。每个眼柄下方的孔里都滴下了黄白色的交配液，他有些难为情地把交配液擦干净。他的感官恢复了正常，正好听见天选之子在祈祷。

"噢，光神，谢谢你，谢谢你不但赐下祝福，还令部落联盟的首领亲眼看到神迹。我请求你指引他，带领所有部落更深地敬拜你。"

至此，饥饿迅猛兽终于深信不疑，他也开始祈祷。部落联盟的首领同时也兼任光神的敬拜长，不过他觉得自己在礼拜中使用的那些仪式化的祷词完全无法满足需要，于是他笨拙地编造出属于自己的祷词。

"噢，光神，指引我。"他说，"将你的道昭示于我，我将带领所有奇拉去追随它。"

"我会给你光神之道。"天选之子说，"光神被忽视得太久了。光神一直善待他的子民，令他们繁衍兴旺。曾经只有一个小部落生活在光神天堂这座城市中，如今却有众多部落遍布光神帝国——帝国如此强大，连蛮子都不敢来激怒它。然而忘恩负义的奇拉是如何回报光神的呢？"

"我们经常敬拜他。"饥饿迅猛兽抗议道。

"也许，可是在哪里呢？"天选之子问，"在狭小的圣殿区域。光神的圣殿必须配得上他的伟大。"

饥饿迅猛兽恳求道："告诉我该怎么做。"

"你要建一座大圣殿，按照光神的形状去建——我们奇拉也是照光神的模样来的，只不过我们是不完美的复制品。大圣殿的外墙是完美的圆,一打大数个奇拉要能够从圆圈的一侧排到另一侧,并且体缘不会彼此接触。"

饥饿迅猛兽惊呆了,"这差不多跟光神天堂城本身一样大了!"

"对,"天选之子不为所动,"因为它必须能容纳住在光神天堂城的所有奇拉,还要能容下许多别处来的奇拉。在圆圈周围要建一打墙,以代表奇拉全神戒备时的眼柄。每根眼柄尽头都要有一座圆形小丘,以代表眼睛。在每两根眼柄之间,圣殿墙上都要有开口,代表进出光神身体那神秘内部世界的孔洞。最后,在圣殿正中心要有一个圆形的小丘,代表光神的内眼。"

"我服从,天选之子。"饥饿迅猛兽说,"光神的大圣殿将照你所说的建造。"

饥饿迅猛兽晕晕乎乎地跟着天选之子回到卫兵扎营的地方。小队长出来迎接他们。看到饥饿迅猛兽的举止,队长就明白部落联盟首领已经感受过了光神的祝福。他又听说首领还亲眼看见了祝福,于是越发敬畏。看见过光神祝福的奇拉非常少,这是蒙光神拣选的标志。荒野之旅结束,饥饿迅猛兽自然而然地重新开始发号施令。

"叫针兵做好准备。"他下令,"我们立刻返回光神天堂,很多事情需要着手做起来。"

出发之前,饥饿迅猛兽最后一次前去拜访自己的朋友和老师。

他问:"你是神吗?"

"不,"天选之子说,"光神是神,我只是光神传道、赐下祝福的媒介。你已经领受了他的道。现在去践行它。你的任务并不轻松,因为要建那样一座圣殿,需要一打大数转的时间。不过别为时间担忧，因为光神很有耐心。我会留在这里，把光神的祝福带给所有部落。这也一样要花很多时间。等你建好了大圣殿，我也已经把光神的祝福带给了东边的所有奇拉。届时我就会去大圣殿，把祝福带给那里的奇拉——把祝福带到大圣殿里。"

饥饿迅猛兽道："愿光神赐我力量，让我能活着看到那一天。"

"你的工作会令你坚强。"天选之子说，"现在去吧！"

一开始，修建大圣殿的计划遭遇了一些抵抗。甚至有传言说有奇拉想要正式挑战饥饿迅猛兽的地位，比如某些低级将领，乃至附近某部落的首领。

饥饿迅猛兽很快就消除了所有反对意见。他的办法是坚持要求所有当权或者有威信的奇拉都前往东部，由天选之子带他们领受光神祝福的奥秘。这些皈依的奇拉返回以后，对修建项目的热情也高涨起来。

亏得那段时间蛮子一直没什么动静，农作物长势也很好，不需要太多照料，因为在光神天堂以及附近地区，将近三分之一的人口都参与到修建工作中。他们搬来石头和小块地壳材料，用它们修建了全神警戒的奇拉的轮廓，外加十二根伸长的眼柄以及眼柄尽头的圆眼睛。最先修的是大圣殿中央的圆形小丘，代表光神内眼。后来大圣殿逐渐成形，过去的敬拜区域便弃之不用，仪式转到大圣殿里举行，最高祭司从内眼的小丘上说话。

好几个大数转过去。天选之子渐渐往西移动，途中不时停下来，确保每个部落都得到光神的祝福。天选之子的队伍离光神天堂越来越近了。在这一区域，各部落营地彼此的间隔也越来越近，甚至开始向南北方向扩展，因为资源的压力战胜了奇拉不愿往难方移动的天性。很快，天选之子已经无法亲自将祝福带到每个营地。同时还有传言流传开,据说有部分奇拉在荒野中领受了祝福,而天选之子当时根本不在附近。于是天选之子作出判断:现在应该把带来祝福的力量分给别的奇拉了。有些奇拉在光束很近时能看见光束,他就挑了他们做自己的门徒。他派他们去难方,指示他们将光神之道带给南、北方向的部落。他们需要仔细观察内眼,等到光束接近,就算准时间,在接受光神祝福时进行礼拜。这么做的效果自然比不上天选之子那种精彩的布道,但整个帝国里仍然有越来越多的奇拉感受到了光神祝福的奇迹。

几个大数转过去,大圣殿将近完工。参与建造的奇拉几乎全体放下手头的工作,去东部朝圣,接受天选之子带来的祝福。等他们回来继续工作,大家都再次干劲十足。天选之子终于来到光神天堂,来到这座不停向外扩展的城市外沿。他把传道的工作交给坚石,自己先去看大圣殿。

饥饿迅猛兽听说了天选之子到来的消息,领着一支仪仗队出城迎接。两位领袖踏上通往城市的大道。士兵先行排列在道路两侧,免得好奇的群众打扰天选之子和部落联盟首领。天选之子和联盟首领缓步前进,因为天选之子的小足盘限制了他们的速度。

沿途聚集的奇拉很守规矩。士兵任由雏仔渗到他们中间,也不介意围观者放一根眼柄在自己的顶面(如果眼柄来自性感的异性,他们就更乐意了)。围观者欣赏到了一幅难得一见的景象:一个体格硕大、满身伤疤的武士,一望而知惯于发号施令,还佩戴着光神帝国最高等级的军衔,而他却与一个瘦小、苍白、长粉色眼睛的流浪者并肩而行,还恭恭敬敬地跟对方讲话。那个苍白的奇拉身上散发出自信的气息,引得围观的奇拉窃窃私语。

天选之子问:"大圣殿进展如何?"

"噢,天选之子,基本结构已经完成。"饥饿迅猛兽说,"最后的修整也早已在进行中。我们应该能在预定光神祝福降临大圣殿之前很久完工。"

"好,"天选之子说,"我想去看看。"

于是队伍往南前往大圣殿。一队士兵在天选之子和联盟首领前方组成箭头,在难方上为他们开路。两位领袖轻松行走在开路先锋身后。大圣殿近在眼前,连天选之子也为之叹服——大圣殿的外墙似乎在两个方向上都几乎延伸到了地平线。

他显然十分满意:"如此的丰碑正适合彰显对光神的敬意。"

"是的。"饥饿迅猛兽说,"我们所有参与其中的奇拉都万分骄傲,因为我们得以为如此宏伟的建筑贡献一份力量。正如你的要求,外墙之间能容一打大数个奇拉排成一排。一个占星师计算过,大圣殿的墙壁内能装下大数的大数的大数个奇拉。"

天选之子说,"愿我们将光神的祝福带给他们全体。"

两位领袖与仪仗队靠近大圣殿的外墙。他们从代表光神两只外眼的两个圆形小丘之间往里走,又从代表眼柄的墙壁之间通过,最后来到外墙上的一处开口,这是进入大圣殿内部区域的一个入口。

他们穿过出入孔进入内院,这时天选之子确信了自己的想法没错。这的确就是光神之道!前方能看见内眼小丘,但两侧都是绵延不绝的墙壁,它们把城市隔绝在外,于是奇拉的视线自然而然地被引向上方,去看南方的光神和东方的光神之眼。

进入大圣殿后,天选之子发现内眼小丘底部聚集了一小群奇拉。

"现在正好是礼拜快要结束的时候。"饥饿迅猛兽说,"内眼小丘上是光神大侍、最高祭司。我们去见他吧。"

他们来到聚集在小丘周围的队伍末尾处,这时礼拜正好结束。只见一队奇拉缓缓爬上小丘,每一个都拉着一架堆满食物的滑橇。这令天选之子大惑不解。到了小丘顶上,祈福者就把滑橇交给占星学徒,自己则走到最高祭司身旁,绕最高祭司缓缓旋转一周。最高祭司依次碰触祈福者的眼睛,同时念念有词。

天选之子问一个拉着重负缓缓上坡的奇拉:"这是怎么回事?"

那奇拉道:"我带来我的十二一税,现在去接受祝福。"

天选之子的足盘在地壳上猛烈波动,"什么十二一税?又是什么祝福?"

那奇拉的眼柄晃动着,显出莫名其妙的样子。一旁的饥饿迅猛兽插话了。

"最高祭司说,如果有奇拉愿意将自己的收成和猎物分成十二份,把十二分之一献给圣殿守护者,那就能获得光神的特别祝福,由最高祭司亲自赐福。每一转他都主持一次敬拜仪式。这些奇拉从光神帝国各地赶来,送上自己的十二一税,接受光神的祝福。"

天选之子惊呆了。他的足盘下爆发出愤怒的喊声。"不!"他一声大吼,快步朝小丘上跑,所有的眼睛都转到他身上。"光神的祝福属于所有奇拉,而且是无偿赐予的。你不能用礼物去贿赂光神!"他穿过小丘顶,来到占星学徒收取食物的地方。凭着从愤怒中生出的力量,他将一架滑橇上的荚子和肉推下了小丘。荚子往下滚,速度越来越快,很快看不见了,直滚到小丘底部那些目瞪口呆的奇拉足盘边停住,这才又重新出现在视线中。

天选之子回到小丘中央,用他那尖锐的声音重复道:"我将带给你们光神的祝福。你们无须付出十二一税,只需拿出你们愿意奉献的部分就可以了!"

天选之子粉红色的眼睛离开周围的奇拉,他狠狠瞪着呆若木鸡的最高祭司说:"我不希望我的子民被胁迫来敬拜光神。如果自愿的供奉不够占星师维生,那就让他们到地里干活去。"

祈福者中间响起赞许的低语。很快,所有奇拉都明白了那苍白的奇拉是谁——也明白了他说的是什么意思。低语变成了持续不断的欢呼。奇拉们开始往小丘上爬,聚拢到天选之子身边。最高祭司则从另一侧离开了小丘,他的学徒们也丢下滑橇,跟了过去。

稍后,最高祭司在占星师院落与光神二侍、首席占星师商量对策。

光神大侍说:"他根本不知道自己在做什么。"

"普通奇拉都支持他。"光神二侍警告说,"更不必说部落联盟首领和他手下的所有将领。"

"可他根本不明白我们的工作有多重要。"最高祭司说,"你怎么可能让占星学徒像普通劳力一样去地里照料农作物呢。那么一来他们永远也学不会数字,学不会用占星棍占卜了。"

"你说的没错。"光神二侍说,"得想个办法对付他。他干扰了服务光神的重要工作。"

"真可惜。"光神大侍说,"只有部落联盟首领有权处置这个煽风点火的家伙,而他又完全被他迷住了。"

首席占星师略一迟疑,然后说:"他的祝福确实很强大。我们之前去东边的时候,你该一起去试试的。"

最高祭司猛力波动足盘:"我不需要那个苍白奇拉的任何祝福。"

几个转的时间过去，现在距离祝福降临大圣殿只剩半个大数转了。随着时间临近，许许多多奇拉来到光神天堂，希望在献礼期间进入大圣殿。感觉就好像半个帝国都拥进了城里。

大圣殿已经竣工，天选之子在大圣殿东孔外组织了最后一次集会。光神的祝福再次降临到与会者身上，这时天选之子宣布说下一次祝福将降临在大圣殿，他们要为此做好准备。于是，接下来的半打转时间被定为圣转，所有奇拉都要放下手头的工作，为了迎接这次祝福而祈祷。然后，等到了预定的时刻，所有奇拉都要到大圣殿内接受祝福。

**时间：2050年6月20日　星期一，格林尼治时间06:48:47**
科学实验控制台的屏幕开始闪烁。

东部激光雷达扫描完成。开始扫描北部。

塞萨尔抬头瞥了一眼屏幕顶部的文字，然后继续分析红外线扫描数据。

**时间：2050年6月20日　星期一，格林尼治时间06:48:48**
距离大圣殿的献礼仪式还有三转，天选之子知道出问题了。起先他看见那闪烁的多彩光线往南移动，但没多久它就停了。献礼的时间不断迫近。他徒劳地看着内眼，却看不见光束——看不见任何形式的光。

"光神在考验我的信仰。"他对自己说，"过去的许多个大数转，大家只能听信我的话、相信光神的祝福会降临。现在我和他们一样瞎了，我也必须跟他们一样，坚持信仰。"

天选之子要求把大圣殿清空。等到占星师和别的奇拉都去了出入孔外,他就独自进去,爬到内眼小丘上祈祷。

天选之子站在中央小丘上,目光穿过空荡荡的内庭投向远方的外墙。他心中没有一丝疑虑:这样的圣殿正是光神想要的。他将目光投向天空,朝南望着光神祈祷。

"噢,光神啊,赐予我与其他奇拉同样的信心。假如我的信念不稳,帮我克服我的虚弱,好让我相信你、相信你的祝福。"

天选之子慢慢走下中央小丘,从西边的出入孔去了占星师的院落。等他离开后,将大家拦在外面的士兵终于放行。奇拉蜂拥而入,因为距离献礼仪式只剩一转了。整整半转的时间里,奇拉从各个出入孔涌进大圣殿,聚集到中央小丘周围。大圣殿的内院很快就挤得满满当当,十二个出入孔外也聚起小群小群的奇拉。他们发现自己进不去了,有些奇拉就费尽功夫爬到了墙顶上。

时间快到了。最高祭司去找天选之子,后者把自己关在旧圣殿里。光神大侍走近旧圣殿,耳边传来天选之子悄声对光神祈祷的声音。就连光神大侍也不由被那祈求中流露的真诚所打动。

"光神啊,赐我力量去执行你的意愿。"

祈祷声停止,因为天选之子透过地壳察觉了最高祭司足盘的响动。不等光神大侍走到他跟前,他已经出现在入口处。

"我们去接受光神的祝福吧。"说着,他领头走向大圣殿。

最高祭司与天选之子一同从聚集在西出入孔前的群众中间穿过。他们身后跟着一大队占星师,全都富有经验,很会对大众讲话。这支队伍缓缓穿过拥挤不堪的内院,爬上了内眼小丘的斜坡。

到了小丘顶上，天选之子与最高祭司站到中央，其他占星师环绕在他们周围。天选之子望向四周，所有奇拉的所有眼睛似乎都看着他。他很想直接对每个奇拉说话，可虽说他的声音尖锐有力、能传出很远，却也不可能让他们全都听见。幸亏到场的奇拉大多都曾参加过他召唤光神祝福的仪式，所以他们知道流程是怎么样的。

天选之子的目光扫过光神之眼。他已经好多转没有见到内眼的光束了，现在他拿不准祝福究竟什么时候会降临。

他照预先安排的程序开始了仪式。他要领头开始唱诵，祈祷的声音会传递给小丘底部距离最近的奇拉。这时最高祭司和其他占星师会重复他的唱诵，所有占星师震动足盘的合唱会透过地壳传到最远的墙边。然后无数奇拉都会跺响足盘，再次重复祷词。

"伟大的光神！"

"我们信！"

"降下祝福吧！"

天选之子停下来，然而什么也没发生。他继续祈祷。

"降下祝福吧！"

"降到我们身上！"

他再度停下，徒劳地等待祝福降临到大家身上。他孤注一掷地继续祈祷。

"我们等着！"

"在你的大圣殿里！"

"降下祝福吧！"

许多个大数转以来，天选之子头一次感到自己的信仰动摇了。奇拉中间升起压抑的低语。不带任何敌意，只是迷惑，因为天选之子还从未失败过。

天选之子仰望光神之眼,期待看到祝福的光束,却什么也没等到。

他一言不发,苍白的身体从那圈占星师中间穿过。他下了小丘,走入奇拉中间,朝东边的出入孔前进。

他经过时,有的奇拉窃窃私语,有的伸出一根纤细的卷须,轻触他滚烫苍白的身体。最高祭司仍然留在小丘顶上,他还想挽回局面,于是开始普通敬拜仪式的唱诵,可谁也没睬他——就连合唱队也毫无反应。

等到天选之子离开大圣殿,无数大惑不解的敬拜者分散开来,形成无数个小团体。许多奇拉整整一转没有进食,现在都到拥挤不堪的城里去找吃的。

到了下一转,食物不够了,大众心生恶意。有些奇拉想起了天选之子最初在自己部落时的名字,从那之后,大家再提起他就开始用他的老名字:粉目。

最高祭司找饥饿迅猛兽讨论上一转的事件。之前的经历使得部落联盟首领的意志十分消沉。

光神大侍说:"很遗憾,连你也受了这骗子的蒙蔽。"

"可我看见了!我亲眼看见祝福从天上降下!"饥饿迅猛兽抗议道。

"对——或许你确实看见了光神的祝福,但这个粉目却利用了光神的祝福,为自己牟利。"最高祭司回答道,"他说他带来光神之道,说他是天选之子,可果真如此吗?不!光神在所有奇拉面前拒绝赐予祝福,用这种方式告诉我们他是假先知。"

饥饿迅猛兽表示同意:"似乎确实如你所说。"

"确实如此。"最高祭司道,"我服侍光神的时间比这粉红眼睛的雏仔长多了。你一定要处置这个招摇撞骗的冒牌货。"

饥饿迅猛兽太过沮丧,无法采取任何行动。光神大侍便利用了他的犹豫,代他朝旁边的一队士兵下达命令。

他命令说:"带粉目到大圣殿来!"

士兵们迟疑着目视饥饿迅猛兽,后者依然沉默。

终于,士兵前去执行最高祭司的命令。他们在光神天堂以东的荒野中找到粉目。他正朝光神之眼的方向走,一路不停抬眼寻找失踪的光束。

粉目毫不抵抗,士兵待他也很温和。他们大多体验过光神的祝福,至今依然对这苍白瘦小的奇拉充满敬意。

小队长宣布:"你要跟我们走。"粉目默默改变了行进的方向,在士兵的包围下回到通往城市的大道。

他们往西回城,因为粉目的足盘很小,所以速度很慢。这期间又有许多奇拉聚集起来。他们经过时,大多数奇拉都瞪大眼睛,足盘默然无声。另有一些饥饿、愤怒的奇拉震动地壳发出低语,还有一些把锋利的地壳碎片滚到粉目前进的道路上。他并不闪躲,只是照常往前推进,所以常常在身后留下一片被温暖的白色体液沾湿的碎片。小队长看见这种情形,便命令两个士兵走到他两侧,保持道路畅通。

他们穿过光神天堂外围朝大圣殿前进,聚拢的奇拉越来越多。等他们走进东边的出入孔,粉目看到内院有部分区域已经挤满奇拉。

士兵领着粉目上了中央小丘,最高祭司和部落联盟首领已经等在那里。光神大侍主持审讯。

最高祭司问:"你是天选之子吗?"

他得到的回答是:"如果你相信,那我就是。"

"哈,我不信。"最高祭司怒道,"承认吧,你是骗子!"

粉目没有回答。

光神大侍将眼睛转向饥饿迅猛兽,坚定地说:"我说我们应该把他变成肉干!"

饥饿迅猛兽犹豫不决,"他确实带来过光神的祝福。"

"也许。"最高祭司反驳说,"可现在祝福在哪儿?他害得我们失去它了。"

两位领袖交谈期间,粉目轮流注视光神和光神之眼,寻求星星的指引。突然,他看见内眼射出了光束!

他大喊:"我又能看见它了!"

饥饿迅猛兽吃惊地问:"什么?"最高祭司惊恐不已。这一切会不会都是这家伙一手炮制的?就为了让光神的诅咒降临于他,为了毁掉他、借机夺取最高祭司的位置?

"我能看见光神的祝福了。"粉目说。可很快他就陷入绝望,因为光束不再朝他们的方向移动,反而指向了北方。

饥饿迅猛兽朝内眼看过去,徒劳地搜寻这许多转以来他一直渴望看见的微弱闪光。他说:"我什么也没看见。"

"恐怕你是看不见的。"粉目道,"光束往北去了。"

"往北!"最高祭司长舒一口气,"那是蛮子的领地!看来你自己承认了,是你导致光神将本来赐予我们的祝福转给了蛮子。"

小丘底部传来愤怒的低语。最高祭司喊道:"把他带走!"饥饿迅猛兽和他的士兵无助地站在一旁,眼看着愤怒的民众拥上小丘,将那具苍白无力的身体推下斜坡。

锐利的刺棍从武器囊里取出来,它们戳着粉目的体缘,逼他朝大圣殿的东出入孔走去。暴徒又冲进附近针兵的兵营,从一处储存仓抢走了两打龙牙长矛。长矛被铺在地上,然后粉目被迫走到长矛的杆子上。强壮的武士抓住杆子两头把长矛举起,粉目感到自己的足盘离开了地壳,不禁歇斯底里、惊慌失措。苍白的小身体被轻而易举地扛到了附近的农田。

田里的地壳新近犁过,种子也已经播撒,但还要过很长时间才会长出花瓣植物。然而有一种更凶恶的作物长起来了:武士们一个接一个,把切刀或刺棍插进碾碎的地壳里,尖端朝上。

粉目的身体被放到武器尖上,他的足盘因疼痛而颤抖。他想靠长矛的细杆子支撑身体的重量,把足盘的其余部分从可怕的刺棍上抬起来。然而长矛杆子从他颤抖的足盘下拿开了。他那饱受折磨的身体无助地落向地面,切刀和刺棍刺穿了他的顶面,武器湿润的尖端闪烁出他体液的白色。

剧痛之下,粉目想把自己苍白的身体从可怕的龙晶碎片上抬起来,可每次尝试都只令他被割得更厉害。他终于放弃了,身体缓缓摊开,体液流入地壳。

"噢,光神啊,"他那伤痕累累的足盘发出痛苦而沉闷的哭喊,"降下你的祝福吧——即便对这些奇拉也一样——他们只是太想要你了。"

过了半转时间屠宰小组才被叫来,那小小的尸体上本来就没多少肉,而肉也和皮肤一样,呈现出病弱的苍白色泽。一个屠夫吮了一口肉块。"连味道都不对。"她说,"这东西我可不要吃。"

另一个屠夫也尝了一小口。"没错。"于是他们达成默契,把尸体留在地里,让它在闪亮的地壳上风干。逐渐萎缩的皮肤上仍戳着锐利的龙晶碎片,后者都是被前主人弃置不要的。

**时间:2050年6月20日　星期一,**格林尼治时间06:49:32

圣子·考夫曼·高桥抬起头，见接她班的人吃过早饭飘了进来——照例是早到。阿卜杜吸着满满一管薄荷甜茶，把自己拉到空出的通讯控制台前。他的左手熟练地轻敲几下，圣子屏幕的副本出现在他的控制台上。

"有什么值得激动的吗?"他没系安全带，身体缓缓从控制台座椅上飘起来。圣子的回答令他大吃一惊——因为圣子是从来不为任何事情激动的。

"有。"她坚定地回答道，同时伸手拨弄一个面板。星象望远镜拍摄的一张照片闪现在两人的屏幕上。之后她没再说话——没必要再说什么了。

**时间:2050年6月20日　星期一,格林尼治时间06:50:12**

皮埃尔·卡诺·尼文刚刚值完十小时的班，他悠闲地吃过饭，现在放松下来。他下到图书馆，坐在一台控制台前系好安全带，手指从屏幕上掠过。

"再胖些!"

"继续!"

"停!"

手指画出另一条线。"现在——另一只胳膊——与第一只一样!"

"好!"

他舒展身体，骄傲地审视着屏幕上的作品。屏幕上的孩子现在有模有样了，只除了矮胖和婴儿肥这两个小细节——这孩子不大可能从事皮埃尔接下来要他从事的活动。但这幅图正是皮埃尔一直想要的效果。他的扫描书需要让读者产生认同感——哪怕他们无法完全照做。他的上身朝屏幕倾斜，手指碰碰图像的右手。

"放一个球在这只手里!"顷刻间球出现在手里,手指张开把它抓住。

"接下来就比较难搞了。"他暗想,"咱们瞧瞧身体动态子程序到底效果如何。"

他再度开口,"把球从这里——经过这里——扔到这里。使用地球重力!"他一面说话,一面用手指画了一道曲线。球从孩子手上画出高高的弧线,落入图画的背景区域。

只见屏幕上的身体略有些僵硬地往后仰,把球抛向空中。球飞起来,然后落地——连弹也没弹一下就猛地停住不动了。计算机制造的透视效果非常好,球飞向远方时,变得越来越小。

"好——用月球重力重复!"

之前的场景重复了一遍,屏幕上角出现了"月球重力"几个字。这次球上升的速度慢多了,轨迹也平得多。

皮埃尔又说:"二者都重复一遍!"

两个场景再次出现在屏幕上。先是"地球重力",接着是"月球重力"。皮埃尔边看边仔细检查。出版商会用自己的曲面软件程序来填充图像,那之后效果会更好。接下来他又用火星重力生成了另一幅动图。目前火星上还少有他的读者,但等他回到地球,情况恐怕会大不相同。

皮埃尔朝屏幕弯下腰去,"地球重力图——向右旋转四十五度!"

"显示动作!"

之前的动作再度重复,这回是从侧面。球干净利落地划出向上的抛物线。他微笑起来,暗想:"先让这些小娃娃想象自己能把球扔出五十米远吧。乐子找够以后,他们就得花力气学点科学了。毕竟他们扫描这本书不就是为了科学吗。"他大声说："球缩小到一半！孩子缩小到五分之一！置入图形轴——这里，垂直！"他伸手画了一条线，从屏幕顶端延伸到那个迷你小人。现在孩子手里抛着的棒球跟小人儿的脑袋一样大。

接下来皮埃尔给坐标轴标记数字，又把抛物方程放进图片里不会挡住球运行轨迹的位置。他刚做到一半，屏幕上部闪出一条信息，打断了他。

来自舰桥控制台的通讯链接

皮埃尔抬头道："接受链接！"

嗨，皮埃尔，
能上来主甲板吗？龙蛋上有情况。
我们想让你来确认我们的猜测。
####塞萨尔

"没问题，医生，"皮埃尔道，"马上就来。"
"断开链接！"
"储存在'轨迹图'文件夹！"
"工作脱离！"
他解开控制台座椅的安全带，手一推，快速进入通向主甲板的通道。计算机尽忠职守，把一条又一条确认信息闪给他渐渐远去的脚掌看。

链接断开

已保存的轨迹图:地球重力
脱离工作3;皮埃尔。账户:黄金科学出版社
时间:2050年6月20日06:52:30。使用0:01:26 总时长1:36:33

皮埃尔身体一甩上了舰桥,就发现两个同事正在看几张刚刚打印出来的纸。他飘过去,原来是星象望远镜的高分辨率照片。

见他过来,塞萨尔道:"抱歉,皮埃尔,休息时间还把你拉过来,不过这些图片实在让人摸不着头脑。你是咱们船上的中子星地壳活动专家,所以我们觉得你来评估比我们强。"

圣子递给他一张纸,"这是这次轮班期间星象望远镜拍到的。这一张的拍摄时间是0645。注意看西部分支附近的这个图案。"

皮埃尔看了一眼打印出的照片。西部分支地形复杂,一团乱麻,不过他差不多已经熟稔于心。但照片上多了点东西,仿佛短小的弧线。圣子的判断没错,直到昨天为止,龙蛋的那个位置还没有过这样的结构。"看起来像是皱脊。液态核心、表面覆盖地壳的天体都有这东西。说起来这些图案倒跟水星热极附近的图案很类似。等等……方向完全不对。中子星的地壳物质受到强磁场的影响,据我所知,皱脊全都应该沿磁场线方向展开才对。"

"到目前为止,我们三个的结论一致。"圣子说,"这个图案不是地表坍塌形成的皱脊。再说我们一直在监控龙蛋的旋转速度,如果过去一天里真的发生了那种强度的地陷,自转周期肯定会出现偏差,而事实上并没有。"

"行了，"阿卜杜说，"给他看好戏。"

圣子从第一张纸底下抽出另一张纸。

"这张拍摄于0648，正好在王医生完成对那一区域的激光扫描之前。"

她不再多说，只是把纸递给皮埃尔。

纸上是一个拖长的椭圆形，周围有十个椭圆小点，正中央还有一个点。外围的点通过短小的指数锥削线与大椭圆相连。另外还能隐约看见两个点，加上这两个点，图案就完全对称了。

他说："这个椭圆大致是东西向的。"

"的确。"圣子的语气平静而自信，一听就知道她已经核实过了。"半主轴与磁东的偏差小于一个毫弧度，所以这个图案受磁效应影响，而不是旋转效应。那片区域的其他悬崖和皱脊，它们的线条都是按磁效应排列，呈最严格的东西方向。而这个椭圆的线条却没那么严格。"

"看起来像是被拉了一下，"皮埃尔把打印纸凑到一只眼睛前面，"从这个角度看，倒是跟过去西部电影里警长的星形警徽一模一样，连正中央的弹孔都不缺。不过它只有十个点，不是个完整的星状。"

他抬起头，脸上的表情从最初的惊讶转为怀疑。

他说："你们逗我玩吧？"

"不，"塞萨尔说，"我们认真得要命。我料到你需要更确凿的证据，不然没法接受，所以我让圣子给星象望远镜加了滤镜，你可以直接看。"

从塞萨尔的语气皮埃尔就知道他没开玩笑，打印出的图像是真的——但他依然不由自主地一头扎下通道，朝星象望远镜的控制台飘过去。他先快速检查了滤镜设置，然后打开直视端口。光线从头顶射到屋子中央的白色磨砂桌面上。他飘过去，悬在明亮的图像上方，又调整了频闪控制。桌子中心的图像放慢了旋转速度，最后完全停下来。他找到了那花一样的对称图案。

皮埃尔抬起头，两个同伴正好从通道出来。他说："图形现在完整了。"

三人聚在桌旁低头看图。皮埃尔轻声低语："完整了，也没有多余的线条。只有一个符合逻辑的解释：无论那是什么东西，都出自智慧生物之手！"

"智慧生物！"圣子惊呼，"不可能！那颗星的表面重力是六百七十亿 g，温度是八千二百度！什么生物都不可能存在，除非是扁平发亮的饼，完全由中子构成。"

"不会是中子。"皮埃尔回答道，"我测量过，尽管星体内部是由中子构成，外部地壳的密度却更接近白矮星，而且成分相当复杂。我们地球地壳的原子核这里基本都有，只不过中子含量高得多，而且原子核周围也没有电子云。"

皮埃尔有些困惑。他们来龙蛋是有任务的，这个任务就是从距离中子星仅仅四百公里的有利位置尽可能地搜集科研数据。问题在于，几天之前把他们放下轨道的魔法重力梯很快就会画完它那复杂的交错轨道模式、回来把他们带走。他们时间有限——该怎么办呢？

阿卜杜说话了："我轮值那一班其实还要再过一小时才开始。我来试试，制造某种信号发下去。万一真有智慧生命呢。你们其他人就按原计划工作。"

"好吧。"皮埃尔说，"这个半球的激光雷达测绘已经完成了，所以你可以用测绘仪发信号。如果还需要别的什么就跟我说。

总有实验是可以往后挪的。"

阿卜杜把自己推向通讯控制台。很快他就想出了一个"一-二-三……点-线"形式的简单数字序列。这个序列被发射到龙蛋地表。紧接着又发送了一张草图,显示屠龙号在六颗潮汐平准星体中间,高悬于龙蛋上空。那是一张"点-线"图,每条边由五十三根"线"和七十一个"点"组成。

# 远　行

**时间：2050年6月20日　星期一，格林尼治时间07:54:43**

　　指挥官"迅猛兽杀手"将注意力转向地平线。她用了八只眼睛观察，每只眼睛都报告说一切正常：在外围卫兵站岗的每个位置仍能看见针一样的龙牙，共同汇成一条扁平的弧线。她留下这八只眼睛自动执行守备任务，剩下的眼睛扫视营地。她手下不站岗的士兵正在营地里休息。大多数都还在进食，但也有些成双成对地去了营地某个角落找乐子。她心生羡慕，不禁想把守备之职交给副官，自己去找她最喜欢的玩伴。然而上一次与蛮子发生接触仅仅是一转之前的事，他们必须全力戒备。

　　身体的享乐是不成了，迅猛兽杀手便转向她喜欢的另一项娱乐活动——思索万物如何运转。她集中精力，从身体里挤出几根伪足。接下来，她在伪足肌肉质地的坚硬皮肤底下长出带关节的晶体骨，这样就形成了操作肢。这些操作肢里的骨头很小，跟她长出来拿剑持盾的骨头大不相同。迅猛兽杀手让负责守备的眼睛继续关注地平线，剩下的眼睛飞快地看了看那四根新肢。她对其中一根稍作改动，然后从体内囊袋的括约肌里掏出了自己的"试验品"。

其中一项试验是她在上次战役期间琢磨出来的。他们追赶蛮子到了一片奇怪的地方,那里的地壳刚刚遭遇过地震,表面并不平整。在那个区域,地壳失去了通常那种纤维化的柔韧性,变得像龙晶一样硬。地震把地壳震成许多平整的小板子,这些被切割开的平面照出了静止在南极上空的光神。迅猛兽杀手平时总爱东想西想,她当即收集了几块板子玩儿——先把它们对准一个方向,然后又转到另一个方向,把光神的形象依次映到自己的每只眼睛里。她还把一片板子举到比通常的眼睛高出许多的位置(龙蛋的引力太强了,为了支撑这块板子,她几乎用尽了自己体内生成骨头的晶体),她借着这块板子看到了自己的顶面。她觉得顶面的模样很怪,颜色深红,位于中央附近的脑结是一块泛红的黄色突起,旁边还有一块较小的突起,那是正在生长的蛋。当时她赶紧把板子放下来,又到处乱瞅,确保谁也没看见她查看自己的顶面。除非是情侣想挑起你的性趣,否则谁也不会谈论顶面,更别说看了。

作为指挥官,她把镜板派上了绝佳的用场。如今"照照镜"已经是东部前线的标准装备。只要用镜板仔细瞄准,就能把光神的形象反射到正确的方向,借此可以把消息和命令传到很远之外,而且不会惊动蛮子。过去他们的通讯是靠一支小队用足盘同时踩踏地壳,照照镜通信系统也有跟老系统相似的局限性,所以旧的编码图现在仍然能用。不过新技术让他们每每能出其不意,在与蛮子作战时大大减少了己方的伤亡。

迅猛兽杀手把自己收集的设备放在地壳上。除了照照镜之外还有她的另外一项发现:发光棒。某几种地壳在滴上荚子的汁液后会发光,这是自古代起就为大家所知的。迅猛兽杀手对这一现象很感兴趣。她服务于部落联盟首领,经常会去不同地方,每到一处她都会从自己的口粮里挤出几滴荚子汁,看地壳能有多亮。最近她找到一片地壳,对荚子汁的反应特别强,只需一滴荚子汁就能制造出蓝白色的强光,亮度几乎难以直视。她用切刀挖出几大段满是纤维的棍状地壳,它们就是她的发光棒了。后来她拜访了基地医院的医师,很快凭自己的热情说动了对方。医师借助古老的技艺,从大量荚子汁中分离出各种成分,她就此得到了能令发光棒发光的浓缩精华,现在就装在龙晶锻造的小瓶子里。

迅猛兽杀手对发光棒做了个测试。她拿起瓶子,将几滴液体滴在发光棒的一头。明亮的蓝白色强光引爆,靠近发光棒一侧的眼睛本能地缩回到迅猛兽杀手的眼膜底下。地壳中传来受了惊吓的足盘震动发出的低语,让迅猛兽杀手大为满意。

"指挥官又开始了……这回是什么名堂?"

她记起了自己的首要职责,将注意力转向保持戒备的几只眼睛。每只眼睛依然牢牢锁定着远处的某根龙牙,于是她放下心来。有一两只眼睛的一侧有点模糊,那是因为先前瞅到了发光棒闪出的强光。然而它们始终忠于职守,受到强光刺激也并没有躲到皮囊底下藏起来。

发光棒已经就绪,她把注意力转向自己最新的发现:扩大器。这是不久之前她出去检查外围岗哨时发现的。通常说来,这件事会交给某个小队长去做,但当时她最喜欢的玩伴正好在站岗,她想借着视察的机会跟对方独处一小会儿。由于正在执勤,对方必须始终目视地平线,保持警戒,同时一板一眼地对她的询问做出官方标准的回答。她的问题完全遵循检查哨兵时的常规程序,但在行动上,她却利用了哨兵不允许打破警戒状态的规定。

察觉到她接近的声音,对方的足盘波动,洪亮的话语沿地壳传过来:"来者是谁?"

她回答道:"部队指挥官迅猛兽杀手。"

"同意你靠近。"他说。于是她就靠过去……并且越来越近、越来越近,最后她的身体跟他贴在一起,还形成新月形流过去,几乎覆盖了他的身体边缘。她冷静的深红色眼睛直盯着他的眼睛,而他则尽职尽责地凝视着地平线。

她下令说:"报告情况!"但她说话时并没有用实震,却选择了耳语似的搔震,令他饱受折磨的身体感到阵阵战栗。

"东边的哨兵在视线中,一切正常。西边的哨兵在视线中,一切正常。地平线上没有未知物体。一切安全,迅猛兽杀手指挥官。"他用正式的实震大声汇报情况,紧接着又发出带电似的柔和低语:"不过我似乎在光神一侧遭到了攻击。"

"立正!"她大喝一声,他立刻绷紧了身体。

"让我看看,这是什么?"她伸长了眼柄去看他的顶面。

"泥!"她严厉地说。说着她就伸出一根柔韧的伪足轻拂他的顶面,扫干净并不存在的泥点,确保把他的敏感点碰了个遍。

"为此,北风小队长,你要在结束这班岗后来向我报告,我要给你安排额外勤务。"她说这话时混合了实震和搔震,等说到"额外勤务"时已经完全是轻柔的耳语,令他对"勤务"的性质不留一丝怀疑。

北风始终将自己身体的外沿留在规定的圆圈内,眼睛也始终望着地平线。迅猛兽杀手指挥官缓缓从他身边擦过,之后才将身体收回到正常的行进形态,前去查看警戒线上的下一个哨兵,留下情绪翻涌的北风继续镇守岗位。他的眼睛和身体都在警戒,脑子却没想着并不存在的蛮子,而是充满了其他的东西。

　　"过不了多久他就该换班了。"迅猛兽杀手一边走向下一个哨兵,一边琢磨,"到时候他保准迫不及待了呢!"

　　接下来的那个哨兵总给她惹麻烦,因为对方从来没有真正学会遵守纪律。在有长官监督时,"行动灵便"从不出格,但她缺乏真正的针兵那种精神——真正的针兵永远都会按照严格的规范要求自己,哪怕附近没有长官在场也不例外。

　　很不幸,在外围站岗是很寂寞的,行动灵便有大把机会松懈。她被逮住的次数太多了,所以每回晋升都不长久。

　　迅猛兽杀手朝对方靠近,碾磨声沿地壳传到她的足盘上,泄漏了行动灵便的小秘密。迅猛兽杀手自言自语道:"她又在胡来了。"她仔细打量这个哨兵,然而哨兵的身体纹丝不动,龙牙也对准了地平线,弧线完全静止。这时哨兵发现了迅猛兽杀手,碾磨声被一声喝问取代。哨兵大喝一声:"来者是谁?"

　　她回答道:"部队指挥官迅猛兽杀手。"

　　对方照规定回答道:"同意你靠近。"

　　迅猛兽杀手流动到站得笔直的士兵身旁,她咆哮道:"站到我面前来!"

　　行动灵便有瞬间的犹豫——这就已经够糟糕了。随后哨兵迅速流动到迅猛兽杀手身前,重新摆好站岗的标准姿态。迅猛兽杀手流向哨兵腾出的地方,她生成一根操作肢,捡起两块地壳碎片。迅猛兽杀手把两块叠放在一起的板子分开,碾碎的地壳粉尘纷纷落下。原来行动灵便放哨时觉得无聊,就保持住警戒的姿态,同时在足盘底下把两块板子互相摩擦消磨时间。她被逮住干这种事已经不是第一次了,所以迅猛兽杀手并不觉得吃惊。

　　"你已经被降成大兵,所以我没法再继续降你的职。"迅猛兽杀手朝姿态僵硬的行动灵便吼道,"但你至少要明白执勤的哨兵必须时刻保持全神警戒。在牢记这一点之前,你的娱乐时间全部取消。你已经不是初犯,所以这次的连续勤务要持续一打转数!"

迅猛兽杀手觉得对方似乎有意抗议,不过她还算机灵,迅速打消了这个念头。

她回答道:"遵命,指挥官。"

迅猛兽杀手让行动灵便完成了正式报告的剩余部分,然后离开她,继续检查外围岗哨。走的时候她顺手带走了那两块板子,让行动灵便远离诱惑。

"一打转数不能娱乐,不但会让她难熬,还有几个男性也要难过了。光我知道的就有三个。"迅猛兽杀手流走时这么想着,"真不晓得她是怎么做到的,能让他们全都开开心心。一个就够我应付了。"

迅猛兽杀手把肇事的板子塞进一个储物囊,很快便忘在脑后,直到它们妨碍了她跟热情洋溢的北风寻欢作乐才又想起来。她把它们放到一边,继续关注更要紧的事,比方说把自己的身体摊薄,滑到北风轻轻揉捏的足盘底下,再让双方的眼柄彼此交缠。

他俩轮流用足盘按摩对方的顶面,特别关注对方最舒服的点。然后他们将眼柄紧紧缠在一起,通过眼柄的拉扯让彼此的体缘紧紧贴合。双方共同的震颤抬升了音高,带电的刺痛给揉捏加上火辣的风味。最后他们的身体达到多重高潮,北风眼柄底部那一打小孔张开,将少量体液射入迅猛兽杀手眼柄周围张开的膜片里。

迅猛兽杀手感受到北风的小水珠被她身体的自动反射带到

卵巢。她缓缓收缩身体,恢复到正常的形态,从筋疲力尽、摊成薄片的北风底下流出来。她留他躺在原地,自己开始收拾从储物囊里掏出来的各种东西。每收好一样东西,身为爱侣的迅猛兽杀手就消失一分。最后她把代表军衔的四组标志放进身侧一个括约肌囊袋里,这时她已经完全变回了指挥官的身份。

行动灵便的地壳板是她最后收拾的几样东西之一。板子的表面不再平整,一块板子稍微凹陷,另一块则略微突起。刚刚磨好时那种亮闪闪的感觉已经消失了,但仍然能从表面上看见倒影。迅猛兽杀手的好奇心永远那么旺盛,她细看两块弧形板子,结果惊讶地发现一块板子里她自己的眼睛似乎变小了,而在另一块板子里眼睛却好像变大了。

她伸出一只柔软的伪足,擦掉板子表面的灰尘。

这么一来图像就更清晰了一点。现在她完全沉浸在思考中,努力想理解弧形板子造成的这种奇异现象。发明家迅猛兽杀手忘记了自己的爱侣,也忘记了她身为指挥官的责任。

之后的许多转,迅猛兽杀手都把空闲时间花在弧形板子上。她找到行动灵便,原来对方随身带着这些板子已经很多转了,一直用它们纾解外围站岗执勤的烦闷。迅猛兽杀手模仿她的碾磨程序,很快就得到了好几面扩大器和缩小器。她还发现如果在碾磨后期施加较小的压力,镜子就能磨得非常亮,几乎与板子最初的表面形态相当。

她花了很长时间专门打磨一组板子,看自己能把表面的弧度增大到什么程度——她已经发现镜子的弧度越大,图像被扩大或者缩小的程度也越大。最后她得到一组板子,奇迹发生了:不但她眼睛的图像被放大,还上下颠倒了!她发现如果她把眼睛凑得很近,图像就是正的和扩大的;但如果她渐渐后退,图像就会越变越大，最终扭曲的图像会填满整个镜面，然后终于又变成上下颠倒的样子。

此刻迅猛兽杀手就拿着一面扩大器。她知道平面镜会反射发光棒的光，她想看看换了扩大器会怎样。也许它能把光扩大，把它变得更亮。

迅猛兽杀手将身体围成新月形，四只不执勤的眼睛移动位置，以便专注观察新月内部的实验。她料到光会很强，所以把眼睛置于眼膜的保护下，又把眼膜合拢，只留一条小缝供观察用。她小心翼翼地把那瓶荚子汁提取液拿到发光棒上方，又调整了精巧的晶体阀，让液体化作一缕细线落在发光棒的一头。很快她就制造出持续发光的明亮弧形。光线越过她的身体冲向天际。她用自己的操作肢把扩大器镜子拿到光弧旁。然而扩大器并不像平面镜那样把光射向四面八方，它似乎聚拢了光，把它变小了。她前后移动镜子。她先发现一个点，光似乎从扩大器里呈一条直线射向远方。然后她又找到另一个位置，光似乎被聚焦到了地壳上的一个点上。她伸出一只伪足，摸摸那个明亮的光点。

"噉！！！"

大家都透过地壳听到了部队指挥官痛苦的叩击，整个营地瞬间进入警戒状态。迅猛兽杀手被烫伤的部位立刻缩进身体内部，被清凉的体液包裹起来。她不再往下倒荚子汁，等到发光棒不再发光，她把试验器具放回自己的储物囊，同时朝营地各处瞪眼睛。士兵们马上变得很忙很忙。

迅猛兽杀手的实验进行了好多个转，她终于理解了扩大器的原理。在镜子与她的眼睛从正面朝上变为上下颠倒的中间点，发光棒能发射出笔直的光束。在那个点之前或者之后，光会聚焦、然后再散开。起初迅猛兽杀手以为自己发明了新武器,能够远程烧伤敌人,不过稍加试验后她就明白,用龙牙把蛮子戳个洞要比拿扩大器烧出一个洞方便快捷多了(哪怕蛮子肯站着不动让你一直烧)。

　　然而她老是想到自己制造出的那束长光,又想起关于古时候先知粉目能看见隐形的窄光束的古老传说。她越来越觉得自己应该跟光神天堂的科学家谈谈。后者至今也没弄清那些脉动的光束究竟是怎么回事。

　　这件事得先说服东部前线的司令官。在看了她的试验后,对方终于同意让她暂时卸职,回光神天堂去一趟。

**时间:2050年6月20日　星期一,格林尼治时间07:54:50**

　　光神天堂虽然远,路却很好走。它是从东部的前哨营沿易方伸展的一条直线。无数代奇拉的足盘和行李橇已经把路面磨得很平整。迅猛兽杀手以士兵那种快速滑行的步子前进,代表部队指挥官的四纽标志自动为她扫清前方的道路,在沿途的补给站她也能优先获得食物。

　　其中一个补给站的站长,在爱抚时特别有创意,花样简直无穷无尽。她之前经过时也跟对方有过两次短暂的暧昧,但这回对方恰好去充实荚仓,而她忙着赶路,所以没等他回来。她只拿了自己需要的荚子便继续前进,用进食囊强有力的肌肉压碎荚子,再通过囊袋尽头薄薄的皮肤把清爽的汁液吸进体内。

　　迅猛兽杀手终于来到光神天堂。她先到中央防卫司令部对司令官进行了短暂的正式拜访,接着前往"内眼研究所"。研究所是大圣殿综合体的组成部分。

　　"部队指挥官迅猛兽杀手!"研究所的占星师向她问好,"你能来我们十分荣幸。既然你在这里，我们便知道东部边境一切安好。"

研究所占星师继续往下说，迅猛兽杀手的眼柄因为难为情而扭动起来。"你发明的那个照照镜让你在我们研究所的占星师中间出了名。你有没有考虑过离开部队加入我们呢？"

迅猛兽杀手知道自己最大的优势在哪里。她的体格远超普通奇拉，肌肉强健、反应迅速，成为前线的部队指挥官是最自然的选择。她现在的名字也是后来重新取的，因为她刚刚离开雏仔圈就单枪匹马杀了一头迅猛兽，而且当时只有一柄切刀权充武器。琢磨各种东西如何运转是她的业余爱好，但只要世上还有蛮子想要摧毁光神天堂，她就不准备把这爱好变成终身职业。她用另一个问题回避了研究所占星师的问题。

迅猛兽杀手问："光神内眼那跳动的奇特光束，它们有什么新情况吗？"

研究所占星师有些犹豫。内眼研究所的奇拉在认识上经历了一个艰难的转变，幸亏它历时漫长，才让他们能慢慢从震惊中恢复。不过他们至今依然不能完全确定，所以无论普通大众还是圣殿的其他祭司都还不知道他们的怀疑。研究所占星师的眼睛有节奏地前后晃动，他在掂量迅猛兽杀手。最后他选择含糊其辞。

"光神内眼的光束继续传下光神心里的信息。"他回答道，"光束是隐形的，只有一部分奇拉才看得见，大家管他们叫光神受福者。不过或许叫他们光神受难者更准确些，因为这些不幸的个体很少活到能够繁殖的年纪。好消息是炼金士找到了一种对隐形光束敏感的液体。如果一瓶这样的液体被光束照亮，就会在短时间内改变颜色，所以我们现在不必再满帝国寻找那些不幸的奇拉,把他们拽到远离自己部落的地方为我们解读光神的信息了。"

迅猛兽杀手问:"脉动还在继续?"

"是的。"研究所占星师回答道,"而且似乎包含了某种模式。我们仍在分析它们的意义。它们传下来的速度很慢,每过好几转才有一次脉动。"

脉动似乎存在模式,这立刻激活了迅猛兽杀手的好奇心。

她急切地问:"能让我看看吗?"

研究所占星师生出一只操作肢,从储物囊里掏出一根结绳递给迅猛兽杀手,后者用一根卷须快速把绳子从上到下摸了一遍。

"整根绳都是数字!"她惊叹道,"只不过它到十就停了,之后又重复了两遍。"说完她继续研究结绳。

她说:"这似乎是一个只到十为止的数字体系,比十更大的数就用两个符号来表现。"

"对,"他答道,"如果你继续,就会发现在数过十次十以后,新符号就出现了,夹在数字符号中间。"

迅猛兽杀手很快穿越重复的部分,找到了新符号。先是一个"一",接着是一个陌生的符号,接着又是一个"一",接着又是另一个陌生的符号,然后是一个"二"。研究所占星师的足盘默然不语,眼睛注视着迅猛兽杀手紧绷的身体。过了好一会儿,她的眼柄恢复了平时那种波浪般的动作,足盘开始嘟囔。

"一加一等于二,一加二等于三,二加二等于四……"她说。她把注意力转向研究所占星师,她盯着对方,身体不安地抽动。研究所占星师绷紧了足盘的肌肉,静候迅猛兽杀手的大脑去发现他自己和研究所的其他奇拉不得不面对的那个事实。

"这只是本算术入门书罢了,只不过这里用的数字体系只到十为止。光神自然不会浪费时间发送这样无足轻重的信息,而且还花了这么久。它更像是一个通译官在尝试学蛮子说话。"

迅猛兽杀手迟疑片刻。因为她接下来要说的话与她早年所受的宗教训练完全背道而驰。"简直就好像内眼里住着一个陌生的蛮子部落,他们在尝试跟我们建立联系。"她说,"但这怎么可能!"

研究所占星师的足盘继续沉默,他默默递给她另一根结绳。这次的是复合绳,许多结绳系在一根主绳上,而每根支绳又包含了许多结。起初迅猛兽杀手完全无法理解,因为这里没有符号组,只有大大小小的结。她把整个复合绳摸了个遍,发现中间还有大段大段的空白区域,不禁迷惑起来。

"我们花了很长时间才弄懂这一个。"研究所占星师承认说,"事实上,这是一个占星学徒的功劳,而且货真价实是偶然撞上的——结绳放在地上,他正好从上头流过去。来,我来给你摆好。"

研究所占星师拿过结绳,把它放在地上,摆成一个长方形。

他说:"现在你轻轻从上面流过,看你的足盘会告诉你什么。"

迅猛兽杀手遵照他的指示,将身体移动到偌大的长方形上。突然间,一切都清楚了。她的眼睛只能从很小的角度看见结绳,从这个角度看一切都被大大扭曲、无法辨认,但她那触感敏锐的足盘却能一次性看懂整张图。

"像是地图。"迅猛兽杀手在计划大规模战役时用过这一装置,"但上面的地方我没见过……"

她略一迟疑,然后说:"等等……在这个大圈里,这个小图形肯定是大圣殿，那这就肯定是光神天堂了——可一切都扭曲得厉害。这个圈肯定是蛋星，这七个小点肯定就是光神之眼。"她再次看向研究所占星师，"这是龙蛋和光神之眼的图。但为什么龙蛋上的一切都是扭曲的？就好像在东西向上拉长了一样。"

"不知道，我们也还在寻找答案。"研究所占星师道，"那之后我们又收到了另一张地图，现在光束正往下发送第三张。"

迅猛兽杀手问："能让我感觉一下吗？"

研究所占星师又从储物囊里掏出两根结绳，他把它们摆开在地壳上，不置一词。两根结绳靠得很近，所以迅猛兽杀手可以把身体摊开，一次覆盖住两张图。

"这是光神之眼，"迅猛兽杀手说，"但较小的内眼不像其他眼睛那样只是毫无特征的圆。它上面有奇怪的印记和圆圈，还有一根圆柱从一侧伸出去。另一张图是内眼放大的画面，里面有各种形态，就好像透过小洞往内眼里瞅似的。"

迅猛兽杀手停下来，她问："这一切到底什么意思？"

"我们并不完全确定。"研究所占星师道，"但我们认为透过孔洞看见的这些东西，他们是另一种生物。"

她惊道："可他们简直跟棍子一样，又有那么多棱角，一下子就会碎掉了。"

"他们飘浮在东极上方的空中，所以似乎并不受蛋星引力的影响。当然，我也不知道他们为什么需要那么长的操作肢。"迅猛兽杀手一面听研究所占星师说话，一面继续研究两幅图。

"内眼看上去像是一台巨大的机器。"她说，"圆柱顶端的这个东西像是放在托子里的照照镜，另外这些东西倒像是我的扩大器。"

占星师问："扩大器是什么？"

迅猛兽杀手这才想起还没说出自己的来意。她来是为了教给对方新知识，结果自己却被一个又一个新想法弄得晕头转向。

迅猛兽杀手制造出一根操作肢，从储物囊里掏出扩大器和缩小器，又把它们奇怪的特性解释给对方听。研究所占星师把它们放在自己的一只眼睛前面，前后移动着。

"照照镜是弧形的，所以能把一束光送到很远之外。"她告诉他，"多半就是因为这个，内眼上才有这东西，好把光束发到我们的蛋星上。"

研究所占星师移到地上的两幅结绳图上，把从内眼伸出的形态与自己拿着的物体对比一番。

"形状非常相似。"他说，"多半跟你想的一样。不过发光束是什么意思？"

迅猛兽杀手说："我来就是为了给你演示的。"

"别忙，"研究所占星师建议说，"我先把研究所的其他成员都叫来。"

迅猛兽杀手很快就成为一大群奇拉关注的焦点。她展示了自己的明亮光源，又演示了扩大器如何将光聚到一点，或者化作笔直的光束射向远方。

演示过几次之后，迅猛兽杀手把新玩具交给几个特别热切的占星学徒摆弄，自己流动到后排跟研究所占星师交谈。这时她已经能听到碾磨的声音，有奇拉开始用两块板子制造属于他们自己的扩大器了。

很快，整个研究所都意识到，迅猛兽杀手的新发明可以用来传送信号，回应内眼里那些朝下面发信息的生物。几转之后，他们弄出一个明亮的光源，开始对准光神内眼发送编码信息。他们坚持了好几转，然而什么也没发生。内眼那脉动的光束继续按部就班地眨眼,缓缓完成了最后一幅图。又过了许许多多转,迅猛兽杀手产生了一个想法。光神天堂往东走出去很远有一道破裂的岩脊,正好高出地平线。岩脊侧面是采石场,光神天堂修建房屋和仓储院落都从这里取石料。迅猛兽杀手决定去采石场,爬上陡峭的斜坡登顶。她要从那里去看占星师定期朝这个方向发射的光束。

过了一打转时间,迅猛兽杀手垂头丧气地回到研究所。"难怪内眼没有回应我们的信号,"她说,"我从采石场顶上也只勉强能看见。"

"我担心的正是这个。"研究所占星师道,"光神之眼位置太低,几乎压在地平线上,我们的光束需要在吸收光的大气里长途跋涉。光神之眼悬在东极上空真是太糟了。如果它们悬在我们头顶,我们不但能比较容易地探测到他们的光束,他们也能看见我们这可怜巴巴的回应了。"

想到有东西悬在自己头顶的空中,迅猛兽杀手不禁打了个寒噤。不过她也有同感:光神真是把自己的七只眼睛送到了天空中最不容易看见的位置。

然后,她突然灵机一动。

"我们可以去东极,那样就能把光束直接向上发射进内眼了。穿越大气的距离会大大缩短,而且光束也是沿着易方前进,不会减弱那么多。"

"可东极是谁也不去的。"研究所占星师反对道,"那片地方到处是蛮子,随便往哪个方向都是难方。天空又很热,还全是火山的烟。地壳上布满碎渣,根本没法移动……奇拉在那儿是没法存活的。"

"我自然知道那里不如光神天堂舒适。"迅猛兽杀手道,"但奇拉能够在那里生存。你刚刚还说，那里遍地是蛮子。

"说起来，"迅猛兽杀手继续往下讲，"东部边境的士兵对蛮子的定居点发动过好多次惩罚性突袭，实际上已经深入东极方向很远了。蛮子已经被震慑住，探险队只要规模够大，他们是不敢动手的。"

接下来的许多转，大家都在讨论迅猛兽杀手提议的利弊。花费会很高，主要是因为需要很多士兵才能保护探险队深入蛮子的领地。这已经超出了内眼研究所的资源和管辖范围。若不是第三幅图的最后部分实在太富于戏剧性，这个提议很可能被扔到一边。本来机器里的奇特生物就够叫大家惊奇了（内眼里那些棍子一样的模糊形态，谁也不怀疑他们是生物），但在图画上方一角，一个类似的生物被放在了大圣殿那（被拉长的）熟悉轮廓旁边。简直难以置信，然而图上显示得很清楚，那生物的体格有大圣殿的十二分之一那么大。等这第三幅图传输完成，研究所占星师决定应该把研究所的发现禀告当局的其他成员。

听了研究所占星师对这些图的解释，一开始，最高祭司和首席占星师深感不安。但最后他们接受了他的说法，认为这对他们的宗教并无威胁。因为光神之道神秘莫测，等到遥远的未来，一切都会获得完满的解答。

至于部落联盟首领嘛，虽然名义上是光神的虔诚信徒，实际上却愿意把不同领域的事情分开处理，因此她在看这些图的时候并未受宗教情感的影响。

"长相真怪，"首领说，"而且那么大。不过既然他们学会了悬浮在空中不掉下来，我们自然能从他们身上学到很多东西。再说他们似乎也愿意跟我们说话。再多了解了解也没害处。探险计划可以进行。"

　　探险队的领队自然毫无悬念。迅猛兽杀手身兼占星师/思想家和战斗指挥官,除她之外不作他想。有了部落联盟首领撑腰,迅猛兽杀手很快组织起探险队。他们需要离开很多、很多转,与此同时研究所的工作也要继续进行,所以迅猛兽杀手只带了几个比较年轻的占星师和学徒。然后她命令手下多多准备发光棒和浓缩的荚子汁,那期间又有新培训的工匠精心磨出了好几面硕大的扩大器。其中一面扩大器的直径超大,只有少数几个学徒能把它装进储物囊里,而且一旦装好,他们基本上就带不了什么其他东西了。

　　从光神天堂到东部边境这一段并不需要护卫队,而且沿途都有补给站,所需的东西一应俱全。不过他们还是派了信使先行,因为接下来的许多转,探险队还需要额外的补给。迅猛兽杀手很快就重回原职,因为她提出要自己麾下的针兵来充当探险队的护卫队(这再自然不过了)。没过多久,整支队伍都集结完毕。配给分发下去,平民也学习了用短剑刺击的基本技术,以防蛮子突破到圆形队列的中央。他们终于出发了,从地壳上轻松流向东磁极。

**时间:2050年6月20日　星期一,格林尼治时间07:56:29**

　　"大兵之死"收回架在晶核眼柄上的眼睛,开始朝难方推进。她把身体摊得像性交一样薄,直到越过地平线老远才恢复常态。她实在不明白这一圈大兵为什么会深入到她的领地这么远。侦察兵报告说他们在不断移动,所以她调配手下,准备保护距离敌军最近的村子——那是惩罚性袭击最可能的目标。可那圈大兵却十分谨慎地绕过了村子。帝国军的这种行为实在新鲜,而大兵之死憎恨一切新鲜事。这里面肯定有名堂,她要阻止他们——可到底是什么名堂呢？

她流进院落，发现自己足盘擦刮地壳的声音已经让整个营地紧张起来。虽然心绪不宁，她对此还是相当满意。那些目前受她青睐的奇拉只是忙着处理重要事务，而那些不得她欢心的奇拉，他们在听到她接近的第一声轻响后就赶紧跑开了。

她的副手，也是她的爱侣之一，正忙着用一块地壳打磨他那把异常闪亮的短剑。一般说来锻造过的龙晶是不会变钝的，除非边缘受到重击、被打出伤痕，不过拿一块地壳不断来回打磨也确实对剑刃有点好处。这把剑的原主是大兵之死和"粉天"联手杀掉的一个帝国士兵。自从粉天从尸体上抢到这把短剑，他就从没让它变钝过。她流到粉天身旁，直到双方的体缘几乎有一半身长都贴在一起。粉天在大兵之死的注视下继续磨剑。

"他们兵强力壮，"她说，"却不进攻！我讨厌这样！"

他平静地回答道："跟大兵有关的事你差不多都讨厌。"

大兵之死想了想，然后说："好吧，这件事我更讨厌得厉害。"

粉天问："他们是去哪儿？"

大兵之死的身体动了动，有几只眼睛盯着粉天，其余则烦躁地扭动。"看起来像是朝东极去。"她说，"可这怎么可能。谁也不会往东极跑。热得要命，还满地碎渣。"

粉天意味深长地评论道："他们离自己的老巢可不近啊。而且东极附近那么多山，让地平线也不那么靠得住了。"

大兵之死想了一想，然后才明白副手指的是什么。幸亏他的体格比她小很多，否则部落首领就该换他当了。

"你说的没错，一向如此。"她说，"我们这就召集武士，去东边的第一排山脊。那里有道悬崖与众不同，远看就像地平线，直到快撞上了才能看出真面目。"

粉天很快集结了一支讯号小队，开始朝周围的蛮子部落定居地发送分段的消息。发消息要花很长时间，因为讯号小队需要调整自己跺足的方式，与地壳天然的共振频率配合。

在帝国军的圆圈队形内部，一个占星学徒问："地壳里那奇怪的隆隆声是什么？是地壳震吗？"

"不是。"另一个学徒回答道，"蛋星的这个区域是没有地震的。"

迅猛兽杀手老早就察觉了跺足声。刚刚那个学徒说错了，东极也有地壳震，但现在这声音并不是。

他们感受到的不过是蛮子部落之间的长距离讯号而已。她听过类似的声音，知道这大概是集结号。她率领的探险队已经深深地进入了蛮子的领地，对方想必是觉得不安了。由于这是长距离讯息，而非本地的进攻指令，她也就不必让士兵进入警戒状态。然而大多数士兵已经感觉到附近有蛮子，行军时通常七歪八倒的龙牙已经排列整齐，两排闪闪发亮的尖针交错，形成彼此配合的整体。迅猛兽杀手看了十分自豪。

下次停下休息时，迅猛兽杀手命令进食期间负责戒备的士兵到外围，同时把平民聚拢到中心。

"蛮子在招呼集结，准备商讨该拿我们怎么办。"她说，"我们没有打扰他们的定居点，队伍也很庞大，没那么好应付。希望他们会意识到这些，别来招惹我们。不过这里是大兵之死的领地，只有少数几个蛮子头领曾经杀死过不止一个帝国士兵，还能活下来讲给大家听，她就是其中之一。接下来的几转，我们要以紧凑的圆圈队形前进，你们平民都必须留在中心。"

奇拉有许多眼睛，身体也没有前后之分，所以他们很容易就能一面朝一个方向移动，一面看着另一个方向战斗。虽说每个奇拉都有自己偏爱的一组眼睛,但事实上他们的十二只眼睛都一样好用,并能让他们看到周围区域的全景图,尽管这图是二维的。

　　每个奇拉也有一两个自己偏爱的进食囊和排泄孔,并且会在生命中的许多转里形成习惯。但只要有必要,只需一点专注力,他们就能打破习惯,将二者对调。储物囊也是一样,储物囊其实只是未生长成熟的进食囊罢了。不过只有非常年轻或者非常年老的奇拉才会在自己收集的小玩意儿上流口水。

　　一般来说,奇拉皮肤上会有特定区域发展出很好的肌张力和大量触觉末梢,这些区域最适合生成伪足。另外还有一些区域布满大块的肌肉,把它们覆盖在操作肢晶体骨架上,就能得到最大限度的杠杆力。在基础训练营,每个大兵都学会在皮肤里生成很深的窝,以扎根在足盘肌内的晶体孔穴为支撑,借此使用又长又重的龙牙。训练有素的士兵可以在身体圆周的任意一点完成上述功能,并且保持住足盘稳定前进的步调,同时还能吃喝拉撒、并把某个储物囊里的小玩意儿转移到旁边的储物囊里。迅猛兽杀手手下的大兵更吹嘘说在这一切之上他们还能性交。他们在战斗结束后的几次狂欢期间做过尝试,最终证明这不过是说说罢了。

　　这种圆圈阵的指挥官有两种选择。其一是将所有相同性别的大兵放在一圈,下一圈的大兵则全是异性。后排的异性总是部分骑在第一排的顶面上,足盘下或顶面上的触感一路提醒大兵们等下就能找乐子,所以部队总是心情愉悦。这种阵型的问题在于每回都会单出一、两个大兵,没法很好嵌入圆圈的几何形态里。第二种选择是每一圈都男、女交替排列,前后排之间虽说顶面互相重叠,但双方的互动(几乎)完全是纯洁的。迅猛兽杀手更喜欢第二种,因为队形更紧凑,虽说她也有其他问题。

在她刚刚成为军官那时候,她曾考虑过完全用同一性别的大兵组成圆圈,还想象过自己如何率领"凶猛女性"战队在战场上大获全胜。不过她自己也是当过大兵的,所以很快就否决了这种毫无乐趣可言的凄凉场景。同蛮子作战,真正的敌人是烦闷无聊,同一性别的作战圈是熬不过多长时间的。

大兵之死率队出发。她手下不但有自己部落的武士,还有前来加入他们的外家武士。队伍先往东前进,然后又折返往西。

其中一个叫"陷崖"的外家武士抱怨了一句:"爬了老远,毫无进展。"其实他自己也承认,大兵之死选择的路线帮他们安全绕过了对方的侦察兵,因为侦察兵是会快速在地平线前后移动的。

陷崖本是一个小部落的首领,后来他决定与大兵之死的大部落联手——大兵之死的部落里已经包含了许多陷崖的外家亲戚。全副武装的帝国军深入了陷崖的领地,他自然十分担忧,于是欣然领着部落里最强的三个武士加入了大兵之死的队伍。但他其实很不乐意听别的奇拉发号施令。

一听到对方抱怨,大兵之死立刻明白自己的足盘踏上了难走的地壳。她必须控制住这支野性难驯的队伍,绝不能容忍抗命行为。

"安静!"大兵之死发出严厉的低语,硕大身体上的一打眼睛从上方瞪着陷崖,后者下意识地举起了棒子。

大兵之死转用家庭间的俚语,并拿出了自己最亲善的语气——粉天听了一定会为她自豪的。"附近有迅猛兽的时候,就连雏仔也知道要安静。"她柔声责备道,"这道悬崖的暗面正好在劫掠军前进的路线上。类似的地方再也找不到了,这片地区的其他悬崖都是脸朝着亮光。"

气氛松弛下来,大兵之死把一只伪足滑上陷崖的顶面。"大兵的前进路线会把他们带到悬崖的亮面,我们躲在背后他们是绝对看不见的。这么一来,我们就可以冲出去,打他们个措手不及。"

她的伪足先轻轻拍了拍陷崖的顶面,承诺接下来会有好事,然后她收回伪足,流开去为偷袭做准备。

### 时间:2050年6月20日　星期一,格林尼治时间07:56:30

前往东极的探险队迈着安静而坚定的步子缓缓前行。侦察兵赶在前头去查看地平线背后的情况,但地壳上的碎渣越来越多,返回时尤其难走,所以他们的侦察距离也比过去缩短了。没有一个侦察兵发现侧面那条地平线其实并不是真正的地平线,而是一道险峻悬崖的顶部,它尖锐的边缘背后藏着一大群蛮子。

大兵之死的确有本事。她控制住了多个部落混杂的队伍,直到帝国军的圆圈队形从身旁流过,她这才发出撼动地壳的可怕踏足声,放出手下的武士,发起了突袭。蛮子武士的进攻极其凶猛,帝国军曾对他们的爱侣和雏仔发动了无数次惩罚性袭击,他们要报仇雪恨。

"警戒!"迅猛兽杀手叩击足盘,同时缩紧身体,从茫然的平民中间挤到了圆圈后部。

只见蛮子溪水般从地平线的一个凹槽拥出来,似乎无止无尽,于是她知道自己对战略形势所做的本能判断是正确的。她眼柄上的一打眼睛稍微抬升,重新审视黑暗的天空与发亮发光的地壳之间那道近乎完美的边界线。发亮的地壳有一处略微隆起,表明那是一道低矮的悬崖。因为很低所以看不见,但这高度却足以供蛮子的战队藏身。

"东！西！北！光神！——东！西！北！光神！东！……"迅猛兽杀手一面审视战局一面大声念诵。她的部下遵照她的指令移动，这种僵硬的步伐其实是原地打转，目的在于让他们的身体形成集体协调的动作，并用致命的龙牙构成无法逾越的屏障，把紧凑的圆圈队形护在背后。

一圈圈大兵都压低了身体，平民正好可以往外张望，其中一些开始惊慌失措。迅猛兽杀手降低了自己踩踏地壳的强度，她手下的小队长们加入到这富于节奏的念诵中，以弥补她音量的损失。

迅猛兽杀手绕过内圈的部下，几只伪足滑上部下的顶面以示鼓励，男女一视同仁。她的低语透过地壳传开，带电的声波更强化了小队长们强力的震击声。

"……北！光神！——东！西！北！……"

与此同时，她将自己身体内侧的三分之一摊开，用一层薄薄的皮膜盖住圆圈中心那些摸不着头脑的非战斗人员。他们的身体几乎本能地缩回最小体积，一同蜷缩在迅猛兽杀手提供的庇护下。圆圈中心的压力被释放，士兵的队列得以收紧，外圈的针尖也靠得更拢了。

迅猛兽杀手带着冷淡的疏离感看蛮子冲锋。表面上看蛮子组成了一支队伍，但他们依然是各自为战。最先与那圈致命龙牙接触的蛮子全部难逃一死，这个可怕的事实她和蛮子自己心里都清楚。

"……西！北！光神！——东！西！北！……"蛮子越来越近，迅猛兽杀手也踩踏足盘，加入到响亮的口令中。蛮子发出震撼地壳的咆哮，沿着易方从西边直冲过来，然后分裂成两道巨浪,沿难方往北边和光神侧推过去。

迅猛兽杀手料到蛮子的进攻会在守备严密的圆圈前终止,但接下来那些荚种子和光滑的石头却出乎她意料之外。它们翻滚着从地壳上朝她的圆圈队滑过来。东西没什么特别的,石头和吃剩的荚子罢了,但它们完全出乎她部下的预料,而意料之外的东西对任何队伍的效果都是一样的——它们能让队伍迷惑。士兵想躲开这些无害的废物,纷纷往左右闪避,也就打破了精心维持的节奏。不可逾越的龙牙屏障也出现了缝隙。

蛮子继续蜂拥而上,大兵之死领着麾下五个武士从蛮子大队中杀出来。他们身上披着未经干燥处理的奇拉皮。看到这一景象,迅猛兽杀手的眼睛不由自主地往后缩,但她不能不对这一举动的战术效果感到敬佩。当奇拉的皮肤与龙牙的尖端接触,肌肉皮肤会发生神经反射,把龙牙的尖端吞进坚固的括约肌里。

蛮子略微退后,让死皮把致命的龙牙尖端拽落到地壳上。紧接着蛮子流到那可怕的防具上方。现在他们与外围的帝国军短兵相接了。他们一面用自己的足盘压住防守在外的这一圈帝国军,一面挥舞棍棒和偷来的短剑,击碎对方的龙晶、割开对方的皮肤。

"西!西!西!西!……"迅猛兽杀手的叩击改变节奏,指引圆圈转向来袭的方向。那一小团短兵相接的帝国军和蛮子原地没动,双方都在瞄准死皮盾牌和悠游兽盔甲背后露出的少许皮肤。与此同时,稳定的节奏将帝国军形成的圆圈移动到受到攻击的部位,就仿佛细胞包裹住挣扎不已的猎物。奇袭的优势已经丧失,蛮子又从东边发动了第二波进攻。这一次,小石子和荚种子没能制造出预期的混乱。龙牙的针尖没有摇晃,它们刺穿了那些被迫为蛮子的进攻大业贡献力量的死皮,顶着这些死皮的蛮子把明亮发光的白色体液留在了龙牙的尖端。

　　迅猛兽杀手高声下令："外！外！外！外！"她将圆圈朝各个方向扩展，最重要的目标自然是那一群蛮子武士。被突破的地方合拢了，龙牙的针尖开始显露威力。

　　见圆圈再度变得完整，迅猛兽杀手收回盖住平民的保护膜。她化身为复仇的针，将自己硕大的身躯从后排的两个部下之间挤过。她身前拿着三把匕首，身后还拖了一把短剑，她以高音低声尖叫，趁蛮子被这声音搞糊涂，挥舞着匕首钻到他们身体下方。最后，迅猛兽杀手在大兵之死的身体中间挖了个洞，她从洞里爬出来，眼柄上还流淌着闪亮发光的体液。之后她又从背后攻击其他被包围的蛮子。蛮子的先机已失，帝国军没花多少工夫就挥动短剑结果了他们。

　　此刻的迅猛兽杀手面前摊开着许多顶面，它们已经变成了一包包仍在颤抖的汁液。她的目光越过这些顶面，审视着自己的部队。尽管指挥官似乎不以为意，小队长们却严格遵守部队的纪律。他们已经把死伤者从队列里撤出、送到圆圈内部。现在，经过重新部署的大兵再次列成一环又一环近乎完美的圆圈，他们的针尖排列在一起，毫无破绽。口令的节奏仍在继续："东！西！北！光神！——东！西！北！……"残存的蛮子透过地壳送来挑衅和咒骂，他们仍在假意攻击，但劲头越来越弱，很快，所有蛮子都消失在地平线背后。

　　迅猛兽杀手抖动皮肤，一滴滴逐渐冷却的黄白色体液如雨点般落下，落在她足盘下一层层纹丝不动的顶面皮肤上。她从那一小堆死肉上缓缓流下去，一路用匕首检查每一具尸体是不是已经死透，最后才把匕首插回排成一列的武器囊。同时她的足盘也自动揉捏下方松软的皮肤，看敌人的囊袋里还藏着什么东西。

其中一个囊袋里倒出了衔纽。迅猛兽杀手震惊地停下。三粒单纽，每一粒都来自一个大兵；一粒双纽是曾经别在某个小队长皮肤上的；还有一粒是四纽，与她自己柔软皮肤上闪出湿润光泽的那粒相似。

"大兵杀手！"愤怒令她的短剑一次次刺穿已经损坏的脑结。她刚刚发现的这个奇拉是东部边境每个指挥官的死敌，这一发现令她忘记了身体的疲惫，她将尸体上的一块块死肉挪开，开始彻底搜查那硕大身体上的每一个小囊袋。

最后，她只在一个几乎封闭的囊袋里找到另外四粒失去光泽的衔纽，此外再没有别的发现。

"杀！杀！杀！"她低声道，"活着就只是为了杀大兵。"

她继续检查其他尸体，这时她稍微四下张望，发现战斗已经结束，圆圈也恢复到正常的形态。一具尸体里落出了大兵的衔纽，但这一粒衔纽来自大兵自己的括约肌，他是为保护它的荣誉而死的。她搜索了这具尸体的外缘，最后找到了大兵的遗物囊。迅猛兽杀手缓缓揉捏囊袋，囊袋吐出了这个大兵携带的纪念物，那是他为加入东部边境卫队离开本部落时部落给他的。她把属于大兵自己的纪念物与来自部落的纪念物分开。属于大兵自己的那部分东西，迅猛兽杀手留下了一些她自己可能用得上的，其余就扔到地上；部落图腾则被她放进体内一个特别的囊袋里封好。将来某个时候她或许有机会将它还给那个部落的首领，同时感谢该部落出力保护了光神帝国遥远的边疆。

"幸亏我们与蛮子冲突的时候死伤很少。"她暗想，"否则部队指挥官身上装满了部落图腾，连路也别想走了。"

想到这里，她有些局促地扭了扭身体某个遗忘的部分。那里有一个小囊袋,过去的三打大数转一直没有打开过,今后也不会打开——直到死亡令那块括约肌松弛,松开她携带在体内的那一小方故土。

迅猛兽杀手继续搜索。她的部下死了两个,蛮子死了六个,这笔买卖太不划算。这是她的错,她没有训练部下应对"滚地垃圾"的进攻战术。这战术已经老掉牙了,如今很少使用,但在这样的时刻、这样的环境里,它差点就帮蛮子拉平了机会。

在揉捏最后一个蛮子的囊袋时,她险些割伤了自己的足盘。她从尸体上下来,把一根伪足伸到折叠的皮肤底下,从里面掏出一把短剑。蛮子夺走大兵的短剑倒并不稀奇,但这把短剑的状况实在不同寻常。她检查了短剑闪亮的剑身和精心打磨的剑刃,心里十分钦佩。要能有什么办法鼓励她手下的士兵也这样精心维护武器,那该多好! 她把亮闪闪的短剑装进自己的武器囊。她完成了检查,这才开始清理自己。

等她终于清理完毕、接过指挥权,部队仍处于整圆行军戒备状态。

"休息!"指令透过地壳传开,闪闪发亮的龙牙停在空中静止片刻,然后松懈下来,不过大致方向依然朝着圈外。

"扎营!"

"哨兵就位!"

"小队长报告!"

一道道命令在地壳中波动开去。下级军官把指挥官的命令传达给自己的部下,同时又添上本小队的指令和纪律,营地很快进入正常的生活模式。接下来,小队长们聚拢到逐渐冷却的尸体堆旁,与部队指挥官开会。

"我们的任务并不急迫,"迅猛兽杀手宣布说,"而且我们还要在敌方领地前进很长距离,沿途又没有补给站。所以我们要在这里多停一阵,等把肉晾干,再继续往东走。"

指挥官的决定令小队长们非常满意。队伍已经连续行军一打转数,这次的修整对大家都有好处。队里那些容易烦躁的大兵现在有机会释放压力,整支队伍都能恢复半正常的生活方式。更别说大家早就吃腻了荚子,终于能换个口味也很不错。

小队长们很容易就找到志愿者来承担屠宰任务。很快,八具尸体都排干了体液,肌肉也被仔细从皮肤上分离。皮革质地的皮肤沿着易方尽量撑开,两头则由两个派不上其他用场的占星学徒压住。这些皮要铺在发光的地壳上晒上一转,然后就可以用来包裹刚刚与它们分离的肉块。

屠宰小组最后处理的是卵。他们犹豫了很长时间。其中一个死掉的大兵以及那个杀大兵的蛮子,在她俩的卵巢里都发现了卵。被发现时,养育在皮质袋子里的蛋仔依然活着,这让屠宰小组十分难受。

蛋仔还活着的消息传到迅猛兽杀手耳朵里,她立刻赶到现场。虽然她心里反感,但做出判决是她的职责。她仔细观察了皮质的蛋袋,又挨个把蛋送到她自己孵化膜的保护下,感受内部脉动的生命。

很不幸,小东西的脉动只是确认了大家早已明白的事实:那种颜色的蛋袋还必须被母亲护在体内养育许多转时间,否则是没法存活的。

迅猛兽杀手感到一股强烈的冲动,想把小蛋仔放进自己的卵巢、给予保护和滋养。但她心里明白,不消一转时间,她那通常恪尽保护之职的卵巢就会肿成一大团,并且分泌出有毒的液体,把蛋袋和里面宝贵的负荷溶解掉。虽然他们全都想挽救这些小蛋仔,但它们的命运已经注定。

迅猛兽杀手轻轻地把两个颤抖的蛋袋装进自己的储物囊。屠宰小组继续干活,探险队的其他成员则跟着迅猛兽杀手来到营地的另一头。

迅猛兽杀手抱怨道:"又一项讨厌的职责。"她抽出那把刚刚缴获的闪亮短剑。

"既然别无选择,那就速战速决吧。"短剑快速挥舞两次,蛋仔的体液被祭献给了蛋星那吸收一切的地壳。地壳发了一会儿光作为回应。

大家都回到营地,动手的迅猛兽杀手留下来惩罚自己。她望着死去的蛋仔,她内心的想法让她胆战心惊。

她的胃口说:"那片肉看上去很嫩嘛。"

她责备道:"哪怕蛮子也不吃蛋仔的!"她留下未成熟的蛋仔被发光的地壳烘烤,自己流回营地监督包肉的工作。接下来的许多转,这些肉将是队伍主要的食物来源。

### 时间:2050年6月20日　星期一,格林尼治时间07:56:36

两打转之后,探险队接近东极。现在无论朝哪个方向前进都是难方,幸亏大兵遵守纪律、习惯了以紧凑的队形行进,否则旅程会非常艰难。四面都是难方也有好处:没有遭到突袭的危险,卫兵也可以放松了。迅猛兽杀手把之前那种松散的圆圈队形改为楔形。大兵排出锋利的倒V形队伍,倒V的尖端稳步向前推挤,在阻力巨大的大气中撕开一道口子。剩下的大兵让口子保持畅通,那一小群科学家占星师则迅速跟在拖后的体缘上,在大兵撕开的口子里轻松移动。

为了解闷,各个小队之间开始比赛。每个小队轮流开路,看自己能坚持多少足盘才力竭退后、让别的小队顶上。不用说，每个小队都非要打破前一队的记录不可。等迅猛兽杀手发现时，有几个开路的大兵已经快要跟不上队伍，开始偷偷摸摸地丢弃囊袋里的装备和食物。她决定赶在事态失控前停下来休息。

迅猛兽杀手的声音透过地壳传出去："停止行军！"

筋疲力尽的士兵不再推挤，停了下来，任由难方朝自己合拢。由于每个方向都难走，所以大家都待在原地不愿动。不过小队长们还是逼着手下的大兵大致排出一个圆圈，并专门指派了几个奇拉，在进食期间用自己的一两只眼睛留意地平线上的动静。迅猛兽杀手看了十分满意。

"大家是真的累坏了。"迅猛兽杀手一面环顾四周一面想，"都没力气结对找点乐子了。"

迅猛兽杀手的位置照例是在队伍中央，不必参与耗尽体力的开路行动。她满身的力气半点没使出来，因此一身轻快，进食过后就想稍微放松放松。不过她略微扫了一眼自己的众多爱侣，马上决定还是让他们休息比较好。

迅猛兽杀手信步朝聚在一处的占星师走去。"悬崖守望者"正忙着在一根结绳上打结。在他身旁的地壳上有三根足盘丈量棍。

"不可思议，简直不可思议。"悬崖守望者一面自言自语，一面往结绳上又打了一个绳结。

"什么东西不可思议？"迅猛兽杀手永远那么好奇，同时她对自己很有信心，因此不怕向比自己年轻许多转的奇拉请教。

"蛋星的形状真的就像蛋一样！"他嚷道。他的几只眼睛从结绳转向她，发现迅猛兽杀手通常的眼柄晃动模式里多了一丝急促的味道，于是赶紧解释道："行军期间我一直在用足盘丈量棍记录前进了多少个标准足盘。东极非常平,我们要前进许多、许多足盘,地平线才会有明显的改变。"

迅猛兽杀手顺着部队前进的方向往前看。东极的山脉刚好从地平线背后探出头来。没错,过去三转期间,地平线几乎没怎么变过。

她问:"就像蛋?"

"对。"年轻的占星师说,"由于重力作用,蛋袋的顶部和底部都很平,然后朝其他方向扩展开。我们的家园蛋星似乎有着相似的结构。在东极和西极附近,地形都很平,要走很远地平线才会发生变化。光神天堂位于东西两极的正中间,地平线在东边和西边都很近,但在难方上却隔了许多足盘远。"

光神天堂附近的地貌确实如此,这一基本事实迅猛兽杀手是知道的,但她从没把它与蛋星的形状联系起来。不过她和悬崖守望者都没发现,其实悬崖守望者被自己的计算误导了。事实上,星体是球形而非蛋形。问题在于他的足盘丈量棍是扭曲的,给他造成了错误印象。这颗星星上的一切——足盘丈量棍、龙晶武器乃至他们体内的原子核——都被万亿高斯的磁场扭曲了,所以在沿着磁场线的方向上比横跨磁场线的方向长出了许多倍。由于他们的眼睛也同样被拉长了,所以他们看不见这种扭曲。一切在他们看来都是正常的。

迅猛兽杀手切换到自己的职业角色,她问:"我们离东极的山脉还有多少足盘?"

悬崖守望者一向以自己受过高级概念几何教育为傲。他立刻沉迷于计算中,经验老到的计数卷须从体内冒出来。卷须晃动着互相缠绕,速度飞快,令迅猛兽杀手眼花缭乱。过了好一会他才脱离恍惚的状态。

他宣布道:"两打标准行军。"

迅猛兽杀手眺望耸立在东极的山脉,那下面的地平线看起来那么近,其实距离却十分遥远,"那么我们最好赶紧出发。"

她原地吼道:"立正!"部队平顺地重新列队,继续向东推挤。先前小队之间那种破坏性的竞争已经被抛在脑后。

正如悬崖守望者所言,又经过大约两打标准行军,他们才抵达东极。但在这片地方,大家无法在两次休息之间完成一个标准行军,所以实际上花的时间还要长得多。

有一次,迅猛兽杀手也加入到开路的楔形队伍里,朝难方艰难推挤。她自言自语地抱怨道:"就好像一直都在难方爬山似的。"

"正是这话,"她右手边的大兵说,"除了你永远都不在谁的顶面上。"

迅猛兽杀手把又一座恐怖的小丘抛在身后。在这里,只有天空是在易方上,所以每一片微小的地壳碎屑都伸向天空。看上去简直不可思议。地面上密密麻麻,全是这种朝天伸展的小碎屑,仿佛在嘲笑蛋星强大的地心引力。然而当迅猛兽杀手需要踩上去时,她才发现它们极其坚硬。她得花很大力气才能把它们撞倒、从上面压过。不仅如此,如果她被碎屑拖慢太多,难方就会朝她合拢,让前进越发困难。

部队终于平安无事地抵达东极山脉脚下。迅猛兽杀手满心敬畏地仰望那些高山,然后又向上望向光神之眼。它们依然高高悬挂在大山上方,公然挑战蛋星强大的引力。

迅猛兽杀手让部队进入宿营状态。首先派出长距离岗哨,在距离营地相当远的地方放哨。这以后,她才允许士兵放下武器。一列大兵走到一大片从来没有奇拉涉足的地壳碎屑中间,践踏出一块圆形凹陷。大家把龙牙和短剑堆在这里,免得被从不停歇的风吹跑。路上吃剩的荚子和肉干储存在凹陷中央。长时间负重行军的奇拉终于又可以无忧无虑地嬉戏了。大兵们成双成对,组成小规模的打猎队伍,怀着轻松的心情出发,去看地平线背后都有什么。对于迅猛兽杀手而言,这是很重要的时刻。她把天文学家聚到一起,为试验做准备。首先她拿了一面平的照照镜,把它按一定角度摆放在一堆碎石上,让她能从一段距离之外、从镜子中央看见光神之眼。

悬崖守望者的眼睛扫过空中那七个聚成一团的光点,他评论道:"光神之眼变大了,离我们也更近,似乎还更亮了些。"

"不然的话,我们这一路的力气岂不都白费了。"迅猛兽杀手心情烦躁,因为她想把弧面的扩大器插在满是碎屑的地壳上,此刻正拼命想掏一个洞出来。

悬崖守望者若有所思:"我一直不明白为什么光神要把他的眼睛送来东极。我们本来就在光神天堂啊。"

"也许光神见不得我们太好过,因为我们都那么邪恶。"迅猛兽杀手气恼地说,"给,拿着,我要用瞄准孔对齐。"

迅猛兽杀手把弧面的扩大器竖直立在地壳上。悬崖守望者过去用自己的身体把它包住,让它保持直立。这时它的高度几乎与悬崖守望者的顶部相当。他心里十分后怕,幸亏这一路不是由他把这东西装在囊袋里。

悬崖守望者将身体从扩大器中央挪开,迅猛兽杀手则往后退,透过板子上的小洞往外瞅。迅猛兽杀手移动一只眼睛,直到自己能从洞里看见照照镜的中心。光神之眼在平面镜的中央闪闪发光。现在她必须把扩大器倾斜,直到她眼睛映在扩大器背面的图像被那个小洞吞没,这样一来她就知道扩大器指向照照镜,而照照镜又朝上指着光神之眼。

"再往上一点,"她说,"停!"她迅速移动,很快便用一堆地壳碎片替下了悬崖守望者。

他们早就写好了要发送的信息,随时可以传给内眼里那些棍子一样的生物。对方曾经传来粗糙的图像:长方形加上纵横排列的数字。那么,如果相同的格式被发射回去,他们自然也能认得。只不过,这次长方形内的图像是新的了。首先是光神内眼在东极上方的图,并有一根龙牙指向光神天堂。接下来的图会显示光神内眼悬挂在光神天堂上空,同时清晰标记出东极山脉从地平线上探出头来。每幅图都被转化为复合结绳,随时可供读取。迅猛兽杀手将占星师召集起来,他们开始重新发送在内眼研究所未能获得成功的信息。

"长亮、闪、闪、闪、短线、闪……"迅猛兽杀手用一组卷须顺着结绳往下摸,边摸边念。负责拿发光棒和控制荚子汁的小组稳步操作,一道又一道光从发光棒尽头亮起,被扩大器的弧形表面变成一道笔直的光束,射到照照镜上,然后又反射向天空中的那一簇光点。每发射几行,发光棒小组就要更换新的发光棒,迅猛兽杀手也趁此机会再看一眼瞄准孔,以确保光束发射的方向没有偏差。

第一张图发送完毕,迅猛兽杀手去找负责观察"测暗剂"的占星师。得知测暗剂并未变暗,她稍微有些失望。但她还是下定决心,要把剩下的图全部发完。

过了一打转,他们发送了不止两打图片。迅猛兽杀手终于承认,或许信息仍然没能传给对方。

见迅猛兽杀手摊开在地上,悬崖守望者也摊薄了自己的身体,用揉捏帮迅猛兽杀手减轻忧虑。他说:"内眼在这里看上去仍然很黯淡。我们的光线那么微弱,等它穿过脏兮兮的大气层,你可以想象该有多暗了。"

迅猛兽杀手在悬崖守望者轻柔的服务下放松了身体,她感到曾经属于悬崖守望者的小滴体液缓缓经过她的身体、往她的卵巢去了。她的身体在休息,但脑海中却情绪翻涌。

"如果他们还是看不见我们,那我们就得再靠近些。"她说,"我要往山上爬,去大气更干净的地方。"

悬崖守望者停下揉捏的动作,他责备道:"那要花好久好久呢!"

"也许吧。"迅猛兽杀手道。她从悬崖守望者身下滑出来,迅速恢复了比较正常的形态。她捡起之前丢在地上的工具、武器和零碎东西,"但我们还是要去。"

### 时间:2050年6月20日　星期一,格林尼治时间07:56:48

攀登东极的山就像攻城。这些山比任何奇拉爬过的都要高出许多倍。迅猛兽杀手花时间安排好了补给线,因为等她往山上爬时,这个组织就必须自行运转了。部队的正式指挥结构被解散,以边境要塞的形式形成新的组织结构。她派出了一支采石小分队,很快,露营地就被加固的兵场取代。

除此之外还组织了定期打猎的队伍,短剑和龙牙不再用来对付蛮子,而是扎进附近的动物身体里。一长排一长排的花瓣植物也种进地壳,照料植物的活由大兵们轮流承担——这件事引得怨声载道,许多大兵正是为了离开部落的农场才参军的。

补给线稳固后,迅猛兽杀手便着手攻克东极的大山。领导攀登行动的是迅猛兽杀手、悬崖守望者和北风,但超过半数的部队都要为他们提供支援。迅猛兽杀手把攀登行动当作一场大战来精心谋划。足足两次，她都从好不容易才征服的山谷中退了出来，因为后来发现从这些地方往上攀登的话，虽然对于一身轻松的奇拉也许不难，对身体里装满食物的奇拉却完全不可能。探险队缓缓突入山脚。大块地壳被放置在比较陡峭的斜坡上作为休息站。攀登的箭头慢慢向内、向上突破，很快就有了两路搬运工，不断往返于箭头和低地的要塞之间。

"这一段太难走了。"悬崖守望者累瘫在山隘里一处罕见的平地上，"那条缝那么窄，照照镜差点就挤不过去。"

迅猛兽杀手的身体鼓起来，露出扩大器的弧线。她不理会对方的抱怨，宣布说："这里做我们的下一个营地非常合适。我先去前方探路，你们俩下去领补给队上来。别着急，一定要确保他们行路安全。"

迅猛兽杀手小心翼翼地从囊袋里取出扩大器，然后迅速出发了。满身疲惫的北风和悬崖守望者丢下随身携带的东西，重新往下走。

迅猛兽杀手非常满意。前面的路虽然陡峭，却十分宽阔。他们随身携带的东西很多，这样宽阔的路走起来会比较快。她急着往前探路，便把身体摊薄，只在布满碎渣的地壳上开出一条狭窄的小道。她准备回程时再把小道扩宽，那时候蛋星巨大的地心引力能帮上忙，而不是像上行时那样妨碍她行动。她绕过一道低矮的岩脊，却发现前方无路可走。

"光神的诅咒！"迅猛兽杀手气炸了。她的目光扫过这片区域，但事实明摆在眼前：他们一路行来的峡谷在这里戛然而止，前路被高大的峭壁堵死了。她凑近些，开始检查沿易方撕裂峭壁表面的竖直缝隙。

地壳在易方的强度很弱，而蛋星的引力又总想把冲向天际的峭壁拉回怀里,所以缝隙特别多。迅猛兽杀手面前的峭壁肯定是最近才形成的,因为它并没被永不止息的风磨损太多。迅猛兽杀手沿着底部搜索,很快便找到一条深入峭壁内部的大缝。她克服了对头顶高耸的崖面的恐惧,顺着缝往上爬。她不向上看那一大片仿佛随时可能落在她顶面的岩石,而是专心将身体缩小,挤进缝隙。她很快就把裂缝底部塞满了,然后她的足盘和肌肉往外推,强迫体液流入狭窄的缝隙里。渐渐地,她的身体从平时压扁的椭圆形变得又高又窄。尽管地心引力想把她往下拉,狭窄的裂缝却让她不会被往下压扁;又因为易方是向上的,所以向上移动并不难,而水平方向上的难方正好还能帮她把身体留在裂缝里。她推啊、挤啊,身体下部逐渐积聚起压力。等压力大到她再也无法承受,她就心惊胆战地往缝隙剩下的部分瞥了一眼,结果大失所望:她才爬了一点点,离顶部还很远。

沮丧和恐惧削弱了她的抓力,她感到自己往下落、从裂缝底部掉了出去。坠落产生的能量让她的体液掀起小小的波浪,导致外侧的皮肤不断起伏。她发现自己足盘朝天了。上次遇到这种事时,她还是个小小的雏仔,那次是被风吹的。

迅猛兽杀手把擦伤的身体缓缓翻正过来,从峭壁前退开,开始思考。她来到一小堆碎石前,若有所思地从七零八碎的地壳碎块间流过。她捡了几块又大又厚的石板,把它们运到裂缝前。她再次把身体挤进裂缝里,然后尽量把一块石板举高。接下来她将石板往旁边翻,再将它缓缓往下放。缝隙上宽下窄,所以石板扁平的边缘卡在缝里,被蛋星的引力牢牢固定住。迅猛兽杀手慢慢松开石板,她满意地看到那块沉甸甸的地壳悬在裂缝的岩壁间,刚好高出她眼睛的正常高度。她拿来一块更长的石板,很快它也卡在了缝隙里,与之前那块在同一高度,只不过位置更靠外一些。迅猛兽杀手将自己的造物审视一番,然后又从裂缝里出去。这次她从碎石堆里选了一块厚地壳,比刚才的两块都要长。她费了很大力气把它举起来,很快它就悬在了另外两块石板之上。迅猛兽杀手犹豫片刻,然后慢慢鼓励自己从临时搭建的平台底下滑到裂缝深处。她再次强迫身体挤进狭窄的缝隙,又将一根窄窄的伪足伸长,放到嵌进缝隙里的石板上。她对抗着重力,缓缓将自己的体液往上送,撑大放在平台上的那部分皮肤。等到已经将好几只眼睛送到上层,她稍微停了停,然后形成几根强壮的操作肢,紧紧抓住最上层的石板,把身体牢牢固定住。她又挤又拉,终于把整个身体都放到了平台上。

这个过程十分漫长。期间迅猛兽杀手非常小心,一打眼睛都专注看崖面、石板,反正就是不看外面的环境。她稳稳地爬上了石板。操作肢让她不会从前后两个方向流下去,又有坚硬的石壁帮她挡住两侧。直到这时,她才终于允许自己查看她给自己制造的困境。她从裂缝里往外看地平线,又看不远处那堆碎石,然后再看裂缝入口外的地壳和入口以内。但接下来,她的眼睛拒绝继续往里看——无论她如何努力,似乎就是没法让它们从她蹲伏的平台上往下看。或许是因为眼睛也知道,假如她从这个高度摔下去,她的皮肤会像成熟的荚子一样被地壳刺穿。

"可以把它当成平台,再往更高处放另一块石板。"迅猛兽杀手对自己说,"不过还得再宽些,或许彼此的间隔也要小一点,这样往上流的时候会比较容易。总而言之,这样是能行的。在裂缝里制造悬空的平台,我们就能爬到崖顶。"

迅猛兽杀手再制造出几根硕大的操作肢。操作肢抓紧岩壁上的小突起、减缓下落的速度,她就这样慢慢把自己从平台上放了下去。落地后,她迅速从平台底下流出去,开开心心地一路碾着满地碎屑,回到了营地。

　　征服这片峭壁花了许多转时间。有些大兵很快成为出色的攀爬家,甚至还发明了一种技术,把偌大的扩大器和照照镜也运上了峡谷。但还是有将近三分之一的大兵无论如何也没法强迫自己爬上悬在头顶的平台。迅猛兽杀手的补给线变稀疏了,但她依然一往无前。探险队的双线队伍蜿蜒在东极的山区,大家渐渐都发现大气变得稀薄,能见度也更好了。在遥远的北方能看见从北半球的大火山往南飘去的浓烟。旋转的浓烟在东极转向,顺着赤道往西去,并没有进入山区。

　　一次休息时,悬崖守望者仰望空中的七个光点,他说:"也许可以试着再发一次消息了。"

　　迅猛兽杀手老早之前就打定了主意。

　　"这里的大气是要干净些,"她说,"但如果我们再往上走,被看见的可能性就更大。因为越往高处,大气就飞快地变得更稀薄了。我们是可以在这儿试试,但我们带的发光棒和荬子汁都有限,我情愿等到再也爬不上去了再用。"

　　攀爬花去了超过两个大数转的时间。耗时之长,就连迅猛兽杀手也感到吃惊。她的第二颗蛋都快成熟了。蛋会交给往返于营地间的搬运工,他们组成一条活生生的链子,辛辛苦苦把食物运上来,下去时就可以帮迅猛兽杀手把蛋带到下面。到最后,连补给线也被抻到极限。山脚下的食物供给倒是很充足。要塞已经变成兴旺的小镇,蛋圈、雏仔学校、农场和小生意一应俱全,都是有生意头脑的大兵业余搞出来的。打猎队伍和收割者源源不断地把食物注入平台的底部。但大部分食物都要供搬运工日常食用,他们需要这些能量,才能对抗蛋星巨大的引力、将补给送到山上。最终,迅猛兽杀手在山里的一块平地喊了停。

"就在这儿停吧。"她对悬崖守望者和北风说,"我们等搬运队送补给上来。你们俩都好好休息,多吃东西补充能量。我去前头探路,看前面是不是还有这么合适的地方。如果有我们就过去发信息,否则就在这里发。"

迅猛兽杀手掏空囊袋,其中最碍事的就是她一路带着的那面照照镜。她朝山谷上方稳步推挤,这一去就是好几转,悬崖守望者和北风开始担心了。但她终于带回了好消息。

"再往上走还有一块又宽又平的地方。"她说,"带着设备往上爬不算轻松。不过也就只是一大段往上的山路,既不必从高处横穿,也没有陡峭的悬崖。"

两个同行者的眼柄都紧张地抽动起来。她瞟了一眼就知道他俩想要反对,因为他们现在所处的位置其实已经很适合发消息了。她决定重新确立权威。

"立正!"部队指挥官迅猛兽杀手的足盘重重踏在地壳上,地壳上的碎屑只稍微减弱了些音量。

悬崖守望者并未参军,但他与大兵们生活在一起太久了,被指挥官严厉的目光一扫,他的身体就自动模仿了北风的瞬时反应。

"整个探险的唯一目的就是发送信息给内眼里的生物。"迅猛兽杀手开始训话,"我要尽全力做好这件事——也要尽你们的全力!这处营地并非发送信息的最佳地点,所以我们要继续前进——明白?"

"是,指挥官!"北风的规范答复非常响亮,被震住的悬崖守望者也学着他做出了同样的回答。

"很好!"她说,"从现在开始,我要你们俩服从我的命令。"她的身体略微放松,然后继续往下说,"我们将在一打转以后出发。在此期间我们全都要休息、多吃东西储备能量,最后多带食物上路。现在听我命令。我的第一条命令是休息,第二条命令是多吃,第三条命令是摊薄,因为我刚刚独自完成了漫长的旅行,所以我要同时享用你们俩。"说完她就移动到他俩中间,很快成为三层夹心狂欢的中间那层。

经过十二转的休息和娱乐,迅猛兽杀手急着上路了。当然,这期间他们也不可能光是吃饭和性交,还得做些别的打发时间,于是她让北风教悬崖守望者进一步学习短剑格斗,她自己在一旁做裁判。然后她和北风又学习如何生成计数卷须。没过多久他俩的运算速度就飞快提升,都快赶上悬崖守望者了。

现在一切准备就绪。她说服了北风,在山里这么高的位置遭遇蛮子的概率非常小,所以他们留下了武器。他们带上最最重要的通信设备,又尽量多带食物,然后开始爬山。迅猛兽杀手对其他士兵的命令是在沿途各个营地设立食物储存点,完成后退回到山脚的要塞。

这一路并不轻松,但正如迅猛兽杀手所说,也没有特别难的部分。不过由于随身带了很多负重,他们的速度比迅猛兽杀手探路时慢多了。他们的身体在蛋星的引力下艰苦劳作,食物于是消耗得很快。

"我一直觉得把食物带在体液里比带在囊袋里强。"北风边吃荚子边说,"也许重量是没变,但吃下去以后,至少我觉得它也出了一份力。"

悬崖守望者说:"你要是有不想再带的食物,我很乐意替你分担。"

"抱歉。"北风仔细吸干荚子皮里的最后一滴汁液,把它从进食囊里拉出来,"最后一个了。"

"哦,好吧。"悬崖守望者眼看着北风用一根又小又硬的操作肢依次砸开荚种子、吃光里面的一点点种核,"那么只好出发了。"他把注意力转向迅猛兽杀手,发现对方正忙着计算。

"正好差不多。"她说,"我们距离目的地还有大约两转。到那时我们的食物都吃光了,但体内的储备还能支撑一段时间,够我们发送信息再返回营地。还有多呢。只不过,回去的路上,我们都只能饿着肚子。"

"我现在就饿,"悬崖守望者说,"上一转我就把带的食物全吃光了。"

"大兵管这个叫胖饿。"北风说,"你以为自己饿了,其实不过是因为你习惯了每一转都吃东西。你要是大兵,追击蛮子的时候不可能每一转都吃东西的。再等上一打转,到时候你就知道什么是真饿了。"

"我可不想知道。"说完,悬崖守望者领头往峡谷上方继续前进。

他们终于翻过最后一处突起,进入迅猛兽杀手找到的宽阔平地。大家都舒了一口气。他们放下信息设备,摊开在满地的碎屑上休息。

"我现在可是真想吃点儿东西了,"悬崖守望者说,"哪怕没熟的荚子也会觉得好吃的。"

"你这辈子也成不了大兵。"北风回嘴,"从我们离开上个营地到现在,我一直都不饿。关键是要有正确的态度。看我,哪怕熟的荚子我也不稀罕,更别说没熟的了。"

"啊,真可惜。"迅猛兽杀手评论道,"我正好还留了三个熟荚子。不过北风不饿,悬崖守望者想吃的又是没熟的荚子。我猜我只好自己全吃掉了。"

　　听了这话,两个男性扑到她身上,把她全身戳了个遍,直到找出装着三个荚子的囊袋。尽管迅猛兽杀手抗议说不能这样对待部队指挥官,北风还是把她按住,由悬崖守望者小心地把囊袋揉开,掏出三个表面略有伤痕的荚子。然后他们全都放松下来,吃掉了最后一顿饭。之后很长时间都不会有东西吃了。他们静静望着空中的那个小光点,还有绕着它缓缓旋转的六个明亮的光点。

　　他们着手安放光束发射装置。平面的照照镜斜倚在附近的峭壁上,弧面的扩大器放在离它稍远的地方。有迅猛兽杀手统筹安排,工作进展十分顺利。北风拿起发光棒,将它们尽量放置在迅猛兽杀手和悬崖守望者确定的那个点上。悬崖守望者用自己最精细的卷须操作荚汁瓶上控制流量的阀门。迅猛兽杀手不断检查设备各部分有没有对准,同时照固定节奏念出结绳的标识。

　　"长亮、闪、闪、闪、短线、闪……"迅猛兽杀手缓缓念诵。悬崖守望者集中精神拧动荚汁容器的阀门,北风则小心翼翼地把发光棒固定在正确的位置。

　　信息很无趣,因为它只是一张图,上头还有许多空白。不过上次尝试往内眼发送信息时北风和悬崖守望者也有参与,所以他们早就知道这活儿有多无聊。短促的闪光代表空白,它们与代表点的短线和代表一行开始的长亮同样重要。稍有遗漏就可能让图像大为扭曲,他们想发送的信息也会扭曲。

　　迅猛兽杀手早就决定准确性比速度更重要,甚至比恒速更重要。毕竟内眼里的奇怪生物在发图像时也是很慢的——简直就好像他们脑子太慢,快不起来似的。

　　他们慢慢弄完了第一幅图。迅猛兽杀手喊了停,看测暗剂有没有变暗——变暗就说明有信息传回来。

迅猛兽杀手拿起那一小瓶测暗剂，往里张望，"还是没反应。"

# 接　触

**时间：2050年6月20日　星期一，格林尼治时间07:58:24.2**

屠龙号上的广角X光/紫外线扫描仪在东极的山区探测到了相对较强的脉冲发射信号。几秒钟之前的上一次扫描时都还没有。

特征提取程序自动将该地区标记出来，优先的"搜索与识别"被指派给窄角扫描仪。后者在一毫秒之后就锁定了闪烁的光源，开始记录，并对脉冲进行详尽分析。

东极偶尔会出现高温热辐射，这并不奇怪。流星物质在接近中子星时经常被中子星的重力拉下来，接着被极强的重力场和磁场撕裂，化作一团电离等离子体。这团滚烫的气体会以接近相对论速度的极高速沿着磁场线撞上地表，释放出灿烂的光和热。

但眼下这些脉冲却并非坠落的流星造成的激烈爆炸。脉冲信号的规律性触发了更高优先级的线路，使得窄角扫描仪一直锁定在脉冲上，直到几毫秒之后脉冲消失为止。低等级的判断线路评估了这种周期性的意义，并赋予它相对高的优先级。窄角扫描仪会在不断变化路线的常规扫描期间时常回到这一区域,但目前那里并没有什么令人类感兴趣的东西。

**时间:2050年6月20日 星期一,格林尼治时间07:58:24.3**

迅猛兽杀手说:"我们再试一次。"她用一只眼睛持续观察测暗剂,自己回到设备前。这次她用自己的一组操作肢控制阀门,同时用一组卷须触摸结绳上的结。

过了很久,迅猛兽杀手叫停。第二条信息也传到了内眼,然而依旧不见回应。

迅猛兽杀手满心不快地抱怨道:"我们微弱的光线到底能不能传出那么远,要是能确定就好了。"

"你可以爬到那边的山顶上。"北风的话里带了一丝嘲讽,"我和悬崖守望者很乐意朝你发送信息,你就可以检查接收情况了。"

这一次,迅猛兽杀手终于无话可说。她无计可施,只能再试一次。

第三条信息快发完了。就在这时,地壳震颤着传来巨大的撞击声。迅猛兽杀手没动。她的足盘里有高度发达的音波寻向系统,她已经明白了声音是怎么回事。

"照照镜倒了。"一直密切监视荚子汁滴落情况的眼睛继续盯住发光棒尽头,然后她缓缓关上阀门,把阀门拧紧,免得荚子汁漏出来。瓶子被装进囊袋,她这才将注意力转向旁边峭壁的底部。照照镜已经变成了一堆亮闪闪的碎片。

迅猛兽杀手流到峭壁底部,途中生成一根操作肢,摸摸那些闪闪发光的碎片。没有一片稍稍接近原先镜子的大小。

悬崖守望者安慰道:"至少我们已经发出去一部分了。"

"没错,但剩下的还有很多,而且我们应该尽可能多重复几次,确保对方确实收到。"迅猛兽杀手说,"我们得想个办法,不用照照镜继续发送。"

北风出主意说:"也许这儿附近能找到一块合适的地壳。"

"恐怕不大可能。"迅猛兽杀手说,"从不同地形经过时我一直在观察,附近从没见过光滑的地壳。这些山里似乎全是那种带碎屑的地壳,和照照镜表面差得太远。我们得另想办法。"

迅猛兽杀手做了各种尝试,却始终没法聚成光束射向内眼。她还试过把扩大器斜倚在峭壁上(这回很小心地用一块块地壳垫着),但也许是入射角的缘故,发光棒发出的光照在扩大器上,变成一束扭曲的光束喷射出去,很快便消散在空中。她知道扩大器的焦点在哪里,但那个点太高了,根本碰不到——比她够得到的最大高度还高出至少一打的倍数,几乎与峭壁齐平。想到这里,她突然福至心灵。

"如果把扩大器平放在地壳上,对着光神之眼,"她说,"那焦点就会出现在崖顶附近。只要带着发光棒爬上去,我们就能在靠近焦点的地方制造光线,扩大器反射的光束会直接传到光神之眼去。"

北风当惯了兵,所以没说什么,悬崖守望者却炸了。"怎么可能。那峭壁的高度比你的宽度还大一倍。就算能找到路上去,你也要花一打转的时间,而我们已经没有食物了!就算真能爬上去,我们也只会剩下一层皮!"

"你不去,"迅猛兽杀手说,"你要留在这儿。我需要你沿着崖面移动扩大器,好让焦点出现在刚刚越过崖顶边缘的位置,让我们可以够到。"

迅猛兽杀手走到摔碎的照照镜旁。她捡起一块比较大的碎片,装进囊袋。

"走吧,北风。"说着她朝峭壁尽头走,大兵老老实实地紧跟在指挥官的足盘后。

**时间:2050年6月20日 星期一,格林尼治时间07:58:24.4**

几分之一秒过后,脉冲传输再度开始。这一次,窄角扫描仪在传输早期就发现了它。半自动的搜索与识别线路要求扫描仪集中注意脉冲,频率分析线路中的特征提取程序则启动了一个相关性程序。传输的脉冲图案与阿卜杜试图与龙蛋联络时选择的长方形图案非常相似。如果计算机是人,现在一定会扬起眉毛。

新发现的相关性足以触发一组行动线路。结果就是,一毫秒之后,情况被告知给了人类。

周期性X光-紫外光传输——东极

圣子抬眼看见自己屏幕顶部的计算机讯息。她距离控制台太远,够不到任何按键,所以她用了语音指令,虽说语音更慢些。

"显示!"她命令道。转瞬间,窄角的X光-紫外光扫描结果回放到她的屏幕上。她望着东极山区中部那点规律的闪光,然后抬头一瞟,发现计算机已经替她把速度降低了很多。

1/100 000 实时

圣子看了几秒钟。脉冲突然停了。

一眼看去似乎没什么意义。她命令计算机:"分析!"

图像保留在屏幕上,与此同时,计算机不断打印出分析结果。

位置：天球赤道坐标系西经0.1，北纬2.0
光谱修正热度：15 000K
调制类似龙蛋的通讯图
未发现自然来源

圣子快速往下看，然后整个人都惊呆了。她在半空中熟练地扭曲身体、反转位置，抓住控制台边缘把自己拉过去。她的手指在键盘上飞舞。

几秒钟之内，迅猛兽杀手的第二条讯息就在她的屏幕上组建起来。

"阿卜杜！"她招呼旁边控制台的同事，阿卜杜·恩克米·法鲁克正努力编纂新信息，"有回复了！"

**时间：2050年6月20日　星期一，格林尼治时间07:58:28**
悬崖守望者说的没错，通往崖顶的路十分艰险。早在登顶之前迅猛兽杀手和北风就饿了，这次是那种产生于一打转持续辛劳的真饿。迅猛兽杀手体内仍然有许多储备，但她开始替北风担心，因为他不像她那么强壮。不过他是真正的大兵，从不抱怨。

迅猛兽杀手靠近崖顶边缘，她从囊袋里掏出照照镜碎片。她向北风解释说："我敢说，我永远别想让任何一只眼睛从悬崖边往下看悬崖守望者在哪儿。但只要眼睛认为自己是在看地平线，那应该就没问题了。"她生出一根深深扎根在足盘肌里的强壮操作肢，将碎片递到悬崖之外。

她把眼睛全部聚到一条线上，稍作调整后便能看到悬崖守望者深红色的顶面了。后者正耐心地等在扩大器旁。

"我肯定是真饿了。"迅猛兽杀手暗想,"一个英俊男性的顶面尽收眼底,我居然一点兴趣都没有。"

迅猛兽杀手对北风说:"我们得从这边往下去一点。"她领头向下走,来到悬崖守望者的正上方。悬崖守望者从没想到自己的雏仔名能有什么特殊意义,但现在,这或许是他在蛋星上度过的最后一打转,而他名副其实地守望着悬崖,其他什么都没干。

迅猛兽杀手用远震和近震分别试了一遍,很快便发现,只要悬崖守望者把足盘的一部分贴在崖面上,双方沟通就毫无问题。

悬崖守望者已经放好了扩大器,让它尽量靠近悬崖底部。北风学着迅猛兽杀手,也生出一根粗壮的操作肢,用它拿起一根小发光棒,缓缓伸出崖边。

迅猛兽杀手从囊袋里拿出一瓶荚子汁,拿稳以后也伸出崖边。她时刻提醒自己抓稳瓶子;如果瓶子摔下去,扩大器也会和照照镜一样碎成无数片。她慢慢生出一根肌肉扎实的伪足,伪足滑到健壮的操作肢上方,精细的尖端缠住阀门。阀门缓缓旋转,一丝液体落在发光棒尽头。伪足和操作肢都不习惯蓝白色的光,刚开始时往后缩了一下,但很快,一道稳定的光束就射入了天空。迅猛兽杀手仔细评估光束的情况。

幸好那一转风很大,空气中布满了灰尘粒子,所以迅猛兽杀手能清楚地看见向上发射的强光。光束最后聚到了某个高到无法想象的点。迅猛兽杀手关闭阀门,她和北风都收回了操作肢,从悬崖边退回去放松。

"我们离焦点太远。"迅猛兽杀手说,"还得再往下一点。"

迅猛兽杀手和悬崖守望者谈起焦点之类东西时,北风从来没真正听明白过,所以他决定把思考交给迅猛兽杀手负责。她毕竟是指挥官嘛。他默默跟着她沿悬崖边缘往前走,直到又找到一处适宜的岩架,可供他俩的足盘抓牢。迅猛兽杀手再次把自己的小照照镜送出崖边。只见悬崖守望者把扩大器装进囊袋,拖到迅猛兽杀手挥舞的操作肢下方。他小心翼翼地把它重新放在地壳上,然后往后站。

这一次,崖顶亮起以后,从扩大器反射出的光束没有重新聚焦。迅猛兽杀手的目光一路追随光束向上,直到再也看不见为止。她觉得光束还是有点聚焦的倾向,不过已经够好了。

她从一个囊袋里掏出结绳说:"我们继续发信息。"北风认命了,他收回刚刚用于测试的短发光棒,换上一根比较长的。

"至少短时间内不用再爬山了。"他疲惫地自言自语,然后安顿好身体,尽量让沉甸甸的操作肢保持静止。

很快,有规律的脉冲光朝光神之眼射上去,继续一打转之前照照镜摔碎时中断的信息。这条信息结束后,迅猛兽杀手只稍作休息就继续发送。他们已经在靠体内的储备生存,多休息也没什么意义了。两个士兵顽强地执行着任务,只偶尔更换发光棒和荚子汁。

工作终于完成。迅猛兽杀手和北风的目光投向通往崖底的路。他们一致决定只留下各自的部落图腾,其他东西全都堆在崖顶上。

一打转过后,疲惫不堪的悬崖守望者看见两个很瘦的奇拉慢慢绕过悬崖尽头。迅猛兽杀手走在前面,为筋疲力尽的大兵开路。

"再走一个足盘的距离。"她这样鼓励对方,又用自己拖后的体缘轻拉他足盘的侧面,让他继续波动。两个奇拉缓缓来到悬崖守望者身边。

"我没法再往前了。"北风说,"把我留在这儿吧。"

"不,"迅猛兽杀手道,"我们要一起走。"她把注意力转向悬崖守望者,"我知道你也累了,但我们必须去营地,那里有食物储备等着我们。我来开路,你排到北风后面,别让他停下。"悬崖守望者太累了,没力气跟她争论,于是默默来到自己的朋友北风身后。三个奇拉开始沿山谷的斜坡往下走。

悬崖守望者定期查看测暗剂,看他们艰难送出的消息有没有回应。他刚刚又看了一次,还是没有收到回复。他把测暗剂装回囊袋里,又拿几只眼睛去看头顶的光点,琢磨它们为什么一直沉默。突然间,他看见高空中出现了一条迅速下坠的明亮光线,就在光神之眼旁边。坠落的流星变成椭圆形,光芒越来越亮。悬崖守望者动了动,其他两只奇拉也抬眼看,随即赶紧想把眼睛缩回眼膜的保护下。来不及了。顷刻间,整个天空都被爆炸的光和热点亮。三个奇拉的顶面被烤焦,他们扭动身体想逃避这痛苦,彼此间拉开了距离。到最后,散落在地上的,几乎只是三小团枯萎、瞎眼的肉。

迅猛兽杀手从来没觉得这样痛。她最后的念头是:这一定是光神在惩罚她,因为她太不知天高地厚,竟想与神对话。缺乏养分储备,加上顶面被烧焦的刺激,她体内的自动保护机制突然间激活,掌管了身体。动物性的反射功能被关闭。自无数、无数世代以来,第一次有奇拉睡着了。

**时间:2050年6月20日　星期一,格林尼治时间07:58:37**

阿卜杜朝圣子的控制台上方飞过来。他绕着一根支撑柱转了一圈,借此止住一头往下扎的趋势,然后一动不动地飘在圣子头顶上。

他问:"什么回复?"

"底下有人用你用过的格式发回了图片。"圣子回答道,"但图片来自东极。他们用的不是激光,而是热紫外辐射,而且速度非常快。瞧——这是第一幅图。"

"画的是龙蛋上空的屠龙号和六颗潮汐平准星体。"阿卜杜说,"龙蛋似乎扭曲得厉害,活像个煎饼。但这肯定就是他们的星星,因为他们画上了那个星形结构。不过那又长又窄的楔形是什么东西? 底部靠近我们、尖端在那星形结构上方的那个东西?"

"那是指针。"圣子道,"看第二、三幅图,基本完全一样。只不过我们的飞船缓缓往西移动,而楔形符号也变短了。"

圣子的手指在键盘上跳动,很快,第一幅图旁出现了第二幅图和第三幅图的一部分。

"的确。"阿卜杜说,"看来他们似乎希望我们去他们的星形结构上方。我知道这是为什么。从那个方向看过来,光线要长途穿越大气层,能见度很低。如果我们在他们头顶要好得多。"

阿卜杜突然想起圣子说的另外一句话,他问:"信息发送的速度有多快?"

"计算机替我们放慢了。"圣子说,"我估计大概是每四微秒一次脉冲。"

阿卜杜回到自己的控制台前,转眼间,屏幕上列出了第一幅图的脉冲痕迹。他身体前倾,凑近了观察两次脉冲之间的间隔。

"间距和强度都不规则。"他说,"几乎像是手工造的。都能造出紫外线激光器了,你总会想着,他们也该能造个差不多的调制器吧。"

圣子反驳说:"辐射是从热源发出的。"

阿卜杜花了好一会儿才理解了这句话的意义。"他们是在用中子星版的美洲印第安人烟信号在给我们发信号呢!"他说,"而且这些粗糙的脉冲每四微秒一次——伟大的阿拉!也就是说,这些生物生命的速度比我们快了一百万倍!而我是以每秒一次的频率发送激光脉冲的。对于他们来说,就好像两次脉冲之间隔了一百万秒。"

圣子飞快地替他计算:"就好像两次脉冲之间隔了一个星期。"

阿卜杜脑子里又冒出另一个恐怖的念头。他问:"从他们开始回复,已经过去多久了?"

圣子快速敲打键盘,第一幅图重新出现在屏幕上,上方角落显示出接收时间。"第一幅图离现在快一分钟了。"她回答道,"如果比率是一百万比一,那就是两年前。"

"他们多半已经等得不耐烦,回家去了。"阿卜杜说,"咱们得赶紧动起来——要快!"他迟疑了一秒钟,然后掀开控制台侧边一个面板的盖子,拨动紧急报警开关。

"你来跟皮埃尔和其他人解释。"他抬高声音,盖过警报的呜呜声,"再让皮埃尔赶紧把屠龙号移到那个星形结构顶上。我尽快弄点回复出来。"

圣子把所有图片都放到屏幕上。这样一来,等其他人十万火急地冲上主甲板,她就可以立即开始解释。只几秒钟,阿卜杜就转动激光雷达,对准了飞船正下方的东极。雷达的运行频率被调高到短紫外光。由于手头没有立刻能用的东西,阿卜杜命令计算机重新发送对方发上来的图。计算机以兆赫的速率向下发送,阿卜杜又迅速调出他自己发过的第一幅图——悬挂在龙蛋上方的屠龙号和六颗潮汐平准星体。他加入一个弧形箭头,指向那个星形结构上方,让计算机把这幅图也发到东极。接下来,他将激光器转回那奇怪的星形结构,让计算机把之前的信息重复了两遍,一次用紫外线,一次用可见光。既然他们看到了他之前发送的信息,这两种信号他们总该能发现至少一种。阿卜杜希望,这一次,谁也不会在等待下一记脉冲时无聊得要死。

**时间:2050年6月20日  星期一,格林尼治时间07:58:40**

烧焦的皮囊躺在地壳上,差不多已经空了,静静地沉睡着。身体里的食物储备几乎消耗殆尽,于是古老的植物基因被激活。动物酶被中和,新的酶生产出来,对支撑皮肤的肌肉发起攻击,将横纹肌变成一片漂浮的长纤维。就连皮肤也变薄了,近乎透明。植物酶接过了大权,用液体物质和长纤维塑造大块的超强度晶体。这不是动物身体用来制造操作肢的那种易碎的结晶——这是龙晶。在如今已经松软的足盘中央,一根卷须刺入地壳。它的核心是一根尖利的晶体圆锥。圆锥释放出腐蚀地壳的酸性物质,其尖端渐渐深入到富含中子的滚烫地壳里。头发一样的丝线在地壳的纤维间扩散,养料通过丝线送上主根。

与此同时,主根顶端开始形成星星一样的图案,全是由尖刺一样的晶体组成,比主根小,底部厚实,尖端圆润。坚硬的龙晶结构战胜了蛋星可怕的引力,从靠近地面的角度插到地表之上。那一打尖刺像荆棘王冠一样散开。它们越长越长,把烧伤早已治愈的松软皮肤撑到空中。尖刺继续生长,终于,晶体的强度再也无法对抗蛋星的引力,于是又生出了强韧的张力纤维,它们从紧靠每条尖刺生长点下方的位置一直长到从尖刺底部生出的短桩。渐渐地,拥有十二根尖刺的悬臂顶盖从地壳上升起,最后将皮肤用力撑开。

皮肤顶面的那部分悬挂在十二根尖刺的顶端,形成光滑的深红色凹面。它发现自己远离地壳闪亮发光的黄色表面,正对着寒冷的天空。

它的尖刺深埋在富含中子的滚烫地壳里,变薄的上表面则贴近能帮助散热的天空。曾经叫作迅猛兽杀手的那棵热引擎植物开始制造食物。它并不知道附近还有另外两株龙草。在有记录的历史上,这是首次出现的奇拉化成的植物。之后的许许多多转,三株龙草生长、繁茂。它们体型很大,长得也很慢,再说需要重建的食物储备也很多,一切都得慢慢来。

留在山脚的部队等了很久,三个攀山者始终没有回来。最后,级别最高的小队长接过了指挥权。有些奇拉愿意留在这片被光神遗弃的地区,他就让他们退伍,再把剩下的部队带回光神帝国的边境之内。接下来他还得担起一项讨厌的责任:分别向迅猛兽杀手、北风和悬崖守望者所属的部落报告他们的死讯。

光阴飞逝,光神帝国壮大、扩展了边境。由于"迅猛攀登"要塞留存了下来,边境很容易就一路扩展到东极的山脚下。不过除非必要,奇拉是不愿爬山的,尤其不愿在难方上攀登。所以山中的小径始终荒废,而龙草也不受打扰地生长着。

有一转,沉甸甸压在蛋星上的东极山脉重新调整,引发了一次剧烈的地震。其中一株龙草有关节没长好,在地震中破碎。尖刺立刻在蛋星强大的引力下坍塌,它的皮肤被撕裂,生命之液倾倒在地壳表面。龙草又挣扎着活了一段时间,但最后还是放弃了。过了一打的一打转,地壳上只剩下亮闪闪的龙晶尖刺、几块干皮肤、部落图腾和小队长的衔纽。

之后很长时间都平安无事。有一回,空中七个光点中央的小光点射下缓慢脉动的纯蓝光束。脉冲光持续了一段时间,大山沐浴在蓝色中。然而这里并没有眼睛能看见它,于是脉冲终于停止了。

时间继续流逝。蛮子被光神帝国驱赶到越来越偏远的地方,数量也大大减少。北边的大火山活动更加剧烈,翻滚的浓烟挤到东极附近。

中子星向黑暗的天空中辐射热量。热辐射很不平衡,以至于中子星上刮起了大风暴。有时风暴非常强,竟将浓烟也推到了东极地区。天空被遮蔽,烟云底部由于反射发光地壳的热量而变成黄色。地壳里的主根和朝向天空的凹形顶面皮肤之间温度差减小,龙草的热引擎渐渐失效。能量储备充足、生长效率低下,植物基因开始丧失效能,其他酶机制被触发。龙晶缓缓融化,再次变回厚实皮肤底下的强健肌肉。晶体尖刺顶端那些感光的小芽杯重新长出了膜,膜底下长出了新的眼睛,只不过这些小眼睛仍在沉睡。

迅猛兽杀手醒了。

她感觉很怪,仿佛自己很长时间一动不动。

万幸的是,被烧焦的顶面和眼睛倒并不觉得痛。“我的眼睛! 我看不见了! 没有眼睛我怎么爬得下山去?”

这时她才发觉自己把所有的眼睛都紧紧藏在眼膜底下了。她小心翼翼地将它们依次推开。

“能看见光,”她说,“但一切都模模糊糊的。”

她试着生出一根伪足擦擦眼睛,结果发现自己像雏仔一样又虚弱又笨拙。很快她就擦掉了眼睛上的液体,但又过了整整一转时间,她才真正能看清楚。

她知道,自己肯定被天上掉下来的火伤得很重。可是除了肌肉无力、动作不协调、视线模糊之外,她感觉非常正常。最让她吃惊的是,她已经不饿了。

迅猛兽杀手是称职的指挥官,她最先想到的就是自己的部下。她四下打量,却看不见北风和悬崖守望者。她现在还很虚弱,没法在蛋星可怕的引力下下山,所以她把精力集中在锻炼上,为前方艰险的旅程做准备。

一转过后,她感觉好多了,便开始检查周围环境。据她记得的情况判断,她仍在天火落下的那条山谷里,可她并不记得这里曾有这么一株硕大的植物,也不记得见过地壳上那堆棒极了的龙晶。植物她也许不会留意(尽管它真的很大,周长几乎快赶上她自己了),但她绝不可能对闪闪发亮的龙晶视而不见。这是货真价实的宝藏呢。她至少会把位置记下来,稍后安排一个小组爬上来取。她走到那堆闪亮的尖刺前,把它们一根根捡起来。

"奇怪,"她暗想,"它们的光泽真是不可思议,就好像是崭新的,或者刚刚锻造的。可自然界里的龙晶全都被风吹动的沙尘不断摩擦,早就风化了。"

她捡起另一根尖刺,上面沾了一片什么东西。

她把那片东西扯下来,又条件反射似的将它远远扔开。

"北风!"她发出惊恐的低语。她看见了一道三个尖的伤痕,不会错,那是北风上次与蛮子交战时留下的纪念。

接着,她又发现了北风的小队长衔纽和部落图腾,它们都半掩在地壳碎屑中。再没什么可怀疑的。北风死了,身体也已经腐烂。她把衔纽和图腾装好,又大惑不解地四下打量。北风的残骸怎么会跟新形成的龙晶混在一起呢?

她去看旁边那株硕大的植物,发现植物伸向天空的十二根尖刺与散落在地上的十二根龙晶尖刺十分相似。她来到植物旁,绕着它走了一圈,从近处观察。蛋星上遍布着各种植物,这一株不过是比一般植物稍大而已,可看上去又莫名眼熟。她看到植物薄薄的皮肤上有一小块隆起,上头还覆盖着一小块褶皱。

她自言自语道:"怎么植物也会长储物囊?"她伸出一根细小的卷须,把卷须尖端硬塞进褶皱底下。她的动作非常小心,因为她可不想重蹈北风的覆辙——他似乎是被一株沉甸甸的植物给压死的。

她惊道:"是囊袋!"卷须继续往里伸,她摸到一个东西,于是从狭小的孔里把它慢慢抽出来——是悬崖守望者的部落图腾!

迅猛兽杀手简直没法相信自己的眼睛。但很快她又找到了别的囊袋,翻出了短刀和测暗剂。她终于信服了。虽然完全无法解释,但她面前这株硕大的植物的确就是悬崖守望者。

"如果悬崖守望者是活生生的植物,那么旁边那一条条龙晶曾经就是北风。"她对自己说,"而且……"逻辑将她带向那无可逃避的结论,"我自己也曾经是一株大植物!身体里长着硕大的龙晶尖刺!"

想到这儿,她回忆起之前她感觉到有一大块什么东西在体内翻滚。因为并不痛,她又操心着许多别的事,所以就没理会。现在她集中精力,那块东西很快便从一个排泄孔射了出来。她克服了本能的厌恶把它擦拭干净。那是一块闪闪发亮的龙晶。

迅猛兽杀手满心敬畏地看着它,然后又把它装进囊袋里。这故事太过离奇,她需要证据。

眼下还有一个问题。虽说北风是死了,她也拿了他的图腾准备带回去给他的部落,可悬崖守望者还活得好好的,她觉得自己不该扔下他。

最后,迅猛兽杀手决定先等等。反正她还有很多能量储备(肯定是变成植物时累积起来的),另外她也需要悬崖守望者来证实自己的说法,否则她怕自己会发疯。

天空依然被浓烟遮蔽,没过多久,唤醒迅猛兽杀手的效应也在悬崖守望者体内触发了。迅猛兽杀手满心惊奇地看着。一转又一转,纤细的尖刺越来越短,薄薄的皮肤渐渐变厚,皮肤底下又有了肌肉。

悬崖守望者醒来时,迅猛兽杀手正在抚摸他的顶面。她待他非常温和,慢慢诱导他睁开眼睛,又向他保证说虽然视力模糊、身体虚弱笨拙,但很快他就会好起来。又过了几转,他俩都觉得有能力旅行了,便带上北风晶体化的遗骸,开始下山。

他们抵达距离最近、也是位置最高的营地,迅猛兽杀手翻出了储藏在此的食物。食物并未被山里的动物发现,原封未动,但肉和荚子都已经像地壳一样硬了。迅猛兽杀手实在摸不着头脑,因为包裹好的肉干确实会变硬,可就算过了一个大数转,也不该硬得像石头一样。

每个食物储藏点的情形都是如此,只不过有些在很久之前就被动物破坏了。最后他们来到上层小山的山隘处,从这里可以俯瞰远方的要塞。抵达制高点后,两个奇拉都惊呆了。要塞不见了,悬崖守望者震惊地看着眼前:"这是光神天堂!"

"不,"片刻之后迅猛兽杀手说,"这不是光神天堂。看起来倒是差不多大,但布局完全不同。"

"的确,"悬崖守望者说,"可它是打哪儿来的?"

"看样子,我们俩变成植物的时间比之前想的还要长。"迅猛兽杀手说,"等我们流进镇子里,大家可要大吃一惊了。"

悬崖守望者跟在迅猛兽杀手身后往下爬,他悲观地说:"说不定大家都不记得我们了。"

指挥官迅猛兽杀手领头走向镇子。他们从农田中穿过,一路仔细看那些囊袋里装满荚子的收割者。可是,这里的奇拉他俩一个都不认识。

迅猛兽杀手胸口的四纽标志很打眼。接近镇子的一路上,它为他俩赢得了其他奇拉应有的尊重。可这位部队指挥官一看就非常年轻,所以又招来了许多低声议论。迅猛兽杀手这辈子第一次感到缺乏信心。

她在镇子边缘停下,轻声对悬崖守望者说:"说服大家相信我们的故事已经够难的了,没必要先惹起他们的反感。不如先把整个镇子探查一遍,然后再宣布我的身份。"悬崖守望者深有同感。他一直在寻找熟悉的侧影,却始终一无所获。

他们来到镇子边缘的一处军事补给站,放松下来饱餐一顿。他们并不着急,因为补给站里有许多部落联盟的信使来来往往,他们正好边吃边听对方交谈。他们本以为会听到部落联盟新首领的消息,结果却听说眼前的镇子竟然名叫迅猛攀登。

悬崖守望者向补给站的站长询问镇名的由来。站长好容易才听懂了他奇怪的俚语,之后就简要讲了镇子如何得名的历史。

"大约三打大数转之前,这地方还是一片荒原。"站长道,"那时候有一支探险队来到东极,想跟光神之眼对话。探险队的指挥官名叫迅猛兽屠戮者之类的,他爬到那些山里去,去跟光神之眼交谈,结果再也没回来。他的部队等了几个大数转,最后终于放弃了。到那时候,有些大兵已经够年纪退伍,他们就留在这里,部队剩下的大兵则回了帝国。现在帝国边境已经扩展到迅猛攀登。我跟你们说,这地方发展真是快得很。"

悬崖守望者问:"过去的老兵如今在哪儿?"

"还能在哪儿?"站长道,"在肉仓里。或者如果他们走运,身体健康,那就是在雏仔圈照料雏仔,日子别提多舒坦。"

听说镇名来自她的探险，迅猛兽杀手一开始还挺高兴。不过，要是镇里的普通奇拉也像站长这样，知道从前有她这么个人……幸好她闭紧了嘴巴，没有宣布自己的姓名，只让部队指挥官的四纽标志表示她的身份。他们问明雏仔圈在哪儿，随即去往那个方向，指望能遇到认识自己的奇拉——哪怕一个也好啊。

通往雏仔圈的路从一道矮崖前经过。他们接近悬崖时，迅猛兽杀手发现崖顶有道明亮的闪光。有个奇拉在上头，面前还摆了某种仪器，明亮的蓝白光束从地壳上射向远方的地平线。

迅猛兽杀手还是那么好奇，她说："咱们从悬崖顶上走吧。我想看看那束光是怎么回事。"

悬崖守望者的足盘烦躁地摩擦地面，说自己这辈子都不想再爬山了。不过他也忍不住好奇，于是两个奇拉慢慢爬上了崖顶。上面有个大兵在操作仪器。

迅猛兽杀手不认识对方的军衔。那是一道水平的杠，而不是大兵的纽。部队指挥官跟大兵说话时应该用对方的军衔称呼对方，所以迅猛兽杀手不能开口，否则可能给自己惹上麻烦。她决定让四纽军衔替自己说话。她露出略微感兴趣的样子，信步走到大兵旁边，显得好像是前来视察的军官。

大兵听到了迅猛兽杀手那种军中特有的足盘节奏，等迅猛兽杀手来到招呼的距离，她迅速中断正在发送的信息，立正站好。"部队信号员黄地壳，指挥官。"她说，"有信息要发吗?"

"没有，没有，"迅猛兽杀手让对方放心，"不过等你完成以后，请把你的仪器给我们看看。"

部队指挥官竟会对迅猛发送器这样的东西感兴趣，黄地壳觉得很奇怪。不过也许对方是来找麻烦的视察员呢。反正她的设备完全符合规定，谁也别想挑出错来!

　　黄地壳很快发完信息,然后向两个访客演示迅猛发送器如何工作。她决定来个全套的详尽说明。

　　她模仿受训时军官的口吻道:"迅猛发送器是部队与总部及其他部队保持联络的手段。迅猛发送器中最重要的部分是扩大器,必须时刻保持清洁。"黄地壳从侧面打开匣子,露出一面非常干净、闪闪发亮的扩大器。反射镜的弧度很大,它的面积和表面光滑度都让悬崖守望者和迅猛兽杀手叹服不已。

　　悬崖守望者悄声道:"咱们在山里要是有这东西就好了。"

　　迅猛兽杀手反驳道:"咱们根本无法把它运上去。"

　　黄地壳不理会对方的悄悄话,继续往下讲:"每次发送信息前都要将光汁瓶充满、加压,还要检查信号阀,看其能否满足压力下快速行动的需要。"

　　黄地壳关上匣子的侧盖,将匣子外部的容器注满,在顶上放了一个贴合严密的活塞,接着又加上了配重。然后她快速拨动匣子另一侧的杠杆。短促的强光向外喷射而出。

　　黄地壳继续解说:"每次换班都要更换发光棒,还要调整发光棒托,以获得最大亮度,并避免光束在远处聚焦。"黄地壳伸出一根卷须,将一个小杠杆前后扳动,迅猛兽杀手看见光束在远处分散又聚焦。随后黄地壳的卷须又熟练地一拧,让两侧平行的光线射向远方。

　　黄地壳不再模仿训练官的口吻,她问:"关于信息协议还有更多内容,指挥官。要我背诵吗?"

　　"不用! 不用了,谢谢你。"迅猛兽杀手说,"你手头的机器非常干净,运转良好。"她迈步走开。

　　"立正!"有足盘踏在地壳上,发出响亮的指令

　　黄地壳一动不动地立正站好,迅猛兽杀手差点学她一样,不

过最后她只是缓缓回到迅猛发送器旁等着。来的是一小队装备精良的大兵，领头的正是当地的部队指挥官。

那位部队指挥官显然被迅猛兽杀手的四纽打了个措手不及。他本打算来解决指手画脚、干扰自己通讯链的访客，现在却发现对面这个陌生的奇拉与自己平级。

不过不管是不是平级，他仍然是这个镇子的部队指挥官，这里仍然是他说了算。"你是哪位，指挥官？"他问，"我并没接到消息说有访客。"

"你不认识我了吗，红天？"迅猛兽杀手问。

部队指挥官红天道："不认识！"

"我们是一个部落的，你加入了我的部队，就在我们去东极山里探险前没多久。"迅猛兽杀手大大松了一口气——部队指挥官是这个镇上真正有权威的奇拉，而她确信能说服对方相信自己的身份。迅猛兽杀手生成一根伪足，把它伸进一个囊袋里，这个囊袋自她离开本部落参军就再也没打开过。她掏出自己的部落图腾朝红天递过去。

红天不安地挪动足盘。他接过图腾仔细查看，又拿着图腾绕迅猛兽杀手走了一圈，凑在她跟前观察她。这个奇拉块头非常大，自他少年时起，这样的大块头他只见过很少几个。

"还记得这块疤吗？"她将身体侧面的一部分突出来，"你弄的，我在新兵训练营教你短剑的时候。"

"你已经死了！"红天已经晕头转向，他努力想让自己清醒。

"不，我没死。"见红天犹疑，迅猛兽杀手乘胜追击，"而且我希望你帮我传个信到光神天堂的部队总部。"

红天自己都准备要当长者去照顾雏仔了，迅猛兽杀手却还那么年轻，这实在难以置信。然而迅猛兽杀手那硕大的身躯明明白白就在他眼前,这是他自年少时就看熟了的;再加上部落图腾和她胸前的四纽军衔,红天终于打消了疑虑。他让护卫队解散,又安排手下替迅猛兽杀手把消息发给中央区部队总部、内眼研究所、部落联盟首领以及她自己的部落家庭。之后他领迅猛兽杀手和悬崖守望者下山来到部队的营地。悬崖守望者终于可以放下沉甸甸的龙晶了。

**时间:2050年6月20日　星期一,格林尼治时间08:05:15**

听了圣子的结论,皮埃尔并不如何吃惊。自从上次看见星形结构升起的速度有多快,他就怀疑存在时间差。他坚信不疑,与另一个种族交流比任何科学研究任务都更重要,于是毫不犹豫地来到推进控制台前,准备从东极朝九十度方向上的那组星形结构移动。潮汐平准星体的质量非常大,而且必须全部同时移动,免得屠龙号里脆弱的人类身体遭到潮汐力的伤害,所以他们只能慢慢来。他把新位置输入推进指令子系统,然后推动身体从控制台座椅飞出去。现在所有人都聚在圣子和阿卜杜上方。

他来到大家身边,先通报情况:"半小时后我们应该就会抵达新位置。"

圣子盯着屏幕,头也不抬地说:"一百万比一的话,那就等于是六十年。"

皮埃尔自己早就算过了,可他已经没法更快了。推动潮汐平准星体的导引飞船推进系统,在设计时并没有优先考虑速度。他默默地耸耸肩。身体飘浮在空中,这个动作看起来很怪。

"还有一个更严重的问题。"他对所有成员说,"等到了那儿,我们说什么?"

圣子继续盯着屏幕说:"存在百万比一的时间差,我们不可能双向对话。等我们想出任何理性的回答,底下问问题的人早就死了。"

"也不至于。"皮埃尔道,"当然我们不知道对方的寿命是多长,但假如按他们的一年他们能活七十岁,那么……"他停下来思考,圣子替他补完。

"一年是π乘以一千万秒,再乘以70年是二十二亿秒,换成我们的时间相当于2200秒或者大约37分钟。"

"好吧,还不算太糟。"珍说,"至少时间还够我们了解一个人。"

圣子反驳道:"把自己的一生都用来跟你闲聊,他会闷死的。"

皮埃尔出来拍板,"我们需要为我们这边准备对话资料,多半还需要多个通信线路同时进行。阿卜杜,我们手头能拿出多少通信线路?"

阿卜杜对着控制台回答道:"我们一直在用激光雷达测绘仪当通信设备,但它不是设计来干这个的。它的脉冲调制器没法应付高比特率。微波探测仪也能用,它的调制器好像最高能到100兆赫。最理想的当然是激光通讯器,它的调制可以达到几千兆赫;百万比一的比率,这也跟电话线的带宽差不多了。可以用它传送传真质量的图片,但跟电视图像没法比。问题在于激光通讯器的天线方向——设计时压根儿没想过要对准龙蛋。两根天线都在屠龙号的主体上,而且时刻都有一根对准圣乔治号。"

"我们可以把其中一个激光通讯器的抛物面天线调整方向。在那之前,先凑合着用激光雷达测绘仪和微波探测仪。"皮埃尔说。他在半空中转身,从周围的一张张面孔里找到自己需要的那个人。

"阿玛丽塔,"他说,"去穿太空服,把其中一个激光通讯器天线对准龙蛋。我来联系圣乔治号,告诉他们,我们准备切断一条跟他们的激光通信线路。"

位于中央甲板另一侧的通讯控制台里传出一个声音。

"我们一直在关注事态的发展,屠龙号。"说话的是斯文森司令官,"照你们的想法继续。"

阿玛丽塔推动身体朝放置太空服的房间去了。她扭头喊道:"我敢说我能把通讯天线接到激光测绘仪的底座上。"她说,"校准精度不能保证,但应该相当接近。"

皮埃尔转头对珍说:"你到飞船图书馆搜索与外星种族首次接触的一切资料。有必要的话,在文学全息内存里找科幻小说。不过我觉得飞船的百科全书里应该有关于交流语言的部分。

"珍搜索数据库期间,我们得找点东西传下去。我可以把我的儿童书转成计算机文件,阿卜杜用通信线路传给他们。先传最基础的书,之后慢慢过渡到成人读物。"

"可是,所有这些书都假定读者有一定的知识储备。"塞萨尔反对道,"就连你的 ABC 字母书也假定读者知道苹果是什么东西。"

"只要把图片一起发过去他们就能明白。"皮埃尔绕到主甲板另一侧的控制台前,"别忘了,他们得等着中子星版的传真机慢吞吞打出下一页,所以手头会有大把大把的时间来琢磨每一页是什么意思。"

塞萨尔去帮阿玛丽塔检查太空服有没有穿好。阿卜杜发完了略图,在一旁看着皮埃尔往计算机里建立故事文件夹。

圣子突然宣布："他们又回答了,这次是在东极山脉的西边。"

阿卜杜赶过去看了看计算机显示在圣子屏幕顶端的坐标,将它们输入自己的通讯控制台。激光雷达几乎瞬间就完成了位置重置,开始对着那个点发射光束。来自人类的信息缓缓流向中子星表面。

### 时间:2050年6月20日　星期一,格林尼治时间08:18:03

迅猛兽杀手传回光神天堂的信息引起一片震惊。一般说来,如果你本身并没有家庭,只是身为某个领土辽阔的大部落的成员,这种情形下是很容易被大家遗忘的。迅猛兽杀手也几乎快被忘记了,而现在,她的故事又让她名扬全国。

但最令迅猛兽杀手兴奋的消息来自内眼研究所。他们回给迅猛兽杀手的第一条消息里说,大约八个大数转之前,内眼传送的缓慢信息终止,然后在大约四个大数转之前又重新开始,这次的速度快得多。还有,这次传图用的是大家都能看见的闪光,既不需要测暗剂,也无须非得是光神受难者。接着,研究所传来了第一幅图的拷贝。

迅猛兽杀手读了研究所传来的信息绳,又让悬崖守望者也读了一遍,他俩再将线和点构成的线串翻译成复合结绳,因为只有这样才能得到图形。他们仔细将它铺在地壳上,迅猛兽杀手流上去。

"对方收到我们的信息了,悬崖守望者。"迅猛兽杀手悄声低语,"那次攀登没有白费。"

悬崖守望者问:"你怎么知道?"

迅猛兽杀手没有回答,只是从复合结绳上流下来,让悬崖守望者自己去感受绳子上的绳结形成的图像。

"类似我们发的第一张图。"悬崖守望者说,"上面是东极上方的光神之眼,还有一根针指向大圣殿上空,只不过这根针细得好笑,尽头还有个箭头。"

"这肯定是他们用来指示方向的符号。"迅猛兽杀手得出结论,"多么奇特的生物啊!他们的符号也跟他们自己一样,活像粗笨的棍子。"

悬崖守望者道:"这条信息肯定是说他们明白了我们的意思,并且会移动到光神天堂上方。"

"但愿如此。"迅猛兽杀手说着,用几只眼睛仰望空中的七个光点,"但看起来,他们还没有动。"

悬崖守望者也学迅猛兽杀手往天上看,他的眼睛是经验丰富的占星师之眼。片刻之后他反驳道:"我觉得动了。等我用占星棍量一量。"

他们找到当地的占星师派遣队。经过一转的观察,得出的结论是光神之眼确实移动了位置。从迅猛攀登镇上的某个点看过去,空中有颗遥远的星星曾经每过一转就从内眼背后经过一次。而现在,那个光点却是从内眼顶上掠过。光神内眼动了!

既然已经建立了双向沟通,迅猛兽杀手强烈的好奇心再也抑制不住。她一定要进一步了解这些行动迟缓、身体像棍子一样的怪家伙,还要了解他们的魔法——为什么他们能飘浮在空中、不受蛋星无比强大的引力左右?她有好多问题想问。她的大脑立刻开始琢磨如何才能用简单的图画快速提出这些问题。不过首先她还有事情需要协商。她回到迅猛发送器处,给东部边境指挥官和内眼研究所发了消息。

不到半打转,迅猛兽杀手就更换了职业。指挥官迅猛兽杀手要求退伍,这让东部边境指挥官松了一口气。后者本来一直拿不定主意该拿她怎么办——迅猛兽杀手服役的转数早就够格退伍了,可报告里又说她的外表活像最年轻的新兵。再说又到哪儿去找部队给她指挥呢?迅猛兽杀手主动提出退伍,替东部边境指挥官省了好大麻烦,所以她提出想使用迅猛发送器时,他一口就答应下来。

内眼研究所同样毫不犹豫地接受了迅猛兽杀手的请求,接纳她加入研究所。要不是她爬山的英勇举动,他们至今还在以每隔几转一个点的速率搜集图片呢。事实上,迅猛兽杀手如今在东极的位置距离光神之眼更近,所以研究所决定由迅猛兽杀手负责从那里发送第一批回复。

一打转之内,迅猛兽杀手已经在当地占星师的院落安装好了自己的迅猛发送器。她把一面照照镜斜插在地壳上,一幅幅图片由照照镜射向空中的光神之眼。大约两打转之后,内眼开始朝她缓缓眨眼。这次她能用自己的眼睛看见,真把她高兴坏了!她终于开始与另一个种族交流——而且还获得了"发送器守护者"的头衔。

**时间:2050年6月20日　星期一,格林尼治时间08:18:33**

阿玛丽塔·沙卡西里·德雷克麻利地钻进太空服。她练过芭蕾舞,身体修长、柔韧。一般人穿太空服总显得笨拙,在她却像舞蹈。她对照检查清单仔细检查,其实整张单子她早已倒背如流——过去的两年里,圣乔治号缓缓跨越横亘在太阳与龙蛋之间的三十分之一光年,期间一直是她负责监督紧急穿戴太空服的演习。现在中子星就躺在他们小小的科学小艇的船身之外,距离屠龙号四百公里。

她急不可耐地想把激光通讯天线安装到新位置。可屠龙号上的组员实在太少,经不起任何失误。阿玛丽塔只得耐心等待,等别人来给她做最后的检查。

飞船的随船医生头朝前飞进上方的舱室,一个干净利落的筋斗,他的膝盖准确地一弯,利用天花板吸收了动能。他稍微往回弹了一点,很快就头上脚下悬到她跟前。她多余的注意力观察到潮汐平准星体在上层甲板的效果并不完美,因为医生一边勾清单,一边缓缓往天花板方向飘动。

他说:"……主氧气罐与应急氧气罐——满。现在戴上头盔,检查空气和降温。"

阿玛丽塔赶在他说"头盔"之前已经把头盔戴上了。护目镜背后传来模糊的声音:"头盔就位——空气和降温正常。"

他又瞟了一眼清单。"磁-静摩擦靴……"阿玛丽塔拨动自己胸前控制板上的一个开关。她鞋跟里的磁单极子原本是仿随机态,现在重新排列成六角形,与内置于屠龙号内板和船体里的磁单极子形态相匹配。

如果屠龙号可以用钢来修建,那么大家就能使用比较简单方便的电磁靴。问题是中子星和潮汐平准星体都有磁爆发时刻,工程师们便想了这么个替代方案。阿玛丽塔的靴子乓的一声落地,两只脚各向外扭转三十度,与板子里的六角形形态相符。她低头看看自己的脚,心不在焉地琢磨:"好差劲的三位。要是芭蕾老师看了,绝不会让我蒙混过关的。"塞萨尔还在念清单,她关上磁-静摩擦靴,缓缓升上半空。

"全部合格。"塞萨尔说着飘到锁控面板前,"去吧。把通讯天线移到旋转座上,尽量快。别忘了,如果那些中子星生物生存的速度真的比我们快一百万倍,我们的三十分钟就相当于他们三十年了。"

阿玛丽塔打开通往气闸的舱门，走进去，关上身后的舱门，又透过舷窗对塞萨尔做手势。压力下降，她感到太空服变硬了。外舱门向内打开，阿玛丽塔抓住安全绳，小心翼翼地往外看。在飞往龙蛋的漫长旅程中，她曾十几次走出圣乔治号，完成维修任务，但这是她第一次走出屠龙号。她早料到眼前的景象会让自己晕头转向，而在太空里，任何让人眩晕的东西都是主要事故源。她能活到现在，靠的就是舱外工作时绝不冒险。

阿玛丽塔所在的气闸位于屠龙号中部。飞船是惯性稳定的，所以所有的恒星都固定在空中。不过那颗明亮的白球龙蛋却以每秒五次的速度从舷窗前一闪而过。从四百公里外看过去，这颗二十公里直径的中子星比地球的太阳大了五倍左右，占据了很大一部分天空。

"要是我们绕它旋转的速率更快一点，它就会模糊成一个环了。"她暗想，"每秒五次正好处于视觉闪烁带，实在烦人。"

她来到门边，把脑袋探出去。视野扩宽后，她能看见潮汐平准星体环绕飞船形成的整个圆环。它们以每秒五次的速度绕着共同的中心旋转，同时又绕龙蛋运行。由于潮汐平准星体一共有六个，看上去几乎像融为一体，成为固态圆环。

阿玛丽塔停下来适应眼前的景象。一圈明亮的白光环绕在屠龙号中部，在与这圈白光垂直的方向上又有一个亮红色的圆圈绕飞船快速转动，活像在桌面上打转的婚戒。二者的旋转匹配适当，让红圈的平面永远垂直于中子星的方向。

太空服的通信线路里传来塞萨尔的声音："你情况如何？"

"很好，"阿玛丽塔说，"只不过要等一会儿才能习惯满眼打转的画面。让我联想到在月球芭蕾舞学院的时候，我想打破单足趾尖旋转的吉尼斯世界纪录。我用一只脚转了一百多圈,然后错过了踢腿的拍子、丢了对准视线的瞄准点,接着就头晕了——我觉得那时候都没发现在天旋地转得厉害。"

阿玛丽塔抬头看屠龙号顶部那硕大的中央转塔,上头有太阳能镜、激光雷达、微波探测仪和其他指向星星的设备。转塔每秒旋转五圈,让设备始终对准龙蛋。"你怎么还没关转塔,"她抱怨道,"它转着的时候我可没法在上头干活。"

塞萨尔回答说:"你得先从船体的底座上把激光通讯天线取下来,也就是说要过好几分钟才能把它安装到转塔上。所以我觉得应该等一会儿再停转。一旦把转塔停下来,我们跟中子星上生物的联络就要中断。阿卜杜正在编写一条简单的信息,让他们知道我们只是稍微停一阵,免得他们以为我们已经放弃交流离开了。"

阿玛丽塔的目光顺着屠龙号的赤道绕了一圈,找到激光通讯抛物面天线。她用眼睛盯住它不放,将自己的上、下方位稳定下来。她命令眼睛无视在周边视觉里快速闪过的明亮物体,然后启动磁-静摩擦靴,走到船体上。

阿玛丽塔站起身,她能感觉到残余的引力脉动着穿过她的身体。除了脉动的重力场,总体的重力补偿也有微弱变化。这是因为飞船正缓缓将轨道位置从东极转移到星形结构上方。有时她被几分之一个g的力量往外推,有时又被向内挤压。

阿玛丽塔小心翼翼地走到距离较近的激光通讯天线前。

她先拆下从屠龙号内部接入调制电压的同轴电缆,接着拆下为激光供电的电线,最后才开始拧松紧固螺栓。系统设计非常巧妙,螺栓始终被限制在框架里,即便在自由落体状态下也不会飘走。天线体积庞大。她抓着一根支杆,艰难地走回屠龙号弧形的船体上。

"科研转塔停转,医生。"她朝太空服的无线电里喊话,"我已经离开操控喷射流的影响范围。"

她继续在弧形的船体上移动。这时旋转的塔座慢慢停下,屠龙号船体上的操控喷射流随即启动,以平衡多出来的动能。

她走近静止的塔座,抬头顺着三米高的座身往上看,找到了激光雷达。雷达天线缩在一面巨大的镜子底下,镜子将直径一米的龙蛋图像直接传进星象望远镜控制台。

她离气闸已经相当远,所以她把第二根安全绳扣进转塔底座上的一个圆环,这才小心翼翼地从屠龙号的球面船体踏上圆柱形的转塔。她给自己几秒钟时间调整上下方向感,然后带着硕大的激光通讯天线开始往上爬。越往上爬,她离屠龙号的中心越远,潮汐平准的准确性也越差。爬到一半时,她已经没法无视重力场对身体的作用了。她的太空服里好像藏着许多小精灵,正在对她身体的各个部分或推或拉。整体的潮汐平准也不行了。往上爬的过程中,激光通讯天线越来越重,开始往前拉拽。

增加的重量并不算多,但已足以产生影响。所以阿玛丽塔每上一步都会停下来,把两根安全绳重新扣在背后的圆环里。她终于来到激光雷达前。她先把通讯天线上的系索缠绕在旁边的一个固定圆环上,让圆环承担天线的重量,接着又把自己腰带上的另一根系索系在激光雷达上。

靠着磁-静摩擦靴和两根短安全绳,她把自己牢牢地锚固在转塔上,之后才开始移除激光雷达。幸亏两个激光系统的激光供电线接口和调制同轴线缆接口都是一样的,他们只需在船里操作,把激光雷达所用的脉冲调制换成激光通讯控制台的视频调制。不幸的是两个激光系统的螺栓分布形态不同,所以只能拧紧一个螺栓。不过她提前做了准备,带来了速干的真空环氧树脂胶,可以把激光通讯天线粘在激光雷达底座上。

"我需要四只手。"阿玛丽塔一面伸手去拿口袋里的环氧树脂胶,一面自言自语。树脂胶的双管在设计时就考虑到戴着手套行动不便,连盖子都是撕扯式的。可是,阿玛丽塔急着把活干完,所以犯了一个错误。

对于在失重状态生活了多年的人来说,这种错误是完全可以理解的——她只是松开了激光雷达,空出手打开环氧树脂胶而已。她忙着应付胶管的时候,激光雷达缓缓向外飘去,速度逐渐加快。等到系索完全绷紧,它便使劲扯了一把阿玛丽塔的身体中部。她被拉下了转座。一秒钟的惊慌失措后,她身上系的两根安全绳也绷紧了,拉着她向后弹去。扣住激光雷达的设备圆环相对脆弱,供人使用的安全圆环则比较结实。于是,后者依然完好,但她感到前者的结合处撕裂了。她低头一看,发现激光雷达组件正在远离飞船。潮汐平准星体的巨大质量产生了具有强大引力的重力场,使它迅速加速。组件飞快地加入到那一小圈超致密小行星中,再也看不见了。

"咱们遇到麻烦了,屠龙号。"她对着太空服里的麦克风说,"我丢了激光雷达组件,它被潮汐力吸走了。"

阿玛丽塔抓住安全绳,两手交替把自己拉回转座。她上好螺栓,再用胶把通讯天线粘在空出的底座上,最后又接上电线和调制线缆。

她迅速爬下去,示意塞萨尔重新开启转座。她避开控制喷射流站到一旁,很快就看见那巨大的圆柱又开始以每秒五圈的速度旋转。这时她抬头瞟了一眼,只见一团椭圆形的东西正朝屠龙号的船身飞回来,那是破碎、压扁的玻璃和金属。由于在中子星强大的磁场里高速飞行,金属的尖端带上了放电形成的蓝色电晕。

阿玛丽塔吓坏了。那东西要是击中屠龙号的船体,他们全都得送命。她诅咒自己太不小心,现在已经没工夫谨慎行事了。

"紧急情况!紧急情况!"她喊道。她并不等人回答,直接开始详细形容问题和她的解决方案。

"激光雷达组件松落,正在飞船附近高速移动。我将抛弃安全绳,靠喷气背包前往拦截。"

阿玛丽塔解开安全绳,左手来到胸前的喷气背包控制板上,启动,飞出去追捕那致命的火箭。

她绕着船体的弧线飞,发现组件就在转座上方。由于被潮汐力拉扯,它的速度降低了。组件缓缓划出一个大弧,现在重新朝屠龙号方向前进。想抓牢的话,她得在它慢速移动时抓住它,所以她径直朝它迎了上去。

她从旋转的塔座旁飞过,身体开始感到潮汐力的压力。她尝试用缩头、收脚的办法缩短自己的身长,进而舒缓压力,但向外的拉力很强,实在难以保持头脚收缩的姿势。头部是最难受的。她的耳朵和鼻子好像每秒挨了二十拳,头顶则仿佛正被野蛮人用钝刀剥皮。

尽管疼痛难忍,她依然继续朝组件迎上去。组件在飞向屠龙号的过程中慢慢加速。她曾在 L-5 的"自由球"球队当了两个球季的队长,这经历终于要派上用场了。她的左手飞快按下喷射控制键,让自己减速、转向,然后又加快速度,与正在迅速下落的金属并行。她的脑袋转了方向,潮汐压力也转向了。现在她的鼻子被狠狠往外拉扯,椭圆形的血滴不断涌出。血染红了护目镜。阿玛丽塔满心焦急地透过红色往外瞅,发现前方有一小截系索。她用右手抓住系索,左手按下喷射控制键。

激光雷达组件继续画着双曲线——向下从屠龙号船体旁经过,然后沿飞船的腰部向外飞。阿玛丽塔逐渐将它控制住、拉到船体上。几秒钟后,她的靴子吸住了飞船外壳,她用短绳索把自己和扭曲的金属都扣在了船体的安全环上。

追逐期间她一直在实时解说,现在声音都嘶哑了。"一切安全。"她哑着嗓子说,"谁来帮我把这东西弄进去。"

太空服的扩音器里传来一个关切的声音:"你有没有受伤?"

"浑身酸痛,医生。不过真算得上伤的,不过是鼻子流血而已。"

阿玛丽塔瘀青的身体在安全环之间移动,缓缓返回气闸。一个穿太空服的人从气闸中走出来助她一臂之力。她正巴不得把麻烦交给同伴。"见到你真是太高兴了。"阿玛丽塔说,"哪怕是透过一层红雾。给——激光雷达组件剩下的部分。当心——它被小行星的潮汐力压扁了,支出好几根尖刺,当心别让它们刺破你的太空服。"

"交给我好了。"珍说,"你赶紧进气闸去平衡气压。医生已经拿了暖烘烘的止血包,就等着给你的鼻子止血了。顺便告诉你,激光通讯链接工作正常。第一批信息已经传下去了,我们的紫外扫描仪刚刚收到了第一条回复。"

# 互　动

迅猛兽杀手缓缓走在光神天堂的内眼研究所里。她年纪大了，不再像过去那般直接在难方上横冲直撞。现在她斜着流动，让自己那依旧庞大的身躯去对抗"磁力线"——这是从皮埃尔早期的科学书里学到的。她来到"天言图书馆"。图书馆还在建设中，建筑工忙着组装储存仓的矮墙，用来储存差不多两代奇拉时间里从天空发射下来的知识。较小的仓用来储存她作为"发送器守护者"早期用于记录图像的复合结绳，较大的仓则是为了储存新的尝味盘，它们能准确记录人类现在传送的高解析度彩色"电视"图。

尝味盘也是迅猛兽杀手的众多发明之一。

人类传下来的电视信号十分微妙，用各种形状、大小的结根本没法准确记录。她简直快绝望了。后来人类的宇宙飞船向西飘移，他们也拔营前往新营地。这期间，她在检查工作时发现了一种新技术。她正从拆掉的厨房经过，足盘踩到一个丢弃的调味盘，上面混合着肉汁和香料。古老的打猎基因行动起来，试图从足盘下复杂的化学足迹中尽可能提取信息。经过试验,迅猛兽杀手发现足盘古老的追踪感能"品尝"出很高的分辨率和理解率,远远超过高灵敏的触感。后来又经过一阵尝试,他们找到了气味最浓、持续时间最长的香料。从那以后,人类的知识就被储存在经久耐用、表面看去毫无特色的盘子上。一旦受过训练的足盘从上面流过,就会绽放出详细的"全彩"图像。

迅猛兽杀手走向一个名叫"天光"的学徒,后者正紧盯着快速闪烁的内眼,一组训练有素的卷须把一滴滴香料喷在盘子上。

天光用一半眼睛继续专心记录,剩下的眼睛转向自己的老师。"噢发送器守护者,你来有什么事?"这句话完全符合礼仪,却掩盖不住被长者打扰的不耐烦。

迅猛兽杀手完全知道这个年轻的奇拉是怎么回事:他已经准备好成为新任的发送器守护者,而她却迟迟不肯让位。不过如今她已经不再为此恼火了。随着年龄的增长,她越发温和,现在她竟开始期待去照料蛋和雏仔。她有多少故事可以讲给他们听啊!

"我来告诉你好消息,天光。"她说,"内眼研究所的咨询委员会已经同意了我的请求,现在你是发送器守护者了。"

年轻奇拉的卷须放慢了速度,迅猛兽杀手朝他流过去。她准备生出一只伪足去抚摸他的顶面。这件事她曾做过许多次,对方也显得十分乐意。可突然间,她觉得自己对性失去了兴趣。她想去蛋圈,那些蛋正等着她。不过她还是很友好地轻拂他的顶面:"保持专注,天光。有时工作十分枯燥,但谁知道呢,或许下一页就会为我们的种族带来新的真理。"

"我会的,老师。"天光把所有眼睛都转向天空,迅猛兽杀手则沿着易方流走,前往光神天堂东面的蛋圈。

皮埃尔抬起头,看见屏幕一角闪出一行字。来自珍的通讯——图书馆。

他说:"接受!"

提取了数学与物理学部分。

已在你的书之后传入电脑。

重点放在中子星物理。不过进度缓慢。

接下来做什么?

####珍

皮埃尔想了想。珍说得对。飞船的百科全书浩如烟海,如果他们花时间搜索全息内存水晶上的有用信息,再把这些部分传入通讯计算机、再由计算机输出到激光通讯控制台,耗时实在太长。对于中子星上的那些生物来说,人类的一天简直像是永恒。

"阿玛丽塔!"他喊了一声。通道尽头很快出现了一块沾血的手帕,上面还露着两只热切的眼睛,正朝他看过来。"我们能不能把图书馆的全息内存读取器直接连进通讯控制台?"

阿玛丽塔在大脑里飞快翻动电路图,她几乎有过目不忘的本领。

"抱歉,皮埃尔。"她说,"全息内存水晶读取器与图书馆的电脑是硬连线。不过通讯控制台倒是可以读取或者写入全息内存水晶,虽然一次只能处理一枚水晶。"

皮埃尔吃了一惊,"当真?"

阿玛丽塔飘到通讯控制台前,阿卜杜正在这里监控最新的传输。她打开控制台一侧的一扇小门，伸手进去，小心翼翼地拿出一个三面体。三面体的底部是空的，内部是由抛光的明亮玻璃构成的角隅棱镜。

"这是扫描仪内胆的一半，"阿玛丽塔说，"而这个就是全息内存水晶。"她按下一个键，小门里弹出一块晶莹剔透的晶体。这个直径大约五厘米的长方体缓缓旋转着飘到屋里。长方体的边角全都是深黑色，但平面却是透明的，皮埃尔能看到内部的信息带发出彩虹般的反光。阿玛丽塔用灵巧的动作一把抓过长方体，拇指和食指分别按在相对的角上。

"这里面储存着自我们开始发送以来从控制台发出去的全部信息。"她说，"它的容量与百科全书的全息内存完全相同，我们可以把百科全书的全息内存放进去，每次读取一枚百科全书水晶。换水晶外加检查扫描仪需要大概一分钟。二十五枚百科全书水晶，读完一枚大约需要半小时，不过还是比把信息从图书馆电脑传到通讯电脑再传到控制台更快。"

"好！"皮埃尔说，"去拿第一枚百科全书水晶，就从它开始。"

"A 到 AME、AME 到 AUS、AUS 到 BLO、BLO 到……"阿玛丽塔边走边嘟囔。她旋转着进入通往图书室的通道，熟练地借用腿和脚推动自己前进，因为她手里仍拿着全息内存水晶和激光扫描仪的内胆，不得空闲。

"完整的教育，从天文学（Astronomy）到动物学（Zoology），"皮埃尔沉吟道，"字母顺序也许不是最佳教学顺序，但在目前的情形下却是最快的。"

**时间：2050 年 6 月 20 日　星期一，格林尼治时间 11:16:03**

"吸晶"将足盘的毛孔压在书页上，再一次从已经没剩下多少中子的盘子上吸收天上传来的启示。他敲击书页,发出惊讶和喜悦的声音。声音从书页传到地板、再进一步传到天言图书馆的整个院落。图书管理员和学者纷纷轻拍足盘以示责备。拍打声过后,紧接着是更缓慢的声波,一个奇拉不慌不忙地朝他靠近。那是他的朋友兼老师"寻天"。不幸的是,寻天同时也是首席图书管理员。他说:"你是傻了吗?或者只是在读这些贫化水晶盘的时候耗光了自己的原子核、开始抽搐了?"

"对不起,寻天。只不过我刚刚吸收了一段知识,正好让我之前的研究形成了连贯的整体。来——试试。"

吸晶从满是灰尘的水晶盘上流下去,寻天流上那块被品尝过无数次的水晶盘。盘子的标题显示它属于人类早期传输的百科全书,全息内存2——AME到AUS。那是一张天文学表格。

"怎么?"寻天说,"这块盘子已经被品尝过太多次,几乎一粒中子也没剩下,上面的信息也早在许多转之前就被长者做了关联、再关联和再再关联。我什么也没看出来,你指的是什么?似乎只是一张关于恒星星云的表格,既干瘪又没滋味。"

他从盘子上流下来,跺足道:"这东西到底重要在哪儿,让你打扰整个图书馆的科学研究?"

"请听我说。"吸晶飞快地往下讲,"这一转我正好帮忙处理了一些新盘子,这张表上的一条记录正好与新信息关联起来了。就在几毫秒之前,我在通讯接收处准备好水晶盘接收这一转人类传输的数据,又比照声波延迟线的震动仔细做了校验品尝。这当然是学徒该做的,不过大多数学徒并不关心盘子上到底有什么内容,只要上面的东西与延迟线的震动相符就行。可我喜欢先尝尝看,再做初步的关联,假装好像我是通讯器守护者。"

"你?"寻天拖曳足盘,"通讯器守护者?"

"呃……"吸晶道,"对!"他赶紧解释,"天之赠予担任通讯器守护者已经很久了,超过人类的十五分钟。的确有些学徒比我年长,但只有我真正在乎我们收集的信息。我敢打赌,等召集议会挑选天之赠予的继任者时,他们会选我的。对吧?——你不是议会成员吗。"

"唔,"寻天说,"也许吧——不过你也别乐得把自己摊开了。话说回来,到底是什么关联让你直拍体缘?"

"排在清单第五位的是一大块幕状星云,它的起源可以倒退到五十万人类年之前的某个位置。那个位置与这里非常接近,大约五十光年。另外,如果你再倒退回去,那个位置在时间和空间上都正好处在蛋星的路线上。"

"很有趣。"首席图书管理员说,"你多半是找到了形成蛋星的超新星爆炸发生的时间和地点。"

"还不止呢。"吸晶继续说道,"人类正在往下传气候记录,显示人类的地球在大约同一时间发生过剧烈的气候变化。而地球的人类学家推测智人产生也差不多就在那个时间。我相信产下蛋星的那次超新星爆发由于离太阳系非常近,直接导致了地球智慧的出现。而那些生物如今正飘浮在我们头顶,我们所知道的一切都是拜他们所赐。"

"我敢说人类会觉得这事儿挺有意思。"寻天说,"我们去找天之赠予吧,让她把这加进下一条信息里。"

**时间:2050年6月20日　星期一,格林尼治时间14:20:05**

珍正在用红外扫描器设置另一条通信线路,突然听到响亮的鼾声,活像身旁多了只愤怒的海豹。她迅速转身,寻找噪音的来源。

"我睡过去了,还打鼾。"皮埃尔羞愧地说。刚刚珍把头探进红外隔舱下面,皮埃尔负责给她递工具。

"正常。"她把身体从隔间拔出来,拿过他手里的工具箱,"这出戏开场的时候本来正该你休息,你少睡了一轮。回你床上睡会儿,你这种状态对谁都没用。"

"可如果我睡上八个钟头,等我醒来,奇拉已经发展了一千年了。这就好像把整个罗马帝国的兴衰都睡过去了一样!"

"定六个钟头的闹钟。"她把他往通道里推,"够你撑下去,说不定你还能赶在他们发明太空飞行之前睡醒。"

**时间:2050 年 6 月 20 日　星期一,格林尼治时间 14:28:11**

"抚慰者之烦恼"正给人类发信息。他发到一半停下来,生成一根操作肢,又长出晶体骨将操作肢加固,然后按下面板,关掉了从四百公里外的同步轨道传下来的图像。他身下品味屏上的人类面孔一闪而逝,取而代之的是他自己的形象。

"我非得看看自己有多美不可。"抚慰者之烦恼暗想,"让那些人类等等好了。再说了,本来就要用计算机把速度降到百万比一,迟缓者才能跟上。我打赌他们根本不会发现我说话时停了一阵。"

抚慰者之烦恼用足盘吸收自己的画面,心里为自己的美貌乐开了花。他新近在扁椭圆身体的顶面画了一个巴洛克图案,一打眼睛在这图案周围形成一个深红色的光圈。他缓慢转动身体,看屏幕上的图案随之移动。每根眼柄底部还装饰有一圈闪亮的图形,画的是黑色的天空和星星,看起来仿佛他身体上有一打通往另一个宇宙的小洞。小圈之间用高度放射性的颜料画了飘带,浓丽的黄色闪耀在他深红的顶面上。

他得意非凡:"真美,实在美极了,母亲见了肯定喜欢。"

他希望母亲喜欢自己。如今她几乎不再来看他了,似乎每时每刻都跟"抚慰者头生子"和"抚慰者之骄傲"待在一起。

"你要记得,"抚慰者之烦恼模仿养育自己的那个长者的口气对自己说话,"你母亲是'一切部落的抚慰者'。她有更重要的事要做,不能只照顾自己的孩子。"

"还不是怪她。"抚慰者之烦恼暗想,"是她下令把她的蛋跟其他的蛋分开放,不然的话,我就只是中央婴儿园的普通奇拉,哪儿需要担心自己的母亲有没有忽视我呢。

"不过,"他又提醒自己,"要不是母亲,我也不能成为通讯器守护者。这是很抢手的职位呢。虽说无聊得很,但它确实是抚慰者帝国里最受尊敬的位置之一了。"

"一切部落的抚慰者"在蛋圈的入口前停下。负责这个圈的长者正好并没有蛋要照料,感觉到她足盘的声音就一直等着她。他带着又焦虑又急切的心情看着卵巢从抚慰者的生殖孔伸到地壳上。蛋袋平安落下,形成一个漂亮的扁椭圆。长者立刻将一片体缘张开成孵化膜,用这薄膜轻轻把蛋盖住。然后他缓缓将蛋滚向自己,置于他身体的保护下。

"这一个要命名为'抚慰者之石'。"抚慰者说,"他父亲是西北边的部落首领黄石。等到蛋仔准备好离开雏仔圈,立刻送他去黄石身边,作为他父亲部落的成员抚养。等他父亲流逝后,他将成为首领。"

长者道:"如你所愿,一切部落的抚慰者。"

抚慰者转身回到首席顾问们身边,他们分别是抚慰者头生子和抚慰者之骄傲,她最早生的两个孩子。她已经有点厌烦老是下蛋了,但身为一切部落的抚慰者,这是她最重要的职责之一。

她问抚慰者头生子:"下一个是谁?"

"选择很多,母亲。"他说,"不过据我们雇佣往北方调查各部落情况的奇拉回报,部落首领'死之刺'一直在说要对你的领导权提出挑战,尽管你已经禁止了首领权决斗。或许可以命令他来与你进行正式交配,让他心生敬意,推迟这一想法。

"另一方面,"抚慰者之骄傲说,"如果在这里期间他太难对付,我们总可以安排他流逝。"

"不,"抚慰者责备道,"依我看没有必要。毕竟我统治的整个目标就是要借助抚慰,消除大家心中的野蛮本能,以便让未来的一代代奇拉能够过上文明的生活——像人类那样。"

抚慰者头生子问:"那么就选死之刺吗?"

"好,"抚慰者说,"我们要让那个北边的半蛮子见识见识王家的礼遇,让他飘飘然。等正式的交配完成,我们再送他一大堆礼物让他带回去。他会把挑战我的事完全忘掉的。"

"我马上安排,母亲。"抚慰者头生子说着,朝王家院落滑去。

"我要去天言图书馆。"抚慰者告诉抚慰者之骄傲,"听说人类用备用通讯频道传来一本新书,是关于早期人类统治者的。我要仔细研究一番,看有没有什么新点子。听说书里讲到了一个叫拿破仑的人类,希望他关于政府的想法跟那个叫马基雅维利的一样有趣。"

抚慰者之骄傲目送母亲流向天言院落。一队士兵自动在她周围排出楔形队列,用强健的身体同时在难方和易方上为她开路。抚慰者之骄傲听见她的足盘在喃喃自语。

"该给它取什么名字呢？抚慰者之刺？谁听说过能抚慰的刺？抚慰者之死？不——比前一个还糟……"

靠近天言院落后，抚慰者径直朝图书馆走，很小心地避开了通讯综合体。她生怕被那个摇尾乞怜的抚慰者之烦恼缠住。

她年轻时只研究了人类百科全书关于"政府"的章节，对此她深感遗憾。她把关于政府的新知识运用到当时还处在半野蛮状态的奇拉统治系统上，很快就接过了联合部落首领的位置。她打造了一个强大的国家，征服了蛋星上剩余的蛮子部落，终于将和平带给了整个星球。身为一切部落的抚慰者，她很有权势，足以降服任何不守规矩的组织和部落。但现在，她的工作是用比较温和的方式巩固自己的统治，并建立世袭的王朝，一劳永逸地解决每次都需要重新决定下任统治者这一问题。从今以后，统治者的继任者都将由出生预先决定。

她的第一个错误（她希望也是唯一的错误），就是企图完全靠自己的血脉来制造后代。抚慰者头生子①是个很美的奇拉，她为他骄傲，等她流逝后她很愿意让他继承自己的名字。当时她想，既然他这么英俊，她可以把她和他的绝佳品质组合起来。于是他一离开雏仔圈，她就跟他交配，可惜事与愿违。尽管雏仔圈的长者努力给小家伙更多的照顾，但很快大家就看出这个雏仔的智力太低，连喂自己吃东西都很勉强。她为抚慰者之烦恼找到了通讯器守护者这个闲职，不过她绝对不愿意看见他、进而联想到自己的弱点。因为根据人类的百科全书"基因"部分，抚慰者之烦恼身上那些如此明显的弱点都沉睡在她身体里，只不过被她配偶那些更好的其他基因掩盖了。

"要是我少大概浏览一下其他部分就好了，可惜那时候我只

---

① 此处与上文所说头生子身为顾问不一致，可能是作者的一处失误。

关注'政府'部分。"这句话她似乎已经自言自语地说过有一打次数了。其实她心里明白，如果真的全部浏览一遍，那她现在还泡在图书馆里呢，也不会成为一切部落的抚慰者了。

其实抚慰者的计划差点就成功了。还要再过几十代，奇拉的生物物理学家才能确切理解奇拉的遗传编码机制。到那时候，他们和人类都会大吃一惊：二者的遗传编码机制大不一样。中子星上温度很高，总是把一切推向随机的混沌状态；又有无处不在磁场将一切都沿磁场线排列。基于这两点原因，奇拉的基因结构是一种由复杂核分子组成的三重冗余线性链。每个三重冗余点都提供自动更正的拷贝机制。当复制酶在拷贝遗传分子时，假如三链中有一个发生变异，复制酶就按照多数决定的原则，新三链里不会出现变异部分。如果出现两处变异，导致三个点各不相同，酶就会自毁，与有问题的基因同归于尽。只有当两处变异正好相同时，错误才会乘虚而入。很不幸，她儿子抚慰者之烦恼就遇到了这种情况，形成他神经系统的基因里出现了太多重复的错误。他是智障儿。

下了许许多多蛋以后，抚慰者累了，但她的野心依然推动她不断前进。逐渐衰弱的身体开始朝她的体液里注入核子激素，这是为了让她的攻击冲动减弱，退居幕后，去承担长者的重要工作。

这是奇拉基因的设计：年轻女性下蛋以后就把它们忘了，继续去从事自己的工作，比如作为武士，保护部落不受敌人侵犯。部落的蛋则由长者精心照料。如今已经不存在什么真正的敌人，而抚慰者也不愿成为长者去照料蛋。于是她将逐渐增强的母性本能转到整个奇拉种族上。她驱动自己不断前进，利用无数代人类发展出的执政技巧巩固自己的统治。

最后，抚慰者终于意识到，自己不可能一直这么下去。

总有一天她必须流逝，一切部落的抚慰者再也不能时刻抚慰那些总是争执不休的部落。当然，抚慰者头生子非常能干，也愿意接替她的位置、承担"一切部落抚慰者"的责任，不过她自己的野心让她不愿放弃对子民的控制。

这时抚慰者记起了一个古老的故事，那个名叫迅猛兽杀手的祖先。她是第一个与人类取得联系的奇拉，是奇拉一族的莱昂纳多·达·芬奇。她发明了最早的通信系统，也是首任通讯器守护者。那是很早以前的事了。那时的通讯器守护者必须知道如何操作通讯和数据存储系统，不像现在的守护者，手下有一队通讯工程师和图书馆助理来处理实际事务。

抚慰者去找天言院落的科学家，"我听说迅猛兽杀手，第一任通讯器守护者，曾经经历过一次令她恢复青春的奇特变身。"

"是的，"科学家回答道，"由于遭受极度创伤，她的身体回到了龙草的状态。她在那一状态停留了几打大数转，然后不知为什么龙草又恢复到了奇拉的状态。她的身体几乎完全重建，非常年轻；而布满伤痕的外皮和大脑仍是过去的年龄。"

"我希望经历相同的转变。"抚慰者说，"以便能继续领导我的子民。"

科学家大惊失色，"噢，一切部落的抚慰者啊，那可是极其危险的。

"迅猛兽杀手变回奇拉后不久，许多奇拉都尝试过。大多数都没有任何成果，最后这些奇拉都放弃实验，去照料蛋了。另外有一部分奇拉把自己饿得太厉害，导致生命结束，他们流逝了。那时他们身上已经没剩什么肉，倒让屠宰小组省了麻烦。还有些尝试既饿肚子又大量加热顶面，这些奇拉大多死于严重的烧伤。只有一个开始变身,但就连这一个也早在变身完成前就死了。关于迅猛兽杀手,有一点或者故事里没有提到。不过事实上当时并非只有她一个。另有两个奇拉跟她在一起,其中一个死了。"

抚慰者坚定地说:"也就是说只要做得对,成功率就是三分之二。"

"可是抚慰者啊,"科学家抗议说,"我们真的不知道该如何才能做对。迅猛兽杀手变身时谁也没看见。"

"话是这么说,"抚慰者接着说道,"如果我不变身,很快就必然要流逝了。我想变身,而且必须在接下来的一个大数转之内。你和你的同事要阅读所有相关材料、做好准备。等你们准备好我再来。"

科学家放弃了抵抗,"如你所愿。"抚慰者不再开口,从他身边流开了。她的护卫队自动在她周围排好队形。

关于古时候迅猛兽杀手变身的事,其实也没什么新东西好了解的。科学家手头的记录绝大多数是说书匠口口相传的故事,在写下来之前早已经过无数次讲述、严重扭曲。很快科学家就通知抚慰者,能做的准备他们都已经做完了,这时离一个大数转结束还早得很。

抚慰者立刻赶来。她把统治帝国的日常事务交给抚慰者之骄傲负责,又让抚慰者头生子带了整整一队针兵前来天言院落,确保实验安全进行。抚慰者头生子和部队指挥官听到抚慰者将经受怎样的折磨,双双表示强烈反对。

抚慰者头生子警告说:"他们那疗法会害死你的!"

部队指挥官喊道:"首先他们要把你饿成一张空皮囊,然后还要用一排X光灼烧你的顶面!"

"没错,这就是迅猛兽杀手的经历。我也一样可以熬过来。"抚慰者毫不畏惧,"我要你们俩来确保他们把事情做对。"

"我看不出我们怎么能保护你不受他们伤害。"部队指挥官道,"他们的建议听上去不像治疗,倒像是对某个特别坏的蛮子进行的残酷折磨。"

"你们是能够保护我的。"抚慰者回答道,"因为如果我死了,你们要确保他们也活不成!"

部队指挥官有些犹豫。对方是手无寸铁的思想家,不但是被迫做这件事,而且也尽力了。对他下手似乎有违武士的道义。不过责任感战胜了原则。毕竟下命令的可是一切部落的抚慰者啊。

部队指挥官领命道:"遵命,一切部落的抚慰者。"

"如果我真的流逝了,"抚慰者对抚慰者头生子说,"你就是下一个一切部落的抚慰者。好好统治,我的儿子。"她生成一根小卷须,轻轻摸了摸他的顶面。

他说:"我会的,母亲。"

"不过别想多了。"她突然打断他,"因为我是预备要回来的——到时候比你还年轻。"卷须突然抽回,缩到她的表皮之下。她走向等在一旁的科学家。

她说:"你们可以开始了。"

为了准备迎接这次的考验,抚慰者已经三打转数没吃东西了,但科学家和医生又让她多饿了两打转数,这才断定她已经足够虚弱——她的身体机能已经打破,植物酶或许能够战胜动物酶了。现在可以开始变身的下一阶段。

根据传说,迅猛兽杀手变形后顶面出现了斑点。科学家召集了志愿者,每个志愿者都贡献出一小块顶面,接受时间逐渐增加的 X 光照射。结果显示,在经受一定剂量的 X 光照射后,皮肤上会形成水泡,之后变成斑点。不过时机非常关键,因为如果暴露在射线下的时间太长,出水泡的皮肤就会被烤焦,这时烧伤就太严重了。有位志愿者经受了过多的辐射,他皮肤上至今仍有难看的伤疤。亏得测试区域很小,否则他难逃一死。

被 X 光照射时,抚慰者已经快要失去意识。紫白色的辐射光束毫不留情地落在她虚弱的身体上。疼痛和休克反应令她昏迷,身体向外流。医生们密切关注着试验进展,水泡刚一出现就关掉了 X 光机。

部队指挥官和抚慰者头生子站在一旁。看着那袋布满水泡的干瘪皮肤,两个奇拉又是厌恶又是害怕。

科学家和医生在抚慰者周围忙忙碌碌,卷须不断碰触那具入睡的身体。

"她还活着,"一个医生说,"不过她的身体机能很不寻常。奇拉的脑结遭受打击时也会失去意识,但体液泵跳动的方式与她现在并不一样。她这是人类所谓的睡眠状态。"

抚慰者头生子来到母亲身边,确认了医生的判断。"她还活着,对你们来说实在是极大的幸运。"他说,"继续工作吧。"

"我们已经没什么可做了。"一个科学家说,"现在全看她的身体。我们能做的只有等待,同时确保她不被打扰。"

接下来的两打转时间,情况没什么变化,只不过起水泡的顶面慢慢愈合了。在愈合过程中,抚慰者头生子发现皮肤的肌张力起了变化:原本饿到最后时肌张力已经很弱,如今几乎像是不存在了。在逐渐愈合的水泡底下,皮肤近乎透明。又过了一打转,从皮肤中央下方有十二个小尖开始往上长。

"看来变身正在进行。"一个科学家汇报说,"根部的尖刺肯定已经长成,现在长出来的是悬臂结构,它会把皮肤往上顶。"

在抚慰者体内,荷尔蒙和酶分外忙碌。动物肌肉被攻击、溶解,但酶很小心,没有让溶解过程失控。肌肉组织中的线状分子被细心地分开,成为单线,同时仍然是长纤维不变。它们越是强韧,之后生成的龙晶就会越强韧。纤维漂浮在体液里,被酶捡起来,用于建造工程学的奇迹:硕大的身体将会被托起、不顾重力的猛力拉扯,离开蛋星表面——多亏植物身体的僵硬结构才能如此,更为柔韧的动物组织绝对做不到。酶耐心地将长纤维变成晶体,随后牢牢嵌入纯晶子内,制造出的合成物质比晶子本身还要强韧许多倍。接下来的一段时间,一切顺利,悬臂结构持续生长,将干瘪的皮肤缓缓抬离地面。然而十二个尖的结构还远远没有完成,肌肉组织却不够用了。生长进程减慢,建筑材料不达标,酶只能勉强应付,每一根从酶旁边漂过的单线都被回收利用。尖刺的最后部分几乎完全是用不符合标准的纯晶子打造的。

抚慰者等得太久,变身开始得太晚。先辈迅猛兽杀手当时是身强体壮的部队指挥官,即便饿了很久,她体内也还有许多肌肉组织。而抚慰者一直担任管理之职,在接受这项考验时,体内没有足够的储备。

巨大的植物越长越高,抚慰者头生子看了满心敬畏,就连科学家也对结果非常满意。又过了许多转,皮肤膜继续抬高,离开了地壳表面。抚慰者的动物孔依然有部分在运转,从孔里排出了废物。科学家据此判断,身体的植物部分已经开始生产新的养料。

看来一切顺利。抚慰者头生子已经开始考虑暂时离开天言院落,去跟抚慰者之骄傲商量近期联合执政的细节,因为母亲恢复青春应该还要一打大数转。

意外就发生在这时候。一根不够强壮的尖刺正试图将皮肤绷紧,这时它的尖端碎了。锯齿状的龙晶尖端刺破了皮肤膜,令抚慰者头生子惊恐不已。皮肤又撑了一阵,科学家预备在身体一侧垒起一个小包,以支撑受损的部分。然而支撑结构尚未就位,旁边的一根尖刺又在不平衡的压力下断裂了。紧接着就是一连串响亮刺耳的碎裂和撞击声,十二个尖的骨架断了,落到地壳上。

之后的几分钟,所有奇拉都呆立在原地,眼看着薄薄的皮肤里渗出最后的体液。然后,抚慰者头生子对部队指挥官说话了。

"我是一切部落的抚慰者。"他扫了一眼惊恐万状的科学家和医生,"他们失败了。"他说,"执行我母亲的命令!"

部队指挥官迟疑不决。"可是他们尽力了!"他抗议说,"肯定是抚慰者的身体有什么问题,才会造成那样的失败。你惩罚他们是不适当的。"

"别教训我什么适当什么不适当,因为我是一切部落的抚慰者。"他怒气冲冲地回答道,"立刻服从我,否则你将不再是部队指挥官。"

部队指挥官感到自己麾下的武士发出了愤怒的低语。

他们都是训练有素的士兵,以服从为天职。但这样一道命令必然需要指挥官拿出自己所有的威望,才能强迫他们执行。这时部队指挥官突然意识到,自己正处在一个非常有利的位置:他手下的大兵更忠诚于他本人,而不是抚慰者头生子。如果面对的是传奇的抚慰者本尊,他们是不会站在他这边的。但面对抚慰者头生子,他毫不怀疑他们会选谁。

他轻声发问:"谁是一切部落的首领,长者?"古老的挑战沿着地壳传开。整个综合体内,没有一个足盘移动分毫。

"这是什么鬼话!"抚慰者头生子愤怒地质问道,"首领权的挑战早就被抚慰者禁止了。"他的目光扫过那一大群士兵,最后落在一个壮实的小队长身上。

"你,"他命令道,"现在你是这支部队的指挥官了。由你接管指挥权,逮捕这个叛徒。"

小队长迟疑片刻,然后,压抑的愤怒爆发了——她的整个生命原本都以自己的部落为核心,抚慰者不但颠覆了这一切,她还像堕落的长者一样关注自己的蛋。小队长刺耳的回答透过地壳传出去:"我只听命我的指挥官,而不是你——你这个爱母亲、没部落的家伙!"

话里的刻毒把抚慰者头生子惊呆了。他在这一大群士兵眼睛里寻找支持,可惜一无所获。

部队指挥官对获得部下的支持有了信心,他再次挑战:"谁是一切部落的首领,长者?"

抚慰者头生子没有回答,他知道自己绝对打不过这个饱经战阵的武士。他企图往西边流动,部队指挥官由着他跑了片刻,然后接过身旁一个大兵递过来的龙牙。短暂的追逐后,龙牙精准刺中脑结,结束了抚慰者头生子短命的统治。

对于指挥官的行为,民众大多抱支持态度。很快,"部落派"的数量就大大超过了"母亲派"。在民众的拥护下,这位指挥官成了新一任"一切部落首领"。

**时间:2050年6月20日　星期一,格林尼治时间14:28:53**

圣子看着屏幕上那个精心装扮的奇拉。抚慰者之烦恼说话照例前言不搭后语,他一句话正说到一半,突然被一大群奇拉包围了。圣子瞥见了龙晶匕首的闪光,视频信号随即终止。但信号几乎立刻就重新恢复,只不过,抚慰者之烦恼不见了。一个顶面非常朴素的奇拉出现在屏幕中央,一打眼柄顺畅地摇摆着,聪明的眼睛紧盯着光学摄像头。

"我是莱昂纳多,天言科学综合体的首席科学家。"画面说,"一切部落首领任命我担任新的通讯器守护者。"

圣子无动于衷,毫无讶色。一秒钟之前,那个世界的统治者被称作"一切部落的抚慰者",现在他们又恢复了"首领"这一称号。好吧,他们正处在相当于秦朝巩固中国或者拿破仑巩固欧洲的阶段,接下来的一段时间大概会接连发生许多变化,直到他们脱离半野蛮状态,转而用和平手段实现权力交替。

"欢迎,莱昂纳多。"圣子觉得有点好玩。这个名字多半是跟首席科学家的职位一道继承来的。眼下奇拉正对人类的成就感到敬畏,所以经常参考人类发送的百科全书取名。半天之内,他们应该就会在知识和技术上超越人类。等她下次轮值时,估计就不会再遇到莱昂纳多和爱因斯坦了。

圣子说:"全息内存水晶GAM到ORE已经快传完了。我们需要暂停一段时间,加载下一枚水晶。"

"好的。"由计算机减速的莱昂纳多图像说,"我们正好可以给尝味转换器安装新的放射物。"

**时间:2050年6月20日　星期一,格林尼治时间20:29:59**

"超流体"非常沮丧。这一转原本应该是他职业生涯的巅峰时刻,结果与"迟缓者教育计划委员会"开会以后,他的美梦被打得粉碎。委员会决定不把超流体关于重力的新理论告诉人类。

人类只能靠自己的力量重新发现这一理论。

　　超流体原本希望能让人类欣赏和使用自己的新理论，毕竟他们给了奇拉那么多知识。不过他也承认，之所以奇拉仍在靠自己发展，原因就在于人类浩如烟海的知识传输速度实在太慢。通常情况下，飞速思考的奇拉已经自己想明白了，过了很久人类的详细解释才一点点滴下来。

　　委员会决定他关于反重力的新发现要以加密形式上传给人类。理论的详细信息会交到人类手上，但要等他们知道了密钥才能解码。那之前的这部分信息会让人不知所云。而反重力部分的密钥则是超流体经过许多转深思后才发展出的完整非线性方程。

　　"真不公平。"超流体暗想，"他们要想发现我的成就，必须有一个人类出现和我一样的想法。到那时，所有的荣誉都会归他所有了。"

　　不过他心里也清楚，虽说这个人类会因为破译反重力部分的密钥获得一定的名声，但他毕竟只是第二名，这点名声对那个人起不到多少安慰作用。

　　"那些迟缓者，他们多么勇敢——多么高尚。"超流体一面琢磨，一面靠近了反重力机的建造工地。

　　"氦二"是"负性重力试验项目"的项目主任，他看见了满身皱纹的老迈科学家。他听说这个老者依然挺有精气神，虽说已经完成了在雏仔圈的服务期，对自己早期的科学研究却兴趣不减当年。他本以为会看到一个虽然满身皱纹却仍旧精神健旺的老者，然而，朝他流过来的这个奇拉实在是他自孵化以来见过的最可悲、最丧气的奇拉了。肯定是弄错了吧。

　　远处的奇拉注意到了氦二的目光。超流体浑身一抖，突然间气质大变：尽管他的移动方向还部分处于难方，但行动间却显得信心十足。

"我猜你是氦二吧,"老者的足盘有力地敲打,"谢谢你安排我来观看演示。"

"我知道你肯定想亲眼看看。"氦二说,"请跟我来。"

两个奇拉前后穿过中子星质密的结晶地壳。氦二用力向前推挤,好像顶着强风前行。他乳白色的椭圆形身体变得更扁,在万亿高斯的磁场线中打开一条通道。出于尊敬,他将一簇加固过的操作肢拖在身后,保持缝隙畅通,这么一来老科学家就能花最少的力气跟着他前进。他们停下来四下张望,很快就感到磁场再度合拢。他们的身体被压在磁场线上,活像串在绳子上的珠子。

"你觉得如何,超流体?"氦二问,"很大是吧?"

"我还没看见什么,只除了那边的大泵和地壳里的几道隆起。"

"因为高压的缘故,反重力机的主体部分只能放在地下。这些隆起底下是奇拉制造的最大的高压容器。它们是用坚硬的管子一圈圈缠绕而成的,类似把线缠在一个圆环上。那道隆起底下就有一个圆环,还有一个在那里。它们彼此之间有一定角度,这样一来,二者互动产生最大力量的地方刚好处于中央的表面上方。"

超流体的一打眼睛将全景收入眼底:"我在建构理论时从没想到实际情况会是这样。"

"你很幸运,很少有理论科学家能亲眼看到自己的数学公式变成可运转的硬件。更何况超流体–爱因斯坦重力理论还涉及对自然认识的根本改变,这样的理论化为现实就更难了。爱因斯坦本人是少数几个幸运儿之一。他在有生之年看到自己预测

的 $E=mc^2$ 控制了核能。爱因斯坦之所以有这份运气,是因为人类可以很容易制造核链式反应——只需要将铀或钚彼此靠近就行了。你的幸运也类似,因为我们很容易就能得到超流体效应所需的高密度和高速率。"

"希望你别用那个叫法。"超流体说,"正确的说法是重动效应。大家老是用我的名字来称呼那个现象——我自然深感荣幸,可想想未来那些可怜的学生。他们得费多少工夫提醒自己,超流体效应是重动效应,跟超导性毫无关系。"

两个奇拉回身往掩体走,超流体接着说:"长者在我还是雏仔时为我选了这么个名字,我一直觉得很骄傲。这名字的来历跟你的一样。我是在人类发送百科全书《超导性》章节的那一代孵化的。超导理论完全改变了我们对母星内环境的理解。原来我们的结晶地壳底下是超流中子构成的液核,当时大家都觉得不可思议。"

"好吧,就叫重动效应好了。"氦二说,"总之,重力工程师的设计非常出色。当初我接受这份工作、来主管设计和建造合同的时候,真没料到反重力机能这样简洁,这样高效。"

氦二绕过掩体来到位于掩体背面的入口,"进来吧,马上开始首次试运行。第一次我们只给机器一半电力,先不急着制造负重力。不过等得到零重力时,应该一样会出现很多有趣的现象。"

项目主管和科学家进入低矮的掩体。他们用圆锥形的短眼柄撑起几只眼睛,从顶上往外看。接下来,氦二花了点时间,与重力工程师们核对检查清单。

"对于他们,这同样是重要时刻。"氦二暗想,"许多个转里他们都在学习、受训。这是他们第一次有机会看见自己研究的理论化为现实。"

很快，一切准备就绪。氦二示意供电。超流体能感到那些大泵开始颤动，那是它们在移动大量超致密液体。液体在管道里绕圈，速度不断加快。泵提供的加速度非常可观，一毫秒功夫，致密液体的速度就接近了光速。不过奇拉的生命同样是快速运转的，一毫秒够他们不慌不忙地完成实验了。

超流体完全可以想象出因液体流动而产生的重力场，所以当机器中央的地壳向上升起、飘出去时，他一点也不觉得吃惊。爱因斯坦场稳定下来，开始抵消中子星六百七十亿 g 的重力场。很快，他们眼前就出现了一个接近一厘米深的大凹陷。

"到目前为止都是爱因斯坦反重力场。"氦二悄声道，"但很快，你理论中的超非线性部分就会占据主导，爱因斯坦场的收缩应该会集中到中央区域。"

他们目不转睛地看着。刚刚飘起的地壳飘了回去、填进凹陷里——这次比先前的速度慢得多。与此同时，泵的呻吟越来越尖利。没过多久，那块地壳就几乎恢复了原貌。但在那块地壳上方、在机器的中央，大气发生了扭曲。

"为什么我们能看见那片区域呢？"氦二问，"那肯定不是强重力场引起的时空扭曲。那里的重力比我们这里要小。"

"不，"超流体完全被眼前的景象折服了，"原因比那要实际得多。低重力区域之所以能看见，是因为那里没有大气。大气全都流到外缘去了。你面前飘浮着一块椭圆形的外太空。你所看到的，是真空与大气折射率之间的差异。"

"接下来是最有趣的部分。"氦二道，"我们要向零重力区域注入一小块纯碳，看看会怎样。"

氦二下达指令，试验开始。只见扭曲处正下方的地壳里升起一截短粗的圆柱,圆柱体的顶部逐渐接近椭圆区域的边缘。超流体能感觉到强大的液压泵发出了呻吟。

"最后这一小段距离得花点时间。"氦二目视奋力运转的液压泵,"将那几颗微粒从我们正常的重力移动到重动效应区的零重力,基本等于从我们的中子星直接进入外太空。距离不算远,却要耗费大量能量。我们会让圆柱贴着内缘停下,用内置于活塞的枪发射碳颗粒。"

反重力发生器令扭曲持续活跃,发生器的泵发出越来越尖锐的哀鸣。与此同时,液压泵的震颤终于稳定下来,二者开始同步。氦二将几只眼睛转向手下的工程师,他跺足将命令顺着地壳传出去:"注射!"

超流体看见一个小点从活塞内升起,飘进扭曲区域的中央,被倾泻在中央区域的X射线照得很亮。小点渐渐变大。等它来到中央不再移动时,它的周长几乎与超流体自己的宽度相当了。

超流体问:"为什么它没有像大气一样,落到零重力区域外?"

氦二回答道:"那些X光射线不仅用于照明。它们与伺服控制系统搭配,X光射线的压力把碳微粒留在零重力区域的中心。"

超流体心中充满了敬畏和惊奇。"它越变越大,反而越来越难看见了。"简并态结晶碳的微小颗粒缓缓碎裂。当碳元素脱离了中子星巨大重力场的压力后,核斥力占据了主导,原子核之间的距离越来越远。原本电子是以超导液的形态在紧密排列的碳原子核之间流动,现在原子核之间有了间隔,电子就从液态蒸发,开始环绕原子核,这就进一步将原子核彼此分隔开来。很快,那个小点朝各个方向扩大了一百倍,同时密度下降了一百万倍。

超流体说:"我看不见它了。"

"我还能看见,真是美极了。"氦二依次晃动自己的眼睛,"至少有几只眼睛还能看见。我有个办法,可以让我们不必移动,又都能看见它。"他来到伺服控制台前,与守在那里的工程师交谈了几句。

他回到超流体身边,"我叫工程师调整了伺服控制,让晶体在原地旋转。"

原本仿佛空空如也的空间突然爆发出强光——接着又一闪而逝。

氦二道:"仅仅每立方厘米几克的密度,你总以为根本不可能看见——更不用说还这么亮。"

"这是因为晶体结构反射了X光,而晶体的原子面恰好处于某束光和我们的某只眼睛之间合适的角度上。"超流体解释道,"它旋转时我一直在仔细观察它的模式。如果真如我所想,那应该是立方晶格结构的晶体。你刚刚说晶种材料是什么来着?"

氦二道:"碳。"

"我想这就是人类所谓的钻石了。"超流体说,"他们说得没错——很美。"

**时间:2050年6月20日　星期一,格林尼治时间20:30:00**

铃声一遍遍响起,不肯停歇。皮埃尔不情不愿地醒过来,泛红的眼睛瞅了眼闹钟上的数字。

数字显示现在时间是20:30。

"我错过值班了!"皮埃尔一声惊呼。他拍下释放键,食指顺着睡袋的密封缝捋下去。他的大脑逐渐恢复清明,这才想起正常的值班表已经弃置不用,不过他仍然应该起来帮忙的。

"六个钟头。"他一面揉脸一面呻吟,"六个钟头——四分之三个千年。也不知现在情况怎么样了?"他飞快地洗个澡,手里拿着食物棒就跳进了通道,从通讯控制台背后进到屋里。

阿卜杜抬起头。"你好啊,皮埃尔。"他关切地问,"你睡了吗?"

"睡了,"皮埃尔回答道,"足够帮我撑过这一轮。谢谢你替我值班。"

"小意思。"阿卜杜说,"奇拉文明就在你眼皮底下发展起来,非常有趣。"

皮埃尔问:"奇拉发展到哪个阶段了?"

"他们已经开始在方方面面超越我们,只有分子化学是例外。不过他们都没有分子可供试验,所以也怪不得他们。他们说他们几乎可以预测百科全书剩余的内容,不过还是坚持让我们发送完整的版本。他们的历史学家和人类学家想要。我们马上就要换上最后一枚水晶了,从 WAT 到 ZYZ。然后你要抹掉百科全书水晶的内容,因为奇拉会把过去一天里他们自己的发现传到水晶里。"

"好,"皮埃尔说,"接下来交给我和阿玛丽塔。你自己最好也休息一会儿。"

"只一会儿。"阿卜杜飘出门外,"这太有趣了,我可不想错过。"

**时间:2050 年 6 月 20 日　星期一,格林尼治时间 22:26:03**

"飘浮水晶"度假归来,心情很复杂。假期十分愉快,她在迅猛攀登山庄的山脚休息了整整八转。虽说她永远没法习惯从高处往下看,但这期间的每一个毫秒她都很开心。她不太想回到自己的工作岗位——大家都承认这经常都是整个星星上最乏味的工作，然而她同时也迫不及待地想回来干活儿。通讯器守护者的工作有时确实很无聊，但同时，这也是一个奇拉可能达成的最大成就（或许只有联合部落总统更胜一筹）。

进入天言综合体时，飘浮水晶感觉很不错。她决定抄个近路。原本可以先沿着易方的路前进，再横穿超导通道，但现在她却压扁身体朝难方推挤，穿过分隔通讯院落和天言综合体的花园。推挤时，她的足盘紧紧抓住粗糙的地表，她几乎能感觉到磁场线波动着穿过她的顶面。她经过了吉比特接收天线的废墟，许多个世代之前，这天线曾令她的前任们无比骄傲。很快她就进入到环绕巨大发射器阵列的院落。

她首先想到的是检查通讯显示。她流到显示器硕大的平面上，发现那个人类——阿玛丽塔·沙卡西里·德雷克——还在说话。计算机将那句话显示在屏幕底部，阿玛丽塔已经说出的单词是一种味道，计算机预测那句话剩下的单词是另一种味道。句子很长，充满冗余，人类似乎觉得有必要把这些无用的东西插进自己的话里。正是由于这些冗余的可预测性，通讯器守护者的工作才如此无聊。

飘浮水晶前去度假之前，阿玛丽塔说了下面几个字：

"皮埃尔告诉我说全息……"

不必计算机帮忙飘浮水晶也能猜出接下来的音位："……内存水晶……"再之后则多半是说全息内存数据存储水晶已经满了，需要奇拉暂停传输一分钟，好让皮埃尔换上空白水晶。

阿玛丽塔说到"全息……"时，飘浮水晶就决定正好可以给自己放个长假。等她回到显示屏前，她吃惊地发现她自己和计算机竟然双双判断错误。尽管大体内容没变，但阿玛丽塔说出

句子的速度比之前料想的要快得多。现在计算机显示的已说部
分是：

"皮埃尔告诉我说全息内存满了。暂停一分……"

"很好。"飘浮水晶暗想，"过去多少个世代一直在用旧阵列
向人类传输数据，这一分钟正好可以把那过时的垃圾拆掉，修一
个计算机控制的波控相控阵列天线。"

飘浮水晶从显示屏上流下来，去了翻译院落。她的三个学
徒正忙着扫描由计算机翻译成人类语言的一篇文章，讲的是奇
拉的生理学。尽管计算机的翻译非常棒，但也经常出问题。比
如有时把奇拉的句子直译成人类语言，结果含义完全扭曲（甚至
变得粗俗下流）。这就需要深谙人类文化的学生来重新建构句
子，译成人类语言的句子才能保持最初的奇拉意义。年龄最大
的学徒"清明思想家"感受到了飘浮水晶足盘的震颤。他将几只
眼睛朝她转过去。

"提醒我，在三到四打转之后找个合适的机会中断数据流。"
飘浮水晶发出指示，"人类该换水晶了。"

"我们正在翻译的这本生理学书计划在三打转之后开始传
输。"学徒回答道，"书里的图很多，所以体积相当大，不过应该不
需要太多转就能传完——虽说人类接收器能处理的比特率很
低。"

"好，"飘浮水晶道，"这本书传完就暂停。"

然后她回到通讯显示间，在摄像头前为回复做准备。计算
机储存下她的表演，再重放出来让她检查。第一遍只显示她的
前体缘和眼睛，画面又长又薄；第二遍则播放为人类预备的长方
形尝味显示。拍摄这一画面的摄像头是从一定角度从上往下拍
的，画面囊括了她整个扁平的身体，还有外围的一圈眼睛。她能

看到中央附近有一块拱起,那是一枚蛋,也不知是清明思想家还是"比特天才"播下的种。"倒也没什么关系,"她暗想,"看来很快就可以送它去长者那里了。"

"我还是觉得这事儿稍微有点低俗。"她一面查看人类显示屏上自己的影像,一面嘀咕,"谁也没见过我的顶面,只除了爱侣、计算机和人类。"

她不大满意自己的表现,于是又重新录了两次,最后的信息既简短又清晰。然后她对计算机下达指令,等到阿玛丽塔说完那句话,就把信息传给人类。

既然传输要中断很长时间,能做的事情就多了。她联系了通讯工程师,告诉对方他们很快就有机会替换老迈的天线。得到消息后工程师们很高兴,因为终于能从维修转向设计和建造了。首席工程师流开去把好消息告诉自己的组员,飘浮水晶几乎能从他的图像里尝到急切的味道。

接下来她又召集"通讯咨询委员会"开会。之前有奇拉提出组织一支探险队拜访人类,不过由于会涉及大量的直接交流,所以决定推迟到下一次数据流中断时再说。

一打转过后,咨询委员会齐聚一堂。重力工程师解释了重力控制和惯性推动器的最新试验成果。惯性推动器是一种能让他们离开母星的推进装置——逃逸速度必须达到光速的百分之三十九。

离开中子星表面最大的危险不在于速度,而是中子物质的爆炸性分解(包括构成太空旅行者身体的中子物质!)因为它们原本是由中子星的重力挤压在一起的。现在,工程师们认为两个问题都已经解决了。

咨询委员会的大多数成员都觉得难以理解,母星的结晶地壳似乎非常结实,他们自己的身体同样既柔韧又牢靠,这两种物质竟然不稳定?然而,如果没有重力将它们合拢,它们就会分解,重新形成稀疏的分子结构,原子核之间的间隔会比通常情况下远上一百倍。这些事实飘浮水晶十分清楚。在雏仔圈照料她的一个长者曾参与建造最早的反重力机,他亲眼见过一粒中子物质被放进机器形成的零重力区域。那粒物质很快扩大,变成了透明、闪烁的分子晶体,飘浮在空中。她孵化后他就以此为她命名,后来还把那飘浮的美丽水晶讲给她听。

通讯咨询委员会与工程师们开了许多次会,最后终于认定,前往拜访人类在技术上是可行的。

不过这是一个大项目,需要总统和联合部落议会首肯。

经过大量公开辩论后,工程师的构想获得批准。拨款到位。这个需要整整一代奇拉为之努力的项目启动了。行动的焦点是"拜访人类",事实上这不太实际,因为双方几乎不可能发生任何面对面的交流。但大家都知道这一项目的真实目的:奇拉自诞生起就被重力束缚在母星的孵化场里,现在他们就要打破这看不见的蛋袋了。大家都知道,奇拉这个种族不可能永远留在母星上。

拜访的决定是在数据流中断后不久做出的。在奇拉工程师重建数据传输器、皮埃尔用空的全息内存水晶替换装满的水晶期间,飘浮水晶通过通讯链接联系了阿玛丽塔,并在拜访计划工程师的帮助下告诉对方将会发生什么、需要做什么。

"我们要来拜访。"她的消息以此开头。许多转过去,她在显示屏上看见阿玛丽塔脸上渐渐显露出惊讶和关切的神情。她迅速化解了阿玛丽塔准备提出的抗议,"我们不会爆炸的,我们将自备重力。"

接下来的一分钟,阿玛丽塔专注倾听飘浮水晶解释访问计划的大概轮廓。听到奇拉准备用 X 光发生器照亮飞船内部时,阿玛丽塔稍微有些担心,随后又红了脸,因为她想起了能看见软 X 射线的生物能看到多少东西。不过奇拉早就对人体有很多了解了。许多世代前,人类就传送了百科全书和相关教材给他们,他们有充足的时间进行研究。所以在短暂的拜访期间,他们肯定只会使用最低限度的 X 射线照射自己的人类朋友。

第一分钟结束时,皮埃尔从计算机房回来,正好听到飘浮水晶那悦耳的声音。

"我们已经重启数据传输。首先是访问期间你们需要遵守的日程。探险队将在大约十五分钟后出发。仔细阅读我们给出的指示,因为整个访问只会持续十秒钟。"

飘浮水晶见皮埃尔缓缓从转角处飘过来,不由暗暗高兴。很快她就要退休、成为长者去教雏仔说话,她一直希望皮埃尔能在她离开前再次出现。

"很高兴还能再见到你,皮埃尔。"她说,"我该说再见了。你们需要阅读、准备的东西不少。等你们回到监视器前,会有另一位通讯器守护者上任了。"

阿玛丽塔拭着眼睛,自言自语:"这种十五分钟的终身友谊真让人难受。"然后她打开计算机的通讯屏,开始阅读屏幕上的文字。

人类早就把屠龙号详细样貌通报给了奇拉,所以后者的计划做到了精准详尽。

阿玛丽塔把满屏的文字打印出来给皮埃尔读,自己开始看图。那是动图,显示出她自己坐在控制台前,皮埃尔在一扇窗前。然后奇拉的飞船抵达屠龙号外。她的卡通形象从控制台的椅子上起来,抬起双臂,像笨拙的芭蕾舞演员一样转了一圈,朝右侧的舷窗飘过去。与此同时,卡通皮埃尔趴在另一扇舷窗前,鼻子贴在玻璃上。特写镜头显示,在距离他鼻子不到一米远的地方有一颗直径几毫米的微粒,微粒上坐着一个奇拉——没穿太空服也不在压力箱里,看不见任何防止它爆炸的东西。

皮埃尔迅速读完指示,接着两人一起又看了一遍动图。他们都为自己在图里的笨拙举止感到不解——两人仿佛身处地球重力的模拟器中,而不是他们习惯的自由落体状态。

他们继续往下读,终于明白了自己在动画里为什么如此束手束脚。为了在太空中存活,奇拉探险家必须携带重力。他们的主舰是一艘直径约四厘米的硬结晶球体,中央有个相对算大的迷你黑洞。黑洞的质量是一百一十亿吨,能在晶体球表面提供十八万 $g$ 的重力。虽说这离中子星表面的六百七十亿个 $g$ 还差得很远,却足以令他们的电子结构保持简并态。

供奇拉和设备使用的单个飞艇都配备了与主舰相同的装备,只不过是缩小版。供单个奇拉乘坐的小艇和设备拖船的半径比主舰小很多,所以各自只需要一个超微型黑洞就够了。较小的飞船拥有独立的能量和惯性推进子系统,这一大堆小飞船全都严丝合缝地卡在主舰表面的许多个半球形凹陷上。

“惯性推进!”皮埃尔惊呼,“上次值班时我们还在教他们牛顿的万有引力定律,今天他们已经有惯性驱动器了! 明天他们会怎样?”

“多半已经能控制时空,而且已经用不着黑洞重力发生器和惯性驱动器这种蠢笨东西了。”阿玛丽塔回答道,“不过我总算明白为什么我们那么笨手笨脚了。他们的主舰会停在距离我们十五米远的地方,但它的质量太大,所以我们会感觉到大约三分之一个g的重力。这个力量会把我从控制台椅子里拉出来、拉到舷窗前。我猜在落下之前我应该可以转个圈，让他们亲眼看见人类的关节是怎么活动的。不过我敢打赌，在三分之一个g的环境中，我肯定不如动画里那么灵活。"她的目光从屏幕转向皮埃尔，"真希望咱俩换换，这样我就能看见奇拉了。"

"这可说不准。"皮埃尔道，"这里有小飞船重力场的等值线图。尽管小艇的体积和质量都比主舰小得多，但这一艘距离我的舷窗不到一米，我的鼻子要承受三个g的引力呢！"他低头看她，忽然咧嘴一笑，"我猜他们之所以不选你，是因为他们知道你在自由落体状态下不穿胸罩。他们担心害你患上反向的库珀胸下垂①呢。"

阿玛丽塔的眼睛转回屏幕，顺便还用胳膊肘戳了他一下。下一页指示出现在屏幕上。"你心里清楚得很，现在这个点上，我们这两个文明在文化上相对接近，面对面的拜访才有意义。这是唯一一次机会。所以他们选择了地球最知名的科学作家和诠释者。"她说，"你有多长时间？"

皮埃尔把奇拉传来的时间表往下翻，"他会在那里停留大约一秒钟，并尽可能长时间保持静止，好让我的眼睛有可能聚焦在他身上。一秒钟时间，他大概都离饿死差不多了——除非他们能想出办法，让他在大致静止的状态下吃东西。"

"他们这次拜访似乎有点荒唐。"阿玛丽塔说，"我们已经向对方完整描述了自己的生理构造，图像也多得很，静图动图都有。"

"不过话说回来，"她接着说道，"如果有谁问我要不要去中子星表面拜访，花十五秒钟，看半年的奇拉文明在我周围一闪而

---

① 指乳房下垂。

过——我准会一口答应。"

控制台发出"滴"的一声,计算机关闭了信息显示。一个奇拉的面孔出现在屏幕上。

"我是比特天才,新任通讯器守护者。"

比特天才等着人类说完礼节性的回应,并利用这段时间面试新学徒。许多转以后,其中一个将会取代他。但在那之前,所有学徒都要彻底浸淫在人类的文化中,连思维方式都要变得像人一样。他回忆起自己接受飘浮水晶面试时的胆战心惊,于是对这些年轻奇拉非常和气。不过他们的日子仍然不会好过,因为只有一个会成为通讯器守护者。

他自己在飘浮水晶手下学习期间非常努力,不仅完成了学徒该做的事,还开发了一个复杂的计算机程序,将仍然储存在天言图书馆里的海量人类知识进行关联。这是了不起的成就,他借此获得了一个罕有的机会——为自己挑选一个新名字。等飘浮水晶成为长者去照顾蛋之后,正是这一成就让他最终当上了新的通讯器守护者。

"真正驱动我的,还是获得新名字的机会。"他波动足盘自言自语,"我永远不会原谅那个满脑子浪漫念头的长者。他读了那本古老的人类探险小说,然后就给我取名莫比·迪克①。"

比特天才流回通讯院落,一路继续追忆往昔。自从他被任命为新的通讯器守护者,他做学徒时的同伴和竞争对手就只能另谋高就。"水晶绽放"现在是天言大学的人类学教授,清明思想家则是"拜访"探险计划的领导者。

"虽说竞争通讯器守护者一职他败给了我,我倒觉得清明思想家运气更好。"他沉吟道,"通讯器守护者不知有多少,可拜访

---

① 《白鲸》中那头大白鲸的名字。

只有一次。再说了，虽然我每一转都能在显示屏上看见人类，但那是借助他们的摄像头，而他们的摄像头是为人类的眼睛设计的。而他却能亲眼看见活生生的人，连骨头什么的都能看个够!"比特天才回到显示屏前，这时阿玛丽塔正好说得差不多了。

"……认识你，比特天才。你们什么时候来……"

比特天才联系清明思想家，得到了最新的日程安排。一切顺利。主舰已经由自动控制系统进行了往返试飞。飞船上一切安好，就连笼子里那些被迫前往太空测试生命维护系统的惶惶兽也毫发无损。再过几百转他们就能准备就绪。

"定个确切的时间，"比特天才说，"好让人类能做好准备。"

"好吧，"清明思想家说，"再过两个大数转。"

"还要那么久? 大家都会等得不耐烦呢。"比特天才说，"不过我猜谨慎点总要好些。"比特天才把注意力转回通讯屏幕，阿玛丽塔正好问完，他便告诉她拜访会在五十七秒后开始。

阿玛丽塔和皮埃尔忙碌起来。阿玛丽塔打开了覆盖在舷窗上的保护罩，按照奇拉的建议设置好自动摄像头的焦距与曝光，然后把摄像头全部打开。接着她回到控制台前的椅子上坐下，调整加速安全带，好让自己留在座位上，直到该她打着转落到舷窗前为止。

皮埃尔在房间里忙来忙去，从挂圈、粘贴板和角落里收拢散落的物件、一股脑塞到一个柜橱里。然后他又转了一圈，确认所有的柜子都已经锁好。

他说:"我们最不需要的就是一大堆散落的废物把舷窗全挡住。"

时间一秒一秒过去。皮埃尔来到一个舷窗前就位，双手紧紧抓住窗框里的把手。两人都朝另一个舷窗看，访客会从那个方向来。

中子星每秒从窗外闪过五次，它的白光与环绕飞船的超致密小行星的红光交替出现，令屋里的光线怪异地闪烁着。小行星强大的重力场将中子星的潮汐力抵挡在外，使他们免于被压扁、被撕烂的命运。

突然间，出现了一道彩色的闪光。两人都瞥到一个大小类似高尔夫球的明亮白色物体出现在十五米之外。它原地停顿片刻，然后高尔夫球仿佛炸开成一大片彩色的雪花，填满了它与飞船之间的距离。较大的雪花与飞船保持着距离，较小的则靠近了舷窗。

**时间：2050年6月20日　星期一，格林尼治时间22:30:10:0**

奇拉的飞船从巨大而闪亮的致密小行星中间缓缓掠过，最后停在距离一扇舷窗十五米的同步轨道上。一个船员惊叹道："神圣的蛋星啊！我料到那东西肯定很大，可我没想到它竟然这么大！"

清明思想家暗暗同意这个船员的观点。他不知道这话是谁说的，因为载他们离家的这个临时小家非常之大，那个奇拉在地平线背后他看不见的地方。真正令他烦恼的倒不是人类飞船的体积，而是它"悬在头顶"。所有船员都来过太空，也学会了战胜恐惧——环绕母星飞行时他们都知道母星不会坠落到自己身上。可人类的飞船实在太近了。虽然他们的日程安排非常紧凑，他还是立刻命令进行一次计划外的休息。五分之一秒的停滞人类是不会感觉到的，而船员们却能有整整一转的时间去休息和娱乐、习惯人类飞船悬在头顶的画面。为了这个，他觉得值得稍微延迟行动。

他命令所有船员都待在自己的岗位上,他自己则让飞船缓慢旋转。巨大的人类飞船从每个船员头顶经过了好几次,所有奇拉都盯着人类飞船的金属皮肤,并透过舷窗往船里观看。在深色的磨砂玻璃背后,能瞥见影影绰绰的硕大形状。过了一小会儿,清明思想家停止旋转飞船,两打船员里只留最低限度的船员守着控制室,剩下的则放假整整一转。有几个船员成双成对绕到后面去,在设备背后找了个安静的地方独处。但大多数船员都聚在前面,继续看人类飞船如何缓缓绕自己的母星转动,并因其位置的变化改变光线。最后,中子星落到飞船背后,这不可思议的演出结束了。接踵而至的黑暗也很怪异,但奇拉的心理学家早就料到会有这个问题,他们身下的晶体飞船有着蛋星上熟悉的温度和辐射,当然重力是比老家差远了。

半转之后,蛋星从飞船的另一侧升起。看热闹的船员再次增加。清明思想家看出起先惧怕飞船悬在头顶的问题已经消失,但他决定还是等一整转过去,再继续照进度表行动。这样他们照相和光学分析的时机才能与蛋星的照明准确配合。

整整一转之后,船员回到各自岗位。拜访开始。大片小飞船和许多小设备包相继出发。每一艘都是一个小球,中央有一个超小型黑洞。黑洞产生足够的重力,确保小球不会爆炸。首先来到人类飞船前的设备包是几台X射线发生器。较大的发生器被放置在稍远处,以照亮整个场景。发生器的辐射不断变化,与中子星起落时产生的照明正好相反。剩下的发生器在舷窗外排成一圈,将紫白色的光束透过深色的玻璃投入飞船内部。很快,飞船里的影子变清晰了。船员们手头有控制室的照片和地图,他们对照着照片和地图,辨认出了通讯控制台和控制台前方的椅子。椅子里是一大堆形状奇特的紫色物体,被彩色的云包裹着。他们增大了照明强度，终于看出了黄白色衣服的轮廓，还有覆盖在阿玛丽塔紫色骨头上的蓝白色人类肉体。摄像机已经就位、调试完毕，大量数据源源不断传回主舰。主舰上的船员则监控显示情况、操作计算机、将数据传回蛋星。

**时间：2050年6月20日　星期一，格林尼治时间22:30:11:2**

"一千零一、一千零二……"阿玛丽塔一面感受着十五米外高尔夫小球的重力，一面数数。

"……一千零三，现在转圈。"她按下安全带的释放键，在空中来了个单脚尖旋转，落下时整个人正好趴在舷窗上。

她心想：不是我自夸，干得漂亮。

**时间：2050年6月20日　星期一，格林尼治时间22:30:12:9**

"她非常准时。"清明思想家思忖道。他看看上一转由计算机生成的阿玛丽塔的图像，将它与几转之前的图像对比。安全带的放大图显示它正在松开。如果她在朝窗户下落时能转上一圈，他们就能得到高分辨率的三维X光照片了。人类生理学教科书上的平面图都是为书本设计的，实在不利于奇拉的计算机理解。

接下来的几转时间，船员们看着阿玛丽塔的身体渐渐朝舷窗落下，中途还缓缓转了一圈。大部分时间里，清明思想家都关闭了X射线照明，好把人类朋友承受的辐射量减到最低。等到了计算机计算好的时间，X照明会打开一瞬间，拍下又一张人类身体的运动快照。等阿玛丽塔的身体接近舷窗，计算机已经生成了她身体的详尽三维模型。现在照明被聚焦在阿玛丽塔身体的特定区域，因为科学家要求搜集腺体和脑沟的详细数据。搜集到的数据会让未来的好多代学生有事可忙。

阿玛丽塔的手和脚接触到了舷窗的玻璃,她的身体开始回弹。这时船上的人类医学专家来找清明思想家,并放下一张计算机生成的图像供对方扫描。清明思想家流到图板上品尝图像,专家说:"这是阿玛丽塔左胸的特写。好在她没穿胸衣,落在窗户上时又是胸部朝前,我们得到了整个乳腺的详图。图像中央有个异常区域让我们担心。我们确信这是一小群癌细胞。它们还太小,人类的X光机照不出来,但根据我们的专业判断,肯定是恶性无疑。"

"好吧,看来我们有办法报答阿玛丽塔的表演了。"清明思想家说,"准备一张人类医生能理解的图,把图和警告一起发给阿玛丽塔。"

专家回答道:"我们本来也是这么想的,但我们都担心这要浪费很多时间。屠龙号还要再过一周才会离开轨道,把阿玛丽塔和其他成员带回母舰圣乔治号。在那一个星期里,癌细胞可能会生长,并派出种子污染她身体的其他部分。我们另外想到一个主意想跟你说说。"

清明思想家从图板上流下来,"你们有什么建议?"

"这个嘛——你肯定能看出来,我们的提议违背了所有人类和奇拉的一般伦理准则。船上的所有人类生理学家,再加上蛋星上的许多人类心理学、医学、法学专家已经来回辩论了两转功夫。我们大体上达成了一致,只不过离全员通过还差得远。大家决定,由你来做最后裁决。"

清明思想家耐心等着专家兜圈子。

"我们的共识是,由于这一增生很可能是恶性的,而阿玛丽塔得到人类医生治疗所花的时间又会很长,所以我们应该马上为她治疗,尽管我们没时间先取得她的同意。"

总算说出来了。清明思想家也终于明白为什么专家绕了那么大的圈子。她说得对。等到思考速度迟缓的阿玛丽塔理解了问题所在,再决定要不要让他为她治疗,这支探险队都该返回蛋星了。同时他也明白专家们不会随意做出这样的建议,除非他们确信阿玛丽塔的问题非常严重、需要立即治疗。

"动手吧。"清明思想家很快做出决定,"你们有什么需要吗?"

"我们想改造一台X光照明器,增加它的频率和功率输出。"她说,"调高功率会很快把机器烧坏,之后它就不能再用来照明了。不过只要我们仔细扫描,聚焦的X射线应该能杀死癌细胞,对胸部其他部分只造成最低限度的损伤。"

"照明器多的是。"清明思想家说,"跟摄像组商量,让他们匀一台出来。之后只要你们准备好,就开始。"

专家集合了一个小组,很快将X光照明器改造完毕,并运到舷窗的窗前。改造后的照明器有一面硕大的聚焦镜,还增加了高强度电源。计算机先计算出癌细胞在缓慢移动的胸部深处的位置,再将照明器的焦点坐标与其关联。然后照明器被沿着大弧线前后移动,一束又一束高强度X光射向阿玛丽塔身体深处的焦点周围。癌细胞萎缩、死去,胸部表面的皮肤变成了粉红色——就好像在海滩上太阳晒得过多。

**时间:2050年6月20日 星期一,格林尼治时间22:30:16:3**

"嗷!"从窗前往回弹的阿玛丽塔叫了一声。她的一只手伸向胸口,但锐利的疼痛感已经消失了。她暗想:"难道真是反向库珀胸下垂?"然后她转头看皮埃尔,她的嘴巴还在自动计数:

"……一千零七……"

**时间:2050年6月20日 星期一,格林尼治时间22:30:17:1**

"该开始访问了。"一次计划会上,清明思想家宣布说,"拿出飞掠艇,检查流食管和废物处理系统。"

飞掠艇是专为访问设计的小型飞行器。它不比设备小飞船大多少,里面只含最基本的推进和控制子系统。标准的单员小飞船比它大得多,需要更大的迷你黑洞才能防止爆炸。由于产生的重力太大,所以不能靠近舷窗一米之内。这艘飞掠艇小得多,所以能进一步接近舷窗。不过飞掠艇上有两样东西是单员小飞船不会带的:一是够吃半打转的食物,大部分都是糊状的流食;二是与储存箱相连的排泄物栅格。

远征队的指挥官进入飞掠艇时,大多数船员都很体贴地去了别处忙活。飞掠艇的圆形外壳只比他的身体略大,所以想上去只有一种方式。操控系统在他前方,进食孔放在流食罐的管子旁,排泄孔则搁在排泄物栅格上。

清明思想家在体内生出几根晶体骨头,将它们塑造成操作肢,用以操控系统发动飞掠艇。

清明思想家暗想:从来没有哪艘飞船的昵称如此恰如其分。"飞行厕所"从主舰上升起,来到人类飞船的左舷窗前停下——距离皮埃尔的鼻子尖刚好不到一米。

**时间:2050年6月20日 星期一,格林尼治时间22:30:17:2**

皮埃尔看着阿玛丽塔下落,他抓紧了把手,免得自己也朝房间那头落过去。他将头转向舷窗,只见一粒小光点从停在几米外的云团主体里挤出来、来到窗外停下——距离他大概一条胳膊那么远。皮埃尔往外看着那耀眼的小球，它比荠菜子稍大一点点。

清明思想家仰望悬在上方的那张模糊人脸。脸比蛋星上最高的山还要大上半打倍数。他唯一能轻易看清的是被柔和的深紫色 X 光照亮的巨大头骨。头骨上有两个大洞是眼睛，每个洞都和"离乡"火山的火山口一样大。两眼之间是鼻腔所在的倾斜凹陷，再往下则是两排密实的牙齿，仿佛两组上下叠在一起的山脉。头骨上还覆盖着非常微弱的蓝白色轮廓。清明思想家能看见肌肉和头发反射紫外线辐射的光，他觉得自己还能看见皮埃尔的眼睛在俯视自己。

"好吧——现在可没工夫长篇大论。"他自言自语道。他打开通信线路，对人类说话。

"你好，皮埃尔。"他波动足盘，制造出精准调制的声波，传入拾音器。只是最普通的招呼，不过他尽量使它带上了个人色彩。经过很多次练习以后，他在说"皮埃尔"时带了点法国口音。问候传进通讯电脑，分成小块的音素，在接下来的许多转里慢慢播放给皮埃尔听。清明思想家抖动身体，进食孔吸住流食管，开始为接下来的漫长考验做准备。

首先他在每根眼柄内都生出一根晶体增强杆，免得眼睛晃动。"重力已经降低，没必要弄太粗。"他提醒自己，"剩下的结构也还要用到晶体呢。"

他集中精力，眼柄很快就被晶体骨形成的连锁网络支撑起来，晃动幅度大大减小。

他刚刚使用的是不久前才学会的新技术。原本他和大多数奇拉一样，身体内部生出骨头从来只是用作操作肢、眼柄和拉杆。不过医学专家发现了一个能高度控制身体机能的特殊宗教派别,由此对奇拉机体的能力有了更深入的理解。清明思想家的连锁技巧就是这样学来的。

准备工作完成,他把飞掠艇调到自动控制。他吸了一小口流食,安顿下来,开始拜访这位巨大的朋友。

"啊——那么你就是皮埃尔·卡诺·尼文了——对吧?"他朝着一动不动的头骨嘟囔,"好吧,皮埃尔,咱们来比比看谁先眨眼。"

### 时间:2050年6月20日 星期一,格林尼治时间22:30:18:2

皮埃尔的目光穿过深色的玻璃,聚焦于飘浮在窗户另一侧的白热小点。飞掠艇是一个直径约五毫米的彩色小球,清明思想家的乳白色身体几乎完全覆盖了靠近皮埃尔的这半球。他身体的不同部分像白热的液态水晶一样变换着颜色。这是由于他体内滚烫的体液在流动,引得带辐射的体表温度随之变化。压扁的椭圆身体周围分布着一打红色的眼睛,活像是迷你营火周围的小煤球在发光。

"像半边扇贝,而且是迷你型的,压扁了的。"皮埃尔暗想,"只不过扇贝没有操作肢,眼睛也是蓝色。"

皮埃尔的眼睛和嗡嗡响的自动摄像机将耐心守候在舷窗外的清明思想家收入眼底。这时,通讯控制台的扩音器里传出了清明思想家的问候。

"你好,皮埃尔。"

最后一个音节的回声传过控制室。就在这时,一道光闪过,白热的小点不见了,只在皮埃尔的视网膜上留下黄绿色的残影。重力随之消失,皮埃尔的鼻子一直被三个g的力量压在窗户上,但直到这一刻,他才觉出痛来。

**时间:2050年6月20日 星期一,格林尼治时间22:30:19:3**

流食已经吃完,排泄物存储罐臭烘烘的。该道别了。清明思想家对上方那模糊的影子说:"你赢了——我的朋友。"在这段漫长的时间里,对方纹丝没动,不过清明思想家自己的表现也超出了预期——整整六转,没有比一丝波动更大的动作。他利用同构活动法使得身体内部免于堵塞,但皮肤却感觉好像一动就会裂开似的。他动了动——皮肤没裂——于是他又多动了一点;然后他开心地跳起来。在飞掠艇几乎可以忽略不计的重力场中,这一跳差点让他从飞掠艇上飞出去。他溶解掉帮自己保持稳定的晶体骨,抓起操控杆,将"飞行厕所"飞回到主舰。

清明思想家饱餐一顿,又稍微清理身体,这才重掌指挥权。该收拾行李回家了。专家们正忙着从远处拍摄皮埃尔,很不想走。然而给养已经不多,最后专家们也只好开始收尾、收拾器材。

当然,设备飞船其实是由舰载计算机控制的,它负责监督每艘单体小飞船的飞行路线。由于小飞船之间存在重力引力,航行十分困难,就算飞行员的反应速度接近光速也于事无补。

可惜有件事谁也没想起要通知计算机一声——被改造来为阿玛丽塔治疗癌症的那台X光照明器,它与大功率电源紧紧联在一起。蒙在鼓里的计算机为照明器选了一条从舷窗旁经过的返航线路。照明器拽着电源从窗旁经过。超大功率电源产生了巨大的重力潮汐力,在三厘米厚的叠层玻璃上撕开了一条参差不齐的大峡谷。山一样大的玻璃碎片朝电源落下。它们在下落期间碎成粉末,击中照明器小飞船表面的同时,与后者一起消失在一道闪光之中。

**时间：2050年6月20日　星期一，格林尼治时间22:30:20:0**

内建在舷窗窗框里的微小行星声学探测器察觉到异常，迅速关闭了窗外的金属护罩。阿玛丽塔眨眨眼，这才看见玻璃上有道小小的擦痕。

她数道："……一千零一十。"访问结束了。

**时间：2050年6月21日　星期二，格林尼治时间06:13:54**

皮埃尔留阿玛丽塔在通讯控制台与"天师"交谈，自己滑下地板上的通道，去了底层甲板，来到图书馆控制台前。他行动时分外小心，因为他两根手指间正捏着一枚全息内存水晶，里面包含了过去三十分钟里奇拉积累的全部智慧，实在珍贵非凡。他小心翼翼地把水晶放进图书馆控制台的扫描仪内胆，将打磨光亮的角卡进正确的位置，然后关上盖子。

根据刚才机器人奇拉通讯员的说法，这最新一枚全息内存水晶包含了关于中子星内部结构的信息。皮埃尔让计算机飞快地翻过几百万页，最后找到龙蛋内部横断面的详图。图表显示龙蛋的外表面是由原子核构成的固体地壳，富含中子的铁、锌、镍和其他元素的同位素组成晶格，大片电子形成的液体从晶格中流过。接下来是地幔——两公里厚的中子和铁原子核，越往深处走中子含量越大。中子星最里面的四分之三是超流体中子和超流体质子形成的液体球。在最核心处则是由神秘的基本粒子组成的一个小小内核。这些基本粒子原本短暂的生命被中子星内部的极端压力和密度延长了。

皮埃尔仔细看了一遍基本粒子的化学符号，大多数都认识，但有一个是他从没见过的。他看看侧面的图例，发现那个符号被称作"E基粒"。奇拉在自己母星内部找到了一种基本粒子,是人类在自己的原子粉碎机里从没见过的!皮埃尔立刻指示图书馆控制台检索全息内存水晶里关于E基粒的进一步信息。几分之一秒内,他的屏幕上闪出这么几行字:

· E基粒的性质与用途——关于这一粒子的进一步信息已经加密。密钥是头八种基本粒子的质量与寿命(包括E基粒)取五位有效数字。

剩下的内容是乱码。

皮埃尔沉吟起来。奇拉可以把这一粒子的情况告诉人类,但它们决定不说。人类必须靠自己的力量发现这一粒子,还要知道它的质量和寿命,然后才能解密这一部分、阅读奇拉对它的了解。

当然了,如果人类的研究是正确的,那应该能自己弄清乱码背后隐藏的一切。但如果他们走错了方向,那么奇拉留下的知识就能纠正他们,免得他们在继续理解自己生活的宇宙时误入歧途。

"就像优秀的老师。"皮埃尔暗想,"让学生知道在某个领域存在有趣的知识,接下来让他们自己探索,最后再检查他们的结论,有必要的话予以纠正。"

其实一把仅由十六个五位数组成的密钥并不难破解,一台强大的电脑应该能用穷尽法搞定。不过皮埃尔觉得人类有自己的骄傲,不想偷看答案。

皮埃尔让控制台屏幕翻回龙蛋内部的图表。他翻到下一页浏览。这是一张照片,然而照片上的中子星并不是龙蛋。确实是照片,而非图画,因为前景上露出了一个搭乘太空小艇的奇拉的一角。皮埃尔瞪大眼睛快速往后翻。后面还有许多照片,每张照片后都配有照片上中子星内部结构的详细图表。从几乎类似黑洞的超致密中子星到拥有中子内核和白矮星外壳的膨大中子星,简直无所不包。有些名字皮埃尔从没听过,但类似船帆座脉冲星和蟹状星云脉冲星则是人类已知的。

"可是,蟹状星云脉冲星远在三千光年之外啊!"皮埃尔惊叹不已,"他们的飞行速度必须超过光速,才能在过去八小时里拍回照片来!"

皮埃尔检索了目录,很快就找到了答案。

超光速推进——这部分的密钥刻在波江座第二颗行星的第三个月亮的一座金字塔上。

接下来又是长长一段乱码。

皮埃尔震惊至极。他关闭控制台,慢慢飘到旁边的休息室。不出所料,除了阿玛丽塔,所有人都在。休息室是低重力环境,大家都坐在柔软的环形椅上,目光越过自己的脚,投向下方的舷窗。皮埃尔跳到休息室顶部,抓住通往高重力保护舱的舱门把手。他也低头朝飞船底部那直径一米的窗口看过去。电控的密度滤光片被设置成每秒涂黑窗户三十次,因为六个闪亮发光的平准星体每秒分别要从窗前经过五次。从窗户透进来的唯一一点光线来自一个遥远的亮点——那是太阳,他们的家,远在两千一百二十个天文单位之外。

皮埃尔打破沉默:"差不多该走了。"

珍抬起头,高高的鼻梁大惑不解似地皱起来,"按照计划,我们还要在这里继续待上至少一个礼拜。"

"所有的测绘工作奇拉都帮我们做完了,我们已经没必要继续留在这里。"他解释道,"我刚刚带下来的那枚全息内存水晶,里面有龙蛋内外部的详尽描述。你看过就明白了。"他挺直身体,落到休息室的门边停下。

"我已经让计算机调整了导引飞船的程序,好把我们送到变轨星体的路径上。再过大约半天就能就位,从近地轨道踢回圣乔治号。然后我们就可以回家去,而不只是盯着它看了。"他抬头看看休息室墙上的时钟。

"又该更换全息内存水晶了。"他说。他弯曲膝盖,准备跳进通往主甲板的通道。走之前,他的大胡子底下露出灿烂的笑容。"来吧,要让飞船做好准备,活儿还多着呢。我和阿玛丽塔负责最后一枚全息内存水晶,但你们其他人也要开始给飞船扣紧扣子。任何散落的东西都会被变轨星体的重力场变成致命的导弹。"他往前跳进中央甲板,其他人也鱼贯走出休息室,散落到飞船各处。

皮埃尔把身体荡到通讯控制台前,从阿玛丽塔肩膀上看着天师。机器奇拉正耐心地解释着什么。皮埃尔的目光被这画面牢牢吸引。有百万比一的时间差在,奇拉自然会想到设计一个长寿的智能机器,因为与思维迟缓的人类对话实在太吃力了。让皮埃尔惊奇的是,这个机器奇拉竟然拥有自己的性格。它的言谈举止一点都不像机器。事实上,它很像一个耐心细致的老派教师。听它的声音,你几乎可以想象它一头花白的头发,面露友好的微笑。有了天师,人类也松了一口气,否则每次犯错或者略微迟疑,他们都感到自己害得某个奇拉浪费了大把生命。

"很快我们就会写满你们所有的全息内存水晶了。"天师的形象说,它那一圈机器眼不断摇晃,和真正的奇拉一模一样,"恐怕这次的材料大多都是加密的,因为按照你们的时间计算,我们现在的发展已经领先你们好多个千年了。

"然而若不是你们,我们肯定仍然是蛮子,还将停滞在无知的迷雾中,也许几千甚至几百万个大数转之久。我们欠你们很多,但在报答你们时我们必须小心,因为你们也有权靠自己去成长和发展。为了你们好,在写完这枚全息内存水晶后,我们最好切断通讯。我们给的材料够你们学上你们的几千年。我们两个种族将走上不同的道路,在时空中搜寻真理与知识。你们会去电子为主的世界,我们则要去中子主导的世界。

"但是请别绝望。或许我们生死的速度比你们快,但宇宙中的基本真理是有限的,所以你们最终会赶上我们。"

乐音响起,一条短消息出现在屏幕上。

**全息内存水晶已满。**

天师听见了乐音。他说:"现在你们要靠自己了。不过我们还有最后一件礼物。你们需要好几万年才能充分发展,而诸如冰河世纪这类小麻烦还会拖慢你们的脚步。在探索你们的太阳内部时,我们发现了五个小黑洞。其中四个你们已经知道了,还有一个要小得多。它们在影响你们太阳的聚变反应,所以我们已经替你们把它们摘除了。今后你们的太阳会保持稳定,让你们可以安心学习全息内存水晶里的内容。"

"我们谢谢你们。"皮埃尔有些结巴,对方简单的陈述背后展露出的是令人敬畏的力量。

"我们也谢谢你们。"天师说,"不过你们离开的时间快到了。再见了,朋友们。"

"再见。"皮埃尔话音未落,屏幕变黑了。

他转头面对阿玛丽塔,"我去把全息内存水晶收好,你开始检查加速罐。"他说,"该回家了!"